W0291845

DU MÊME AUTEUR

Aux Éditions Gallimard

LA MAISON DU SILENCE
LE LIVRE NOIR
LE CHÂTEAU BLANC
LA VIE NOUVELLE
MON NOM EST ROUGE
NEIGE
ISTANBUL
D'AUTRES COULEURS
LE MUSÉE DE L'INNOCENCE
L'INNOCENCE DES OBJETS
LE ROMANCIER NAÏF ET LE ROMANCIER SENTIMENTAL
CEVDET BEY ET SES FILS
CETTE CHOSE ÉTRANGE EN MOI
ISTANBUL, nouvelle édition illustrée

Du monde entier

ORHAN PAMUK

LA FEMME AUX CHEVEUX ROUX

roman

Traduit du turc
par Valérie Gay-Aksoy

nrf

GALLIMARD

Titre original :

KIRMIZI SAÇLI KADIN

© Orhan Pamuk, 2016. Tous droits réservés.
© Éditions Gallimard, 2019, pour la traduction française.

À Aslı

Œdipe qui tua son père, coucha avec sa mère et qui résolut l'énigme du Sphinx ! Quel est le sens de ce triple destin ? Selon une ancienne croyance iranienne, un sublime savoir se manifeste souvent par l'inceste.

NIETZSCHE, *La naissance de la tragédie*

ŒDIPE : Comment retrouver à cette heure la trace incertaine d'un crime si vieux ?

SOPHOCLE, *Œdipe roi*

Tel un fils sans père, un père sans fils n'a personne pour le serrer dans ses bras.

FERDOWSÎ, *Le Livre des Rois*

PREMIÈRE PARTIE

1

J'aurais voulu être écrivain. Mais suite aux événements que je m'apprête à relater, je suis devenu ingénieur géologue et entrepreneur en bâtiment. Que les lecteurs se gardent cependant de penser que, du fait que j'en entame maintenant le récit, ces événements sont désormais révolus. Plus je convoque leur souvenir, plus je m'y plonge profondément. C'est pourquoi j'ai le sentiment que vous aussi, dans mon sillage, vous serez happés par les mystères de la relation père-fils.

En 1985, nous habitions un appartement au fin fond de Beşiktaş, près du pavillon des Tilleuls. Mon père tenait une petite pharmacie appelée Hayat (« La Vie »). Une fois par semaine, elle restait ouverte toute la nuit, et mon père assurait la permanence. Ces soirs-là, c'est moi qui lui apportais son dîner. J'aimais rester dans le magasin à humer l'odeur des médicaments tandis que mon père – grand, mince et bel homme – prenait son repas à côté de la caisse. Trente années ont passé mais aujourd'hui, à quarante-cinq ans, j'aime toujours l'odeur des vieilles pharmacies aux armoires et aux rayonnages en bois.

La pharmacie Hayat n'avait pas une grosse clientèle. Les nuits où mon père était de garde, il faisait passer le temps en regardant un de ces petits téléviseurs portables très en vogue à l'époque. Parfois, je le trouvais en train de discuter tout bas avec ses amis gauchistes venus lui rendre visite. Dès qu'ils m'apercevaient, ils interrompaient leur conversation, me disant que j'étais aussi beau et sympathique que mon père, me demandant en quelle classe j'étais, si j'aimais l'école, ce que je voulais faire plus tard.

Au vu du malaise évident de mon père, je ne restais jamais très longtemps dans l'officine lorsque je le surprenais en leur compagnie. Je récupérais les gamelles vides et rentrais à la maison, en marchant sous la frondaison des platanes et la lueur pâle des réverbères. Chez nous, je ne répétais pas à ma mère que des amis politiques de mon père étaient avec lui dans le magasin. Cela aurait seulement eu pour effet de la mettre en colère contre eux et d'attiser son angoisse à l'idée que mon père s'attire à nouveau des ennuis et disparaisse du jour au lendemain.

Mais la politique n'était pas la seule cause des sourdes querelles entre mes parents. Parfois, ils restaient de longues périodes à se faire la tête, sans échanger un mot ou presque. Peut-être ne s'aimaient-ils pas. Je devinais que mon père était attiré par d'autres femmes et que la gent féminine l'appréciait. Quelquefois, ma mère me laissait clairement entendre qu'il y avait une autre femme. Les disputes entre mes parents me perturbaient tellement que je m'étais interdit d'y penser et même de m'en souvenir.

La dernière fois que j'ai vu mon père, c'était un soir d'automne ordinaire, dans la pharmacie, où j'étais venu lui apporter son dîner. J'étais en première année de lycée. Mon père regardait le journal télévisé. Pendant qu'il mangeait sur un coin du comptoir, j'ai servi deux clients qui demandaient l'un de l'aspirine, l'autre de la vitamine C et des antibiotiques. J'ai rangé l'argent dans le tiroir-caisse qui s'ouvrait avec un amusant tintement. Quand je suis reparti, j'ai jeté un dernier regard vers mon père ; debout sur le seuil, il m'a fait signe de la main en souriant.

Le lendemain matin, mon père n'était pas rentré. Ma mère me l'annonça à mon retour de l'école dans l'après-midi. Elle avait les yeux gonflés par les pleurs. Je crus que mon père s'était fait cueillir à la pharmacie et emmener au bureau des Affaires politiques, comme cela s'était déjà produit auparavant. Là-bas, on le soumettrait à la torture, on lui administrerait la falaka et des chocs électriques.

Sept ou huit ans plus tôt, mon père avait déjà disparu de la sorte pour ne revenir que quasiment deux ans après à la maison. Or, cette fois-ci, ma mère ne s'est pas comportée comme s'il était interrogé et torturé par la police. Elle était en colère contre mon père. « Il sait ce qu'il fait », avait-elle dit de lui.

Pourtant, quand des soldats étaient venus l'arrêter une nuit à la pharmacie dans la foulée du coup d'État militaire, ma mère s'était rongé les sangs, elle m'avait dit que mon père était un héros, que je devais être fier de lui, et c'est elle qui avait pris le relais pour assurer les nuits de garde avec Macit, le préparateur en pharmacie. De temps à autre, j'enfilais la blouse blanche de Macit. Naturellement, je me destinais à devenir un scientifique, comme le voulait mon père, non un préparateur en pharmacie.

Lors de cette dernière disparition, ma mère ne s'occupa absolument pas de la pharmacie. Elle ne parla ni du préparateur Macit, ni d'aucun apprenti, ni du devenir de l'officine. Ce qui me conduisit à penser que, cette fois-là, mon père avait disparu pour d'autres raisons. Mais qu'entend-on exactement par « penser » ?

À cette époque, j'avais déjà compris que les pensées nous viennent à l'esprit par le biais des mots ou des images.

Parfois, je n'avais même pas besoin de mots pour penser une idée... L'image s'en formait aussitôt devant mes yeux – par exemple moi courant sous la pluie qui tombait à verse et les sensations que j'éprouvais. D'autres fois, je pouvais penser quelque chose avec des mots sans jamais réussir à convertir cette chose en image : comme la lumière noire, la mort de ma mère ou l'éternité.

Peut-être étais-je encore un enfant. Quelquefois, j'étais capable de ne pas penser aux sujets que je désirais éviter. D'autres fois, c'était exactement le contraire. Je n'arrivais pas à m'extirper de l'esprit une image ou un mot auxquels je refusais de penser.

Mon père resta longtemps sans nous appeler. À certains moments, je n'arrivais pas à me remémorer son visage. Ce qui me donnait la même impression que lorsque tout disparaît dans le noir à l'occasion d'une coupure d'électricité.

Un soir, je marchais seul en direction du pavillon des Tilleuls. La porte de la pharmacie Hayat était fermée à clef et un cadenas noir lui avait été ajouté, comme si elle ne devait jamais rouvrir. Du brouillard s'élevait du parc du pavillon des Tilleuls.

Ma mère ne fut pas longue à déclarer que nous n'avions plus aucune rentrée d'argent, ni par mon père ni par la pharmacie, et que notre situation financière était critique. Cinéma, sandwichs *döner* et bandes dessinées étaient mes seules dépenses. J'allais à pied au lycée Kabataş et j'en revenais de même. J'avais des amis qui revendaient et louaient d'anciens numéros de magazines de bandes dessinées. Mais je n'avais aucune envie de passer comme eux mes week-ends à attendre patiemment les clients dans les ruelles et devant les portes des cinémas de Beşiktaş.

L'été 1985, je travaillai comme vendeur chez un libraire du nom de Deniz, dans le marché de Beşiktaş.

Une grande partie de mon travail consistait à faire la chasse aux chapardeurs qui étaient presque tous écoliers et étudiants. Le patron Deniz m'emmenait de temps à autre en voiture à Cağaloğlu pour réassortir ses stocks. Voyant que je retenais les noms des auteurs et des maisons d'édition, le libraire m'aimait bien, il m'autorisait à emprunter des livres pour les lire chez moi. J'ai pas mal lu cet été-là. Des romans pour enfants, *Voyage au centre de la Terre* de Jules Verne, *Histoires extraordinaires* d'Edgar Allan Poe, des anthologies de poésie, des romans historiques racontant les aventures de guerriers ottomans et un recueil sur les rêves. Un texte dans ce recueil devait complètement changer ma vie.

Les amis écrivains de Deniz le libraire passaient quelquefois dans son magasin. En me présentant à eux, mon patron avait commencé à dire que, plus tard, je serais écrivain. C'est moi qui lui avais parlé le premier de ce rêve, incapable que j'étais de tenir ma langue. Et, sous son influence, je commençai rapidement à le prendre au sérieux.

2

Ma mère, cependant, n'était pas satisfaite du salaire que le libraire me versait. La somme que me rapportait ce travail de vendeur devait au moins couvrir ce que j'aurais à payer pour le cours privé de préparation à l'examen d'entrée à l'université. Après la disparition de mon père, ma mère et moi étions devenus bons amis. Quant à ma décision de devenir écrivain, elle l'accueillait en riant comme s'il s'agissait d'une plaisanterie. Je devais tout d'abord intégrer une bonne université.

Un jour en rentrant de l'école, pris d'une impulsion, je regardai dans l'armoire et les tiroirs de la chambre de mes parents, et je vis que les chemises et les affaires de mon père n'y étaient plus. Mais son odeur de tabac et d'eau de Cologne imprégnait encore la pièce. Nous ne parlions jamais de lui, ma mère et moi, et son image semblait déjà s'effacer devant mes yeux.

Au début de l'été, quand j'eus finis ma deuxième année de lycée, nous déménageâmes d'Istanbul à Gebze. Nous habiterions chez ma tante maternelle et son mari, qui nous hébergeraient gratuitement dans l'annexe qu'ils avaient construite dans le jardin de leur maison. Je calculai que si je mettais de côté l'argent gagné durant la première moitié de l'été dans l'emploi que mon oncle allait me proposer, à la fin du mois de juillet, je pourrais et travailler comme vendeur à la librairie Deniz de Beşiktaş et aller au cours privé pour préparer l'examen d'entrée à l'université de l'année suivante. Sachant combien j'étais triste de ne plus vivre à Beşiktaş, Deniz m'avait dit que, pendant l'été, je pourrais dormir dans la librairie si je le souhaitais.

Le travail que m'avait trouvé mon oncle consistait à surveiller son potager et son verger planté de cerisiers et de pêchers à l'arrière de Gebze. Dans le verger, j'avais aperçu une vieille table sous une tente et je m'étais imaginé que j'aurais tout le temps de rester assis et de bouquiner, mais je m'étais trompé. C'était la saison des cerises. Les corbeaux effrontés s'attaquaient aux branches en bandes bruyantes, les enfants et les ouvriers du chantier en cours sur le terrain mitoyen venaient marauder.

On creusait un puits dans le jardin d'à côté. Je m'y rendais quelquefois, je regardais travailler le maître puisatier, qui creusait la terre à coups de pioche et de pelle, et ses deux apprentis qui évacuaient plus haut la terre ainsi déblayée.

Les apprentis manœuvraient par ses deux poignées un treuil en bois qui tournait en émettant un drôle de grincement et vidaient dans la brouette à proximité le seau plein de terre que le maître puisatier leur faisait remonter. Ensuite, pendant que l'apprenti qui devait avoir mon âge partait vider le contenu de la brouette, son binôme plus âgé et de grande taille renvoyait le seau au maître puisatier en criant « Il arrive ! » au-dessus de l'excavation.

Le puisatier ne réémergeait que rarement pendant la journée. La première fois que je l'ai vu, il fumait sa cigarette au moment de la pause de midi. Il était grand, mince et bel homme, comme mon père. Mais il n'avait pas son calme et son côté avenant, il était irascible. Il grondait souvent ses apprentis. Pensant que ces derniers n'apprécieraient guère de se faire morigéner en ma présence, j'évitais d'approcher quand le maître artisan était à la surface.

Un jour, à la mi-juin, de joyeuses exclamations et des coups de feu se firent entendre du côté du puits. Je m'avançai et je vis que de l'eau en émanait. Le propriétaire du terrain, un homme originaire de Rize, avait accouru à la nouvelle et, de joie, il tirait en l'air. Je sentis une douce odeur de poudre noire. Le propriétaire du terrain distribua des pourboires au maître et à ses apprentis. Le puits servirait aux constructions qu'il comptait mettre en chantier sur ce terrain. Les faubourgs de Gebze n'étaient pas encore raccordés au réseau urbain de distribution d'eau.

Les jours suivants, je n'entendis pas le maître houspiller ses apprentis. Une charrette attelée à un cheval apporta de la ferraille et des sacs de ciment. Un après-midi, le maître artisan coula du béton à l'entrée du puits et le coiffa d'une plaque métallique. Maintenant que tous étaient de meilleure humeur, je pouvais davantage me glisser parmi eux.

Un autre après-midi, pensant qu'il n'y aurait personne autour du puits, je marchai dans sa direction. Maître Mahmut surgit d'entre les oliviers et les cerisiers. Il tenait à la main une pièce du moteur électrique qu'il avait installé sur le puits.

« Eh bien, jeune homme, ce travail t'intéresse à ce que je vois ! » dit-il.

Je pensai aux héros des romans de Jules Verne qui entrent par un côté du monde et ressortent par l'autre.

« Je vais creuser un autre puits dans les alentours de Küçükçekmece. Ces deux apprentis ne poursuivent pas, je t'emmène à leur place ? »

Voyant que je ne savais que répondre, il déclara que le

salaire journalier d'un apprenti puisatier faisait quatre fois celui d'un gardien de verger, que nous en aurions pour une dizaine de jours et que je pourrais aussitôt rentrer chez moi.

« C'est hors de question ! dit ma mère à la maison. Jamais tu ne deviendras puisatier, tu feras de bonnes études à l'université. »

Mais la possiblité de gagner de l'argent rapidement avait tourné à l'idée fixe. J'insistai auprès de ma mère, lui expliquant que je pourrais toucher autant en deux semaines qu'en deux mois dans les vergers de mon oncle et que, de la sorte, j'aurais davantage de temps à consacrer à la préparation de mon examen d'entrée à l'université et à mes lectures. J'allai même jusqu'à menacer ma pauvre mère : « Si tu ne me donnes pas ton autorisation, je m'enfuirai. »

« Si le petit veut travailler et gagner de l'argent, ne le coupe pas dans son élan ! dit mon oncle. Je vais me renseigner pour savoir qui est ce maître puisatier. »

En mon absence, ma mère, le maître puisatier et mon oncle, qui était avocat, se retrouvèrent dans le bureau dont disposait ce dernier dans les locaux de la mairie. Ils se mirent d'accord sur le fait que ce serait non pas moi mais un deuxième apprenti qui descendrait dans le puits. Mon oncle m'annonça le montant de mon salaire journalier. À la maison, je fourrai dans l'ancienne petite valise de mon père mes chemises ainsi que la paire de baskets que je mettais pour les cours d'éducation physique.

Le jour de mon départ, il pleuvait, et tandis que la camionnette censée nous conduire jusqu'au site où nous devions creuser le puits semblait ne jamais devoir arriver, ma mère pleura plusieurs fois dans notre maison d'une seule pièce au toit qui fuyait. Elle me demanda de renoncer à ce projet, répétant que j'allais beaucoup lui manquer et que notre impécuniosité nous amenait à faire de mauvais choix.

« Jamais je ne descendrai dans le puits », promis-je en sortant de la maison, ma valise à la main, la tête droite, avec l'air déterminé et guoguenard qu'arborait mon père en se rendant au tribunal.

La camionnette attendait sur la place déserte derrière l'ancienne grande mosquée. Cigarette aux doigts, sourire aux lèvres, Maître Mahmut me regarda approcher, examinant tel un professeur ma tenue vestimentaire, ma démarche et la valise que j'avais à la main.

« Entre, assieds-toi, on y va », dit-il. Je m'assis entre le maître et le chauffeur de Hayri Bey, l'homme d'affaires qui avait décidé le forage du puits. En route, nous n'ouvrîmes pas la bouche pendant une heure.

En traversant le pont du Bosphore, je regardai attentivement en bas à gauche, vers Istanbul, le lycée de Kabataş où j'étais scolarisé, et j'essayai d'apercevoir les immeubles qui m'étaient familiers à Beşiktaş.

« Ne t'en fais pas, nous terminerons le travail rapidement, dit Maître Mahmut. Tu pourras commencer ton cours préparatoire à temps. »

Cela me plut que ma mère et mon oncle lui aient fait part de mes inquiétudes. Je ressentis de la confiance à son égard. Après le pont, nous restâmes coincés dans les embouteillages d'Istanbul et, quand nous parvînmes enfin à l'extérieur de la ville, le soleil couchant en face de nous dardait ses rayons brûlants sur nos yeux éblouis.

Que l'expression « l'extérieur de la ville » n'induise pas le lecteur d'aujourd'hui en erreur. Istanbul comptait alors cinq millions d'habitants et non pas quinze comme à présent, à l'heure où je vous raconte cette histoire. Les remparts de la ville une fois derrière soi, les habitations commençaient à se faire plus clairsemées, plus petites, plus pauvres, pour peu à peu céder la place à des usines, des stations-service et quelques hôtels çà et là.

Pendant un moment, nous roulâmes le long de la voie ferrée et, à la tombée du soir, nous quittâmes la route principale. Nous avions également dépassé le lac de Büyükçekmece. À deux ou trois reprises j'aperçus des cyprès ; cimetières, murs en béton, étendues désertes... On ne voyait rien la plupart du temps ; j'avais beau regarder attentivement, je n'arrivais pas à savoir où nous étions. Nous apercevions parfois des lumières orangées à la fenêtre d'une famille réunie pour le dîner, parfois les néons d'une usine. Puis nous gravîmes une côte. Au loin, des éclairs se mirent à zébrer le ciel qui s'éclaira, mais les terres et les lieux déserts par lesquels nous étions passés semblèrent s'enfoncer davantage encore dans l'obscurité. Quelquefois, des terres arides et sans fin, sans l'ombre d'un arbre ou d'un humain, m'apparaissaient à la faveur d'une clarté émanant d'on ne sait où, puis se perdaient à nouveau dans la nuit.

Longtemps après, nous nous arrêtâmes au milieu de nulle part. Je me dis que la vieille camionnette avait bien choisi l'endroit pour tomber en panne, alors qu'il n'y avait pas une lumière, pas une maison ni la moindre lueur alentour.

« Aide-moi un peu à décharger tout ça », dit Maître Mahmut.

Nous sortîmes du véhicule les planches de bois, les pièces du treuil, des ustensiles de cuisine, deux matelas enroulés et tenus par une ficelle, le matériel rangé dans d'épais sacs plastique et les outils de creusage. « Allez, bon courage », nous lança le chauffeur en s'éloignant avec la camionnette et, constatant que nous étions dans une totale obscurité, je m'affolai un peu. Il y avait des éclairs quelque part au loin mais, derrière nous, le ciel était dégagé et les étoiles brillaient de tout leur éclat. Encore au-delà, je pouvais voir le halo des lumières d'Istanbul qui teintait de jaune les nuages à l'horizon.

La terre était humide et trouée de flaques par endroits. Sur ce terrain plat comme la main, nous cherchâmes un emplacement sec et, dès que nous l'eûmes trouvé, nous y transportâmes l'ensemble de notre matériel.

Le maître entreprit de monter la tente avec les mâts que nous avions déchargés du camion. Mais il n'y arriva pas. Les tendeurs, les piquets et les sardines avaient disparu dans la nuit. Et dans l'obscurité, tout en mon âme se mélangeait pour former un nœud inextricable. « Tiens par ici, pas par là ! » s'écriait Maître Mahmut.

Nous entendîmes le hululement d'une chouette. Étions-nous vraiment obligés de monter cette tente maintenant que la pluie s'était arrêtée ? Mais devant la tenace détermination de mon maître, j'éprouvais du respect. L'épaisse toile de tente à l'odeur d'humidité se refermait sur nous comme la nuit et ne tenait pas en place.

Longtemps après minuit, ayant enfin réussi à la monter, nous avons déroulé nos matelas et nous sommes couchés. Les lourds nuages de pluie estivale s'étaient dissipés et avaient cédé la place à une nuit claire et étoilée. En entendant le chant d'un grillon à proximité, je me détendis. À peine me fus-je allongé sur ma couche que je m'endormis.

3

À mon réveil, j'étais seul dans la tente. Une abeille bourdonnait. Je me levai et sortis. Le soleil était déjà si haut que l'intensité de la lumière me fit mal aux yeux.

J'étais sur une vaste étendue plane à moyenne altitude. Elle s'étirait à ma gauche en pente douce en direction du sud-est, vers Istanbul. Elle était bordée plus bas de quelques champs de blé, de maïs, qui paraissaient jaune pâle et vert clair vus de loin, de zones rocailleuses, de friches et de terres arides. Dans la plaine, on distinguait les maisons et la mosquée d'une petite bourgade mais à cause de la colline qui s'interposait et limitait mon champ de vision, je n'arrivais pas à en évaluer l'étendue.

Où donc était Maître Mahmut ? À des sons de trompette charriés par le vent, je compris que les bâtiments gris en lisière de la bourgade étaient ceux d'une caserne militaire. Des montagnes violettes se distinguaient à l'arrière-plan. À un moment, on eût dit que le monde entier se drapait dans un silence immémorial. J'étais content d'être là, loin d'Istanbul et de tous, et de gagner ma vie par moi-même.

Un sifflement de train monta de la plaine qui s'étendait entre la bourgade et la caserne. En regardant attentivement dans cette direction, je vis les wagons du train en partance pour l'Europe. Le convoi s'approcha un peu de la plaine déserte et, dessinant une courbe élégante, il s'arrêta en gare.

Peu après, j'aperçus Maître Mahmut qui revenait de la bourgade. Il marchait le long de la route puis, là où elle marquait un virage, il coupa à travers champs.

« J'ai pris de l'eau, dit-il. Allez, prépare-moi donc un thé. »

Je faisais infuser le thé sur le petit réchaud de marque Aygaz quand Hayri Bey, le propriétaire du terrain, arriva au volant de la camionnette de la veille. Un garçon un peu plus âgé que moi descendit de la plateforme. D'après les discussions, je compris que ce jeune homme du nom d'Ali était un employé du propriétaire du terrain, et que c'est lui qui descendrait dans le puits en remplacement de l'apprenti de Gebze qui s'était désisté au dernier moment.

Maître Mahmut et Hayri Bey arpentèrent de part en part le terrain. Il était couvert par endroits de flaques d'eau, de cailloux et d'herbe, et faisait plus d'un hectare. Un vent léger soufflait de face, si bien que même lorsqu'ils atteignirent l'extrémité du terrain, nous entendions parfaitement les échanges entre le patron et le puisatier, leur débat et leur difficulté à prendre une décision. Peu après, je m'approchai d'eux. Le patron Hayri Bey travaillait dans le textile et, sur ce terrain aride, il voulait construire une laverie-teinturerie. Une activité très recherchée par les grands industriels du textile et de l'habillement exportant à l'étranger, et très gourmande en eau.

Hayri Bey avait acheté pour une bouchée de pain ce terrain qui n'était raccordé ni au réseau d'eau ni à celui de l'électricité. Si nous y trouvions de l'eau, il nous donnerait beaucoup d'argent. Dès que l'eau sortirait de terre, il demanderait à ses connaissances politiques de faire tirer des lignes électriques. Ensuite, il ferait construire le site industriel dont il nous avait une fois montré les plans, avec ses ateliers de teinturerie, de blanchisserie, ses entrepôts, ses élégants bâtiments administratifs, et qui offrait même une cantine. Dans les yeux de Maître Mahmut, je percevais l'attention et la compréhension qu'il témoignait à Hayri Bey mais, au fond, nous étions tous deux intéressés par les cadeaux et les récompenses que nous avait promis le propriétaire du terrain si nous trouvions de l'eau.

« Que Dieu vous protège, qu'il donne la force à vos bras et l'acuité à vos yeux pour mener à bien votre mission », dit Hayri Bey, l'air de prendre congé d'une armée ottomane partant en campagne. Il se pencha par la fenêtre et nous fit signe de la main, puis la camionnette s'éloigna et disparut de notre vue.

La nuit, les ronflements de mon maître m'empêchant de dormir, je passai la tête à l'extérieur par un recoin de la tente. On ne voyait pas les lumières de la bourgade. Le ciel était d'un bleu profond mais la lueur des étoiles semblait teinter l'univers d'un reflet rougeâtre. Et nous, comme perchés sur une énorme orange en suspension dans le cosmos, nous cherchions le sommeil dans l'obscurité. Plutôt que de nous élever vers le ciel pour atteindre la clarté des étoiles, avions-nous raison de chercher à nous enfouir dans la terre sur laquelle nous étions couchés ?

4

À cette époque, les appareils de sondage n'étaient pas encore d'un usage courant. Forts d'une intuition millénaire, les maîtres puisatiers étaient capables de localiser les points d'eau et de déterminer l'emplacement du forage. Maître Mahmut connaissait bien sûr l'éloquence fleurie et la faconde des maîtres puisatiers d'antan. Mais il ne prenait pas au sérieux les postures ostentatoires de certains qui, une fourche à la main, marchaient d'un bout à l'autre du terrain en marmonnant des prières et en soufflant des bénédictions. Il sentait qu'il appartenait à la dernière génération de ceux qui exerçaient cette profession ancestrale. C'est pourquoi son approche du métier était humble et non démonstrative. « Tu dois observer la consistance de la terre, son humidité, la densité de sa couleur, me disait-il. Tu dois repérer le point bas du terrain, l'endroit où il y a de la rocaille, de la roche, là où il est bosselé, irrégulier, ombragé, et tu dois sentir la présence de l'eau en dessous, me dit-il une autre fois dans le but de m'instruire et de me former. Là où tu vois des arbres, de la végétation, la terre est compacte et humide, d'accord ? Tu dois être attentif à tout, et ne prends rien pour argent comptant. »

Car la terre était composée de strates superposées, comme

les sept cieux. (En contemplant les étoiles certains soirs, je sentais le monde ténébreux qui était sous nos pieds.) Deux mètres d'épaisse terre noire pouvaient dissimuler une couche de mauvaise terre argileuse, imperméable et craquelée, ou de terre sableuse. Les anciens maîtres puisatiers qui s'employaient à repérer l'endroit où chercher l'eau se devaient de connaître le langage de la terre, des plantes, des insectes et même des oiseaux, de sentir en marchant la couche de roche ou d'argile qui reposait sous leurs pas.

Ces aptitudes amenèrent certains anciens maîtres puisatiers à s'arroger les perceptions et pouvoirs surnaturels des chamanes d'Asie centrale, et à prétendre parler avec les dieux et les djinns du monde souterrain. Dans mon enfance, le peuple désireux de trouver une source d'eau bon marché était enclin à croire à ces rodomontades dont mon père se riait. Je me souviens que les gens des maisons les plus pauvres de Beşiktaş s'en remettaient encore à ces croyances pour faire creuser un puits dans leur jardin. Tandis que le maître puisatier écoutait la terre afin de déterminer l'emplacement du futur puits dans la cour enserrée de lierre qui abritait le poulailler, j'avais vu les tantes et les oncles de la maisonnée lui témoigner le même respect qu'à un médecin auscultant les poumons d'un bébé.

« Avec la permission de Dieu, nous en aurons tout au plus pour deux semaines et là, à dix-douze mètres, je trouverai de l'eau », déclara Maître Mahmut lors de cette toute première journée.

Il parlait plus librement avec moi qu'il ne pouvait le faire avec Ali, qui était l'homme du propriétaire. Cela n'était pas pour me déplaire. Je me sentais ainsi impliqué au côté de mon maître dans ce projet.

Le lendemain matin, Maître Mahmut détermina l'endroit où creuser le puits. Il ne correspondait pas à l'emplacement voulu par le propriétaire du terrain au regard des plans de l'usine. C'était complètement à l'opposé, dans un autre coin du terrain.

En raison de son habitude politique du secret, mon père ne m'impliquait jamais dans ses activités, il ne me demandait jamais mon avis. Quant à Maître Mahmut, la première chose qu'il fit au moment de choisir le point de forage, ce fut de partager ses réflexions avec moi, en m'expliquant les difficultés particulièrement ardues de ce terrain. Cet échange me plut et suscita en moi de l'affection à son égard. Mais après, il retourna en lui-même et sa décision, il la prit sans me consulter ni me l'expliquer. C'est ainsi que je sentis pour la première fois l'emprise qu'il avait sur moi et, même si j'aimais cette proximité et cette affection que je n'avais jamais connues de la part de mon père, j'éprouvai tout à coup du ressentiment envers lui.

Maître Mahmut avait fiché un pieu en terre. Pourquoi, après avoir si longuement tergiversé et arpenté le terrain, avait-il choisi cet endroit ? En quoi différait-il d'un autre ? Si nous enfoncions sans cesse ce pieu dans la terre, était-on assuré que de l'eau en sortirait ? Ces questions, je brûlais d'envie de les poser à Maître Mahmut mais je comprenais que je ne pourrais le faire. J'étais un enfant. Il n'était ni mon ami ni mon père, mais mon maître. C'est moi seul qui voyais en lui un père.

Il noua une ficelle autour du pieu. Et à l'autre extrémité du fil, il accrocha un clou. Il annonça que la corde faisait un mètre de long. Ici, un mur en pierres ne tiendrait pas. Il devrait circonscrire le puits avec une paroi en béton. D'une épaisseur de vingt ou vingt-cinq centimètres. Tenant la corde bien tendue, il se mit à dessiner un cercle de deux mètres de diamètre avec la pointe du clou. Ce n'est pas un cercle qu'il traçait en réalité, mais de simples repères sur le sol. Ensuite, Ali et moi étions chargés de les relier avec soin pour faire apparaître le cercle.

« Le périmètre d'un puits circulaire doit être tracé avec une grande exactitude, dit Maître Mahmut. S'il présente un défaut, un angle, une saillie, le mur ne tient pas, tout s'éboule ! »

C'est ainsi que j'eus vent pour la première fois de sa peur de l'éboulement et, saisissant pelles et pioches, nous attaquâmes l'intérieur du cercle. Le maître creusait la terre ; quant à moi, soit je mettais des coups de pioche, soit j'empoignais la pelle pour évacuer les déblais dans la brouette d'Ali, et nous arrivions tout juste, à nous deux, à suivre la cadence du maître. « Ne remplis pas trop la brouette, que je puisse aller la vider et la ramener plus rapidement », disait Ali, parfois tout essoufflé. Alors que très vite nous fatiguions et perdions le rythme, les mottes de terre retirées par les inexorables coups de pioche de Maître Mahmut s'accumulaient sur le côté. Lorsque le monceau était assez haut, le maître jetait sa pioche et allait s'allonger sous l'olivier qui était plus loin, et il nous attendait en fumant sa cigarette. Dès les premières heures de cette première journée, les deux apprentis que nous étions avions d'emblée compris que notre travail consistait à régler notre vitesse sur celle du maître, à observer attentivement chacun de ses gestes et à agir en conséquence, à lui obéir et appliquer les consignes sur-le-champ.

Manier pelle et pioche toute la journée sous le soleil m'avait un peu abruti. Après le coucher du soleil, sans même réussir à avaler un bol de soupe aux lentilles, je me jetai sur ma couche. Le manche des outils m'avait provoqué des ampoules aux mains et j'avais la nuque brûlée par le soleil.

« Tu vas t'habituer, petit bey, tu vas t'habituer », dit

Maître Mahmut sans détourner les yeux de la petite télévision qu'il essayait de faire fonctionner.

Il me lançait des piques parce que j'étais un jeune gringalet pas vraiment bâti pour les travaux de force, mais « petit bey » me fit plaisir. Car ces mots me laissaient deviner que mon maître reconnaissait que je venais d'une famille citadine et éduquée – ce qui signifiait qu'il ne me confierait pas de tâches trop pénibles et me couverait d'une attention paternelle. Ils me faisaient également sentir qu'il m'aimait bien et qu'il s'intéressait à moi.

5

Le bourg d'Öngören situé à quinze minutes du site où nous creusions le puits comptait quelque six mille deux cents habitants, comme indiqué en grosses lettres blanches sur le panneau bleu à l'entrée de l'agglomération. Nous passâmes les deux premiers jours à creuser sans arrêt et, l'après-midi du deuxième jour, lorsque, une fois parvenus à une profondeur de deux mètres, nous eûmes besoin de matériel, nous descendîmes à Öngören.

Ali nous emmena tout d'abord chez le menuisier du bourg. Comme il était impossible après deux mètres d'évacuer la terre hors du puits avec nos pelles, il nous fallait construire un treuil, conformément à ce qui se faisait dans tous les puits. Mais le bois que Maître Mahmut avait apporté à bord de la camionnette du propriétaire du terrain s'était révélé insuffisant. Au menuisier qui s'enquérait de qui nous étions et de ce que nous faisions, Maître Mahmut répondit que nous étions puisatiers. En apprenant à quel endroit, le menuisier lança : « Ah, sur le plateau du haut. »

Les jours suivants, lors de nos descentes du « plateau du haut » vers le bourg, Maître Mahmut prit l'habitude de s'arrêter de temps à autre chez le menuisier, tout comme chez l'épicier, le buraliste à lunettes auprès de qui il achetait ses cigarettes et chez le quincailler qui restait ouvert jusqu'à des heures tardives. Les journées où nous creusions le puits, j'aimais beaucoup descendre à Öngören avec mon maître, marcher avec lui dans les rues, m'asseoir sur un banc dans le petit parc planté de pins et de cyprès, à la terrasse d'un café, sur le seuil d'un magasin ou dans un coin frais à l'intérieur de la gare.

L'infortune d'Öngören, c'était son nombre écrasant de militaires. Pendant la Seconde Guerre mondiale, pour protéger Istanbul contre une attaque des Allemands par les Balkans et des Russes par la Bulgarie, une grande brigade d'infanterie avait été déployée dans cette localité, et on eût dit qu'on l'y avait oubliée. Quarante ans après, ces nombreux effectifs militaires étaient devenus la plus grande source de revenus de la bourgade, ainsi qu'un problème.

La plupart des magasins du centre-ville vendaient des cartes postales, des chaussettes, des jetons de téléphone, de la bière et autres articles semblables pour les soldats autorisés à sortir. Des gendarmes étaient constamment postés dans le secteur où restaurants et kebabs s'alignaient les uns à côté des autres à destination de cette nombreuse clientèle, familièrement baptisé « rue des Restaurants ». Le soir, comme les soldats qui s'entassaient durant la journée et notamment les week-ends dans ces gargotes, ces cafés et ces petites pâtisseries vidaient les lieux, l'Öngören que nous voyions à ce moment-là était tout autre. Alors, les gendarmes imposaient le silence aux recrues indisciplinées et braillardes sorties de leur garnison, de même qu'à n'importe quel individu ou établissement provoquant du tapage, et si une bagarre éclatait entre soldats, ils y mettaient immédiatement un terme.

Trente ans plus tôt, lorsque les effectifs de la garnison étaient encore plus nombreux, quelques hôtels avaient ouvert pour héberger les familles et les visiteurs des soldats mais, par la suite, avec l'évolution des transports et des liaisons avec Istanbul, ces lieux se vidèrent de leurs clients. Certains s'étaient recyclés en maisons de passe plus ou moins clandestines, nous dit Ali ce jour-là en nous montrant pour la première fois la bourgade. Ces hôtels étaient situés sur la place de la Gare. Nous avions d'emblée aimé cette place aux lumières orangées où se trouvaient une statue d'Atatürk, la pâtisserie de l'Étoile dont la glacerie marchait bien, un bureau de poste et le café Roumélie.

Le père d'Ali travaillait dans une des rues qui débouchaient sur la place, comme gardien de nuit dans un entrepôt où un parent de Hayri Bey parquait ses engins de chantier. Tard dans l'après-midi, Ali nous conduisit également chez son maître ferronnier.

Avec l'argent que lui avait donné le propriétaire du terrain, Maître Mahmut fit recouper du bois et il choisit des colliers de serrage métalliques pour fixer les pièces du treuil. Il acheta quatre sacs de ciment, des truelles, des clous et de la corde. Mais cette corde n'était pas celle avec laquelle il descendrait dans le puits. Le solide câble nécessaire à cette opération était enroulé autour du cylindre du treuil que nous avions apporté de Gebze.

Nous déposâmes tout ce matériel sur la carriole à cheval que quelqu'un, dans l'atelier du ferronnier, avait mise à notre disposition. Pendant que les roues cerclées de fer de la charrette faisaient un bruit terrible sur les pavés, je pensai que mon séjour ici se terminerait sous peu, que bientôt je retournerais d'abord à Gebze auprès de ma mère, puis que j'irais à Istanbul. En marchant près de la carriole, je me retrouvais parfois au même niveau que le cheval et, à la vue de ses yeux noirs et fatigués, je me rappelle m'être fait la remarque qu'il devait être vraiment très vieux.

Nous arrivâmes sur la place de la Gare. Une porte s'ouvrit. Une femme en jean et d'âge moyen sortit dans la rue. « Qu'est-ce que vous faites ? Dépêchez-vous ! » lança-t-elle par-dessus son épaule d'un ton sévère.

Sur le seuil de la porte ouverte devant laquelle le cheval et moi étions en train de passer parurent un jeune homme âgé de cinq ou six ans de plus que moi, puis une femme de grande taille aux cheveux roux qui pouvait être sa sœur aînée. Il émanait d'elle quelque chose de différent et d'attirant. Peut-être que la dame d'âge moyen en blue-jean était leur mère à tous les deux.

« Je vais le chercher », lui répondit la Femme aux Cheveux roux avant de disparaître à nouveau dans l'immeuble. Mais juste comme elle s'engouffrait dans l'allée, elle lança un bref coup d'œil dans ma direction et vers le vieux cheval derrière moi. Comme si elle avait remarqué en l'un de nous deux quelque bizarrerie, je vis ses jolies lèvres rondes esquisser un sourire chagrin. Une expression de sympathie et d'affection se peignit alors sur son visage.

« Bon, alors vas-y ! » s'exclama sa mère à l'instant précis où notre groupe de quatre, c'est-à-dire Maître Mahmut, l'autre apprenti, moi et le cheval, passa à sa hauteur. Elle affichait une mine contrariée à l'adresse de la Femme aux Cheveux roux et ne nous accorda pas la moindre attention.

Quand la carriole à cheval sortit d'Öngören avec son chargement, le bruit émis par les roues s'arrêta avec la fin des pavés. Nous gravîmes la côte et lorsque nous parvînmes sur notre vaste plateau, ce fut comme si nous étions arrivés dans un tout autre univers.

Les nuages s'étaient dissipés, le soleil pointait, et même les terres nues et semi-arides qui nous environnaient avaient pris des couleurs. De bruyants et noirs corbeaux surgissaient des champs de maïs à travers lesquels ondoyait la route, ils sautillaient sur la chaussée et, dès qu'ils nous apercevaient, ils s'envolaient à tire-d'aile. Je remarquai le bleu étrange dont se teintaient les cimes violettes du côté de la mer Noire, le vert des rares bosquets disséminés entre les champs gris et jaune de la plaine en arrière-plan. Le plateau du haut où nous creusions le puits, le monde entier, les maisons aux couleurs pâles dans le lointain, les peupliers tremblotants, la voie ferrée incurvée, tout était beau et, dans un coin de mon âme, je savais que si j'étais assailli par cet agréable sentiment, c'était grâce à la jolie femme aux cheveux roux que j'avais aperçue peu avant sur le pas de sa porte.

Je n'avais pas vraiment pu voir ses traits. Pourquoi sa mère et elle se disputaient-elle ? Son allure m'avait fait de l'effet. Ses cheveux roux avaient brillé d'un curieux éclat dans la lumière. Elle m'avait considéré un instant comme si j'étais une ancienne connaissance et qu'elle se demandait ce que je faisais ici, et c'est à ce moment que nos regards s'étaient croisés. Nous nous étions regardés comme si nous cherchions tous deux la trace d'un souvenir, avec une insistance presque inquisitrice.

En sombrant dans le sommeil, je voyais les étoiles et j'essayais de me remémorer le visage de la Femme aux Cheveux roux.

6

Le lendemain matin – le quatrième jour depuis que j'avais commencé ce travail –, nous installâmes le treuil que nous avions apporté de Gebze à l'aide du bois et du matériel que nous venions d'acheter. Le treuil se composait d'un tambour cylindrique autour duquel s'enroulait une corde et il était pourvu d'une manivelle à chaque extrémité, l'une fine, l'autre plus épaisse ; il était soutenu par deux tréteaux en bois aux montants croisés en X reposant sur une plateforme où poser facilement le seau que nous tracterions vers le haut. Pour nous permettre de mieux comprendre comment ces différentes pièces seraient assemblées, Maître Mahmut prit un papier et, avec une habileté qui m'étonna, il traça au crayon un plan détaillé du treuil.

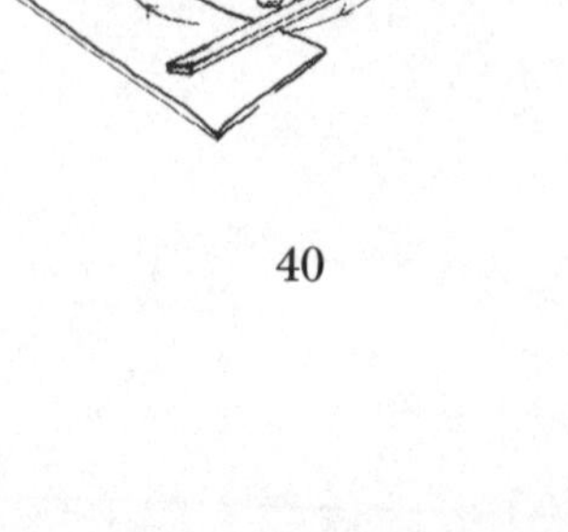

Ali et moi tournions la manivelle de chaque côté pour remonter le seau que notre maître remplissait de terre en contrebas. Il était bien plus grand qu'un seau à eau domestique. Et une fois empli à ras bord de cailloux et de terre, il devenait si lourd que, même à deux, nous peinions à faire tourner le treuil. Attraper ce seau par le bord quand il arrivait à notre niveau, le tirer vers la plateforme en bois et l'y installer en donnant un peu de mou à la corde sans enlever l'anneau et le crochet… voilà qui exigeait autant de dextérité que de force. Dès que nous avions remonté le seau et réussi à le poser sans incident sur la plateforme, Ali et moi échangions un bref regard l'air de dire « Ça y est » et nous poussions un soupir de soulagement.

Puis, après l'avoir rapidement délesté de quelques pelletées de terre, nous, les deux apprentis, nous soulevions le seau de part et d'autre et le retournions pour le vider dans la brouette. Je le renvoyais ensuite avec précaution vers le bas et quand le seau se rapprochait du maître puisatier, je l'avertissais en criant « Il arriiive ! », comme il me l'avait ordonné. Maître Mahmut lâchait sa pioche, il attrapait le seau et, sans l'enlever de sa corde, il le déposait sur le sol au fond du puits ; très vite, il y entassait avec sa pelle les déblais de terre accumulés au fur et à mesure. Les premiers jours, je pouvais entendre d'en haut les « han » qu'il émettait à chaque effort tandis qu'il maniait sa pelle et sa pioche avec ardeur, voire avec fureur. Mais ces « han » devinrent de moins en moins audibles à mesure qu'il s'enfonçait dans les tréfonds de la terre, à la vitesse d'un mètre par jour.

Dès qu'il avait à nouveau rempli son seau, Maître Mahmut criait « Tireez ! », le plus souvent sans même relever la tête. En haut, si nous étions prêts, Ali et moi saisissions aussitôt les manivelles du treuil et faisions remonter le seau avec son lourd chargement de terre. Parfois, Ali tardait et arrivait en traînant ; comme il m'était difficile de faire tourner le treuil tout seul, je l'attendais. D'autres fois, c'était le maître puisatier qui ralentissait alors qu'Ali était déjà posté devant le treuil ; profitant de cet instant de répit, nous restions là, à regarder Maître Mahmut qui s'activait à emplir le seau.

Ces temps d'attente étaient les seules pauses qu'Ali et moi réussissions à nous octroyer durant ces intenses séances de travail, et nous échangions alors quelques mots. Mais j'avais très tôt compris qu'il me serait impossible de lui demander qui étaient les personnes que nous avions aperçues dans la bourgade, qui était cette femme aux cheveux roux, à la jolie bouche et au regard triste et mystérieux. Était-ce par crainte qu'Ali ne m'annonce qu'il ne les connaissait pas ? Ou qu'il ne puisse me dire quelque chose qui me briserait le cœur ?

En réalité, c'est non seulement à Ali mais aussi à moi-même que je souhaitais cacher que la Femme aux Cheveux roux occupait parfois mon esprit. Le soir, alors que je contemplais le ciel étoilé tout en gardant un œil sur le petit téléviseur du maître, ou lorsque j'étais sur le point de sombrer dans le sommeil, je la voyais qui me souriait. Sans doute n'aurais-je pas autant pensé à elle sans ce sourire, sans l'affection qui en émanait et cette expression qui semblait dire « Je te connais » flottant sur son visage.

Tous les trois jours, Hayri Bey, le propriétaire du terrain, arrivait vers midi à bord de sa camionnette et s'enquérait avec empressement de l'avancement des travaux. Si nous étions en train de déjeuner, Maître Mahmut l'invitait à partager notre repas composé de tomates, de pain, de fromage, d'olives, de raisin et de Coca-Cola. Parfois, le maître était dans le puits à trois ou quatre mètres de profondeur ; Hayri Bey et nous, les deux apprentis, nous restions au bord à l'observer dans un silence respectueux.

Quand le maître remontait, il emmenait Hayri Bey à l'autre bout du terrain, là où Ali vidait la terre extraite du puits et, lui montrant la couleur des petits morceaux de roche, des mottes de terre sombres ou plus claires qu'il émiettait dans sa main, il faisait des commentaires sur notre vitesse de forage et sur la distance à laquelle se trouvait l'eau. Les premiers jours, nous avancions à un bon rythme dans la terre peu caillouteuse, mais au bout de trois mètres, les quatrième et cinquième jours, nous étions tombés sur une strate plus dure qui nous avait ralentis. Maître Mahmut déclarait avec conviction que nous trouverions à nouveau de la terre humide une fois cette veine de roche dépassée, ce à quoi l'industriel du textile Hayri Bey répondait : « Bon, à la grâce de Dieu. » Il ne cessait de répéter que le jour où nous parviendrions jusqu'à l'eau, il ferait tuer un mouton et donnerait un festin, qu'il nous distribuerait des pourboires, à Maître Mahmut et à nous, il disait même chez quel pâtissier d'Istanbul il achèterait les baklavas.

Une fois le propriétaire du terrain reparti et notre déjeuner terminé, nous ralentissions la cadence. Plus loin sur le plateau, à une minute de là, se dressait un grand noyer. J'allais m'allonger sous ses branches et je faisais la sieste. Avant de m'assoupir, sans même que je la convoque en pensée et avec une parfaite netteté, la Femme aux Cheveux roux apparaissait devant mes yeux avec cet air de dire « Je te connais ». Cela me rendait heureux. Quelquefois, son image surgissait aussi dans les moments où je croyais que j'allais tourner de l'œil à cause de la chaleur. Il y avait dans ce fantasme quelque chose qui me raccrochait à la vie et m'insufflait de l'optimisme.

Par forte chaleur, Ali et moi nous versions mutuellement de l'eau sur la tête et nous buvions beaucoup. L'eau, c'est Hayri Bey qui nous l'apportait dans de gros jerricans en plastique à bord de sa camionnette. Ce même véhicule, qui passait tous les deux ou trois jours, nous livrait aussi les victuailles que nous faisions acheter en ville. Les produits tels que les tomates, les piments verts, l'huile, le pain ou les olives, Maître Mahmut les remboursait au chauffeur mais, chaque fois, la femme du propriétaire du terrain nous envoyait quelque chose en plus : pastèques, melons, parfois du chocolat ou des bonbons, des poivrons farcis, du pilaf à la tomate ou de la viande sautée faits maison.

Maître Mahmut était très à cheval sur le repas du soir. Chaque après-midi, avant de nous lancer dans la préparation pour le coulage du béton, il me faisait laver pommes de terre, aubergines, lentilles, tomates, poivrons frais ou ce que nous avions sous la main, lui-même coupait les légumes avec soin, en tout petits morceaux, dans la casserole qu'on avait apportée de Gebze, il ajoutait un peu d'huile et les mettait à chauffer à feu très doux sur le réchaud à gaz. Jusqu'au coucher du soleil, c'est moi qui étais chargé de surveiller leur lente cuisson en évitant qu'ils n'attachent au fond de la casserole.

Pendant les deux dernières heures, Maître Mahmut installait le coffrage en bois de la cavité d'un mètre de profondeur qu'il avait creusée dans la journée et y coulait du béton. Ali et moi mélangions le sable et le ciment dans un coin près du bord, nous y versions de l'eau, nous chargions le mortier dans la brouette et, à l'aide d'une sorte de petit toboggan en bois en forme de demi-cône – Maître Mahmut prétendait fièrement qu'il était de son invention –, nous faisions couler le béton dans le puits sans devoir utiliser le seau. « Un peu plus à droite, un peu plus haut », disait Maître Mahmut pour diriger le béton liquide que nous déversions à la pelle dans le toboggan.

Quand, après avoir rapidement mélangé les composants

et mis le mortier dans la brouette, nous tardions à le déverser au fond du puits, Maître Mahmut s'énervait et nous invectivait d'en bas, de peur que le béton ne durcisse. Mon père, qui ne me réprimandait jamais et ne me criait jamais dessus, me manquait dans ces moments-là. Mais comme c'était à cause de lui que nous n'avions plus d'argent et que je travaillais ici, j'étais également en colère contre lui. Maître Mahmut s'occupait de moi comme jamais mon père ne l'avait fait, il me racontait des histoires, il m'instruisait et s'inquiétait régulièrement de savoir si j'allais bien, si j'avais faim ou si j'étais fatigué. Est-ce pour cette raison que ses réprimandes me mettaient tant en colère ? Si mon père se fâchait contre moi, je lui donnais raison, je faisais profil bas et je passais à autre chose. Mais pour quelque étrange raison, les remontrances de Maître Mahmut m'atteignaient plus profondément. Je lui obéissais, je faisais ce qu'il demandait et en même temps, je fulminais contre lui.

À la fin de la journée, Maître Mahmut nous lançait : « Remontez ! », il posait un pied dans le seau qui était sur le sol, nous faisions tourner le treuil et, comme dans un ascenseur, nous le hissions tout doucement vers la lumière du jour. En haut, dès que Maître Mahmut s'étendait sous l'olivier un peu plus loin, tout se drapait de silence ; la sensation d'être isolés en pleine nature, loin d'Istanbul et de la foule, faisait naître en moi la nostalgie de ma mère, de mon père et de Beşiktaş.

À l'exemple de Maître Mahmut, je me précipitais vers un coin à l'ombre, et je regardais s'éloigner Ali qui repartait à pied vers la bourgade. Au lieu de longer la route incurvée, il prenait un raccourci en coupant à travers champs, par les prés couverts d'herbes et de ronces. À quel endroit de cette petite ville habitait-il ? Nous n'avions jamais vu sa maison. La Femme aux Cheveux roux, son frère et leur mère revêche que nous avions aperçus sur le pas de leur porte vivaient-ils près de chez lui ?

Tandis que j'avais l'esprit distrait par ces pensées, je sentais l'agréable odeur de la cigarette que Maître Mahmut venait d'allumer ; en entendant les « À vos ordres ! » que vociféraient les soldats au rassemblement du soir dans la caserne et le bourdonnement d'une abeille, je me disais que la vie, notre présence en ce monde, était une chose bien étrange.

Le quatrième jour, alors que je me levais pour surveiller le contenu de la casserole, je vis que Maître Mahmut s'était endormi là même où il s'était allongé. Tout comme je le faisais dans mon enfance avec mon père assoupi, je m'imaginais que c'était un géant et que moi, j'étais un tout petit bonhomme, tel Gulliver. J'observai la façon dont il gisait, comme un objet sur le sol, ses grands bras et ses longues jambes. Les mains, les doigts de Maître Mahmut étaient durs et raboteux et non pas fins et délicats comme ceux de mon père. Ses bras étaient couverts de coupures, de grains de beauté et de poils noirs. La blancheur naturelle de sa peau se devinait seulement sous les bords de sa chemise à manches courtes, aux endroits qui n'avaient pas été exposés au soleil. J'observais avec étonnement son long nez et le mouvement lent de ses narines qui se dilataient au gré de sa respiration – comme mon père quand il dormait. Dans son épaisse chevelure parsemée de cheveux gris, il y avait de petits morceaux de terre et, dans son cou, des fourmis qui grimpaient avec hâte et curiosité.

7

« Tu voudras te laver ? » me demandait chaque soir Maître Mahmut au coucher du soleil.

Le jerrican que la camionnette venait remplacer tous les deux ou trois jours était équipé d'un robinet mais le filet d'eau qui en coulait nous permettait tout juste de nous laver les mains et la figure. Pour le corps entier, il nous fallait d'abord remplir un seau en plastique. Quand Maître Mahmut me versait de l'eau sur la tête à l'aide d'un grand pichet, je frémissais. Moins à cause de la fraîcheur de l'eau qui n'avait pas eu le temps de chauffer au soleil qu'en raison du fait qu'il me voyait nu.

Une fois, il m'avait dit : « Tu es encore un gamin. » Qu'entendait-il par là ? Que mes muscles n'étaient pas suffisamment développés, que je manquais de force ? Ou faisait-il allusion à tout autre chose ? Son corps à lui était musclé, robuste et puissant, il avait le torse et le dos velus.

Je n'avais jamais vu mon père ni aucun autre homme nu. Quand venait mon tour de verser l'eau du pichet sur la tête pleine de shampoing de Maître Mahmut, j'évitais de le regarder. Je voyais parfois ses bras, ses jambes, son dos marqués de plaies et d'ecchymoses provoquées par le creusage du puits, mais je ne disais rien. Or, si Maître Mahmut apercevait un bleu sur mon dos ou mes bras alors qu'il me versait de l'eau sur la tête, il ne pouvait s'empêcher, par curiosité et par plaisanterie, de le toucher rudement du doigt et, dès qu'il me voyait sursauter en geignant, il riait et me disait gentiment de faire plus attention.

« Fais attention » est une phrase qu'il me répétait souvent, que le ton soit à la tendresse ou à l'admonestation. « Un apprenti puisatier étourdi risque d'estropier celui qui est en dessous, son inattention peut tuer. » « Rappelle-toi, tu dois toujours garder l'œil aux aguets et l'oreille tendue vers ce qui se passe au fond du puits », disait-il, et de m'expliquer comment un seau qui s'échappe de son crochet pouvait écraser la personne en contrebas. Ou bien, il me narrait en quelques phrases de quelle façon le maître puisatier risquait de passer subitement de vie à trépas si, en haut, son apprenti distrait ne remarquait pas dans les trois minutes que son maître s'était évanoui, intoxiqué par les gaz.

J'aimais beaucoup l'écouter me raconter des histoires aussi instructives qu'effrayantes en me couvant d'un regard affectueux. Alors que mon maître me relatait avec flamme les fautes que pouvaient commettre les apprentis inattentifs, je comprenais que, dans son esprit, le monde souterrain, le royaume des morts et les tréfonds de la terre correspondaient à telle ou telle région particulière de l'enfer ou du paradis et j'en avais des frissons. D'après mon maître, plus nous creusions, plus nous avancions vers la sphère de Dieu et de ses anges. Or, le vent frais qui soufflait au milieu de la nuit nous rappelait que le ciel d'azur et les dizaines de milliers d'étoiles tremblotantes qui le constellaient se situaient exactement à l'opposé.

Dans le silence paisible qui s'installait jusqu'au coucher du soleil, Maître Mahmut se partageait entre la cuisson du dîner qu'il surveillait en soulevant et refermant le couvercle de la casserole et le réglage de l'image de la télévision. Ce poste, il l'avait rapporté de Gebze, en même temps que la batterie d'une vieille voiture qui n'avait pas du tout fonctionné les deux premiers soirs et qu'il avait dû renvoyer par la camionnette à Öngören pour la faire réparer. Désormais, le téléviseur puisait l'électricité dans la batterie, il fonctionnait mais Maître Mahmut devait beaucoup batailler pour obtenir une image claire à l'écran. Quand il s'énervait, il m'appelait et me fourrait dans la main l'antenne en fer-blanc semblable à un fil dénudé et me guidait en disant « à droite, un peu plus haut, plus à gauche » pour régler la netteté.

Après de longs efforts, une image apparaissait mais pendant que nous regardions les informations en plongeant notre cuiller dans notre repas chaud du soir, l'écran se brouillait à nouveau et, tels de vieux souvenirs, les images se mettaient à aller et venir, à ondoyer et vaciller. Nous nous levions et si, après quelques manipulations du poste, l'image se dégradait pour de bon, nous ne bougions plus de notre place et restions là, à écouter ce que racontait le présentateur du journal dont la voix restait encore audible ainsi que les publicités.

C'est à cet instant que le soleil disparaissait à l'horizon. Le chant de rares et étranges oiseaux que nous n'apercevions pas de la journée commençait alors à se faire entendre. Puis, avant même la tombée de la nuit, la pleine lune d'un éclat rosé apparaissait dans le ciel. Nous entendions de petits bruits autour de la tente, les aboiements des chiens dans le lointain, je sentais l'odeur des cendres froides, l'ombre de cyprès absents.

Mon père ne m'avait jamais raconté d'histoire ni de conte. Mais Maître Mahmut m'en racontait chaque soir, en s'inspirant des images brouillées du téléviseur, d'un souvenir ou d'un problème qui nous avait accaparés toute la journée. Il n'était pas facile dans ces récits de faire la part entre la réalité et l'imaginaire ou de démêler le début de la fin. Mais j'aimais m'y laisser prendre et écouter la morale que Maître Mahmut en tirait. J'avais pourtant du mal à les comprendre totalement. Une fois par exemple, Maître Mahmut avait raconté que, dans son enfance, il s'était fait enlever par un géant qui l'avait emporté dans le monde souterrain : cet endroit était baigné non pas d'obscurité mais d'une grande clarté. On l'avait emmené dans un château illuminé et convié à la table d'un festin couverte de coquilles de noix et d'insectes, de têtes de poisson et d'arêtes. On lui avait servi les meilleurs mets du monde mais, en entendant des femmes pleurer derrière lui, Maître Mahmut n'avait pu avaler une seule bouchée. Sur ce, il m'avait expliqué que les femmes qui pleuraient dans le palais du sultan du monde souterrain avaient la même voix que celle des présentatrices à la télévision.

Une autre fois, après avoir raconté comment deux montagnes, l'une en liège et l'autre en marbre, se faisaient face depuis des milliers d'années sans se connaître ni se comprendre mutuellement, il avait déclaré que, dans le saint Coran, il y avait un verset qui disait « Construisez vos maisons en hauteur ». Le sens de ce verset était que les lieux en altitude ne pourraient être frappés par les séismes. Le fait que nous creusions notre puits sur un haut plateau était donc de bon augure. Aux endroits élevés, l'eau jaillissait facilement.

Pendant que Maître Mahmut poursuivait son récit, comme la nuit tombait et qu'il n'y avait rien d'autre à voir, nous regardions tous deux la neige sur l'écran de télévision, aussi attentifs que si les images étaient claires et distinctes.

« Tiens, tu vois, là aussi il y en a, s'exclamait Maître Mahmut en montrant une tache sur l'écran. Ce n'est pas un hasard. »

Dans ces images fantomatiques je finissais aussi par distinguer la silhouette de deux montagnes se faisant face. Mais avant même que je n'aie le temps de me dire qu'il s'agissait d'une illusion, Maître Mahmut changeait de sujet et me donnait ses instructions : « Demain, ne remplissez pas la brouette à ras bord. » J'étais fasciné que quelqu'un qui réfléchissait et agissait en ingénieur quand il coulait du béton, branchait la télévision sur la batterie ou dessinait un plan de treuil puisse me relater ces histoires légendaires comme si elles lui étaient réellement arrivées.

Alors que je débarrassais les reliefs du dîner, Maître Mahmut disait : « Descendons au bourg pour acheter des clous » ou bien « Je n'ai plus de cigarettes ».

Les premiers soirs, alors que nous marchions en direction d'Öngören dans une fraîche obscurité, le clair de lune se reflétait sur l'asphalte. Avec une force jamais éprouvée jusque-là, je sentais la voûte céleste très proche au-dessus de moi, et je pensais à mes parents. J'aimais entendre le crissement ininterrompu des grillons et me perdre, les nuits sans lune, dans la contemplation ébahie des dizaines de milliers d'étoiles qui scintillaient dans le ciel.

De la bourgade, je téléphonai à ma mère, je lui dis que tout allait bien mais elle se mit à pleurer. Je précisai que Maître Mahmut m'avait versé mon salaire (c'était vrai) et que je serais rentré dans moins de deux semaines (cela, je n'en étais pas certain). Je savais au fond de moi que j'étais heureux d'être là avec Maître Mahmut. Était-ce parce que je gagnais ma vie par moi-même et que, depuis le départ de mon père, j'étais devenu l'homme de la maison ?

Je n'étais pas dupe de la vraie raison pour laquelle j'étais content de descendre le soir à Öngören. Je voulais revoir la Femme aux Cheveux roux que j'avais aperçue sur la place de la Gare. Chaque fois que Maître Mahmut et moi nous rendions à la bourgade, j'essayais de passer devant chez elle. Si nous n'avions pas encore traversé la place de la Gare ce soir-là, je trouvais un prétexte pour fausser compagnie à mon maître et bifurquer devant sa porte en ralentissant le pas.

C'était un immeuble de trois niveaux, aux façades en ciment brut et de pauvre apparence. Après les informations du soir, les lumières étaient allumées aux deux étages du haut. Les rideaux de celui du milieu étaient constamment fermés. Ceux du dernier étage étaient entrebâillés quant à eux, et une fenêtre restait quelquefois ouverte.

Je pensais que la Femme aux Cheveux roux habitait soit au dernier soit au premier avec son frère, sa mère et le reste de la famille. Si c'était au dernier, cela signifiait que leur situation financière était un peu meilleure. Que faisait son père dans la vie ? Je ne l'avais pas vu. Peut-être avait-il disparu, comme le mien.

Toute la journée, pendant que je trimais et m'employais à tourner la manivelle du treuil pour faire remonter le seau alourdi de terre ou pendant que je m'assoupissais à l'ombre durant la pause méridienne, je me rendais compte que la Femme aux Cheveux roux occupait mes rêves et que je pensais à elle. J'en avais un peu honte. Ce qui me gênait, c'était non pas ma propension à fantasmer sur une inconnue au lieu de me concentrer sur mon travail mais le côté naïf et primaire de ces rêveries. Je nous imaginais déjà mariés, faisant l'amour et vivant heureux sous le même toit. Je ne pouvais m'empêcher de repenser à l'instant où je l'avais vue devant sa porte : la vivacité de sa gestuelle, ses petites mains, sa grande silhouette élancée, ses lèvres rondes, l'expression de tendresse et de tristesse qui imprégnait ses traits et, par-dessus tout, cet air moqueur qui se peignait sur son visage quand elle riait. Ces rêveries éclosaient continuellement comme des fleurs sauvages dans ma tête.

Parfois, je nous imaginais plongés ensemble dans la lecture d'un livre, puis nous embrassant et faisant l'amour. Épouser la fille avec qui on a lu avec enthousiasme des livres nourris par un idéal de jeunesse était pour mon père le plus grand bonheur qui soit. C'est ce qu'il avait dit à ma mère une fois, en parlant du bonheur de quelqu'un d'autre.

8

Les soirs où Maître Mahmut et moi regagnions notre campement après être descendus à la bourgade, j'avais la sensation que nous avancions vers le ciel. Comme il n'y avait pas une seule habitation sur la côte qui montait d'Öngören jusqu'à notre haut plateau, il régnait une épaisse obscurité, et chaque pas semblait nous rapprocher des étoiles en face de nous. Les cyprès du petit cimetière situé en haut de la côte faisaient écran entre nous et les étoiles, rendant la nuit encore plus sombre. Une fois, une étoile filante avait glissé dans le carré de ciel qui apparaissait entre les arbres. « Tu as vu ? » nous étions-nous exclamés en nous retournant au même moment l'un vers l'autre.

Nous en apercevions souvent lorsque nous restions assis devant la tente, et nous en discutions. D'après Maître Mahmut, chaque étoile représentait une existence. Le Tout-Puissant avait créé les nuits étoilées pour nous rappeler qu'il existait une multitude d'êtres et de vies. C'est la raison pour laquelle, en voyant glisser une étoile filante, Maître Mahmut s'attristait parfois autant que s'il apprenait le décès de quelqu'un, il récitait des prières, prenait mon indifférence en mauvaise part et s'attaquait aussitôt à une nouvelle histoire. Devais-je croire tout ce qu'il me racontait pour qu'il ne se fâche pas contre moi ? Des années plus tard, une fois convaincu que les histoires de Maître Mahmut avaient indéniablement marqué ma vie, je me mis à lire des tas de livres pour rechercher leurs sources.

Les histoires de mon maître étaient en grande partie empruntées au Coran. À l'exemple de celle où le diable exhorte les humains à fabriquer des images, à les contempler pour se rappeler leurs proches défunts, les poussant finalement à devenir des idolâtres et à sortir du droit chemin. Mais ces versions très remaniées d'histoires connues, Maître Mahmut les racontait comme s'il les avait entendues dans la bouche d'un derviche, dans un café, ou comme s'il les avait lui-même vécues, si bien qu'elles prenaient l'allure de souvenirs bien réels.

Une fois, il me raconta comment il était descendu inspecter un puits vieux de cinq cents ans. Tout le monde croyait que ce puits remontant à l'époque byzantine était funeste et hanté par les djinns. Pour démontrer qu'il n'y avait en réalité rien d'autre qu'une poche de gaz, il avait déployé les pages d'un journal comme les ailes d'un pigeon, il les avait enflammées à leur extrémité et jetées dans le puits. Les flammes qui consumaient le journal chutant au ralenti s'éteignirent, « parce qu'il n'y avait plus d'air au fond du puits ». « Vous voulez dire plus d'oxygène », l'avais-je repris. Loin de se vexer de ma pédanterie puérile, il m'avait expliqué que les murs des puits byzantins, érigés pour moitié en pierres et pour moitié en briques, pullulants de scorpions et de lézards, étaient construits de la même façon que les puits ottomans, et qu'on utilisait du mortier du Khorassan. Quant aux anciens maîtres puisatiers d'Istanbul, avant Atatürk et la fondation de la république, ils étaient arméniens.

Il rappelait avec nostalgie qu'il avait creusé nombre de

puits dans les quartiers de constructions sauvages qui s'étiraient sur les flancs de Sarıyer, Büyükdere et Tarabya, qu'il avait formé nombre d'apprentis et que, dans les années 1970, les affaires marchaient si bien qu'il était parfois requis sur deux ou trois puits en même temps. En ces années-là, tout le monde débarquait d'Anatolie à Istanbul et construisait des bicoques de bidonville sans eau, sans électricité ni rien sur les collines surplombant le Bosphore. Quelques voisins se rassemblaient et mettaient de l'argent en commun pour commander le forage d'un puits à Maître Mahmut. Il possédait à l'époque une carriole à cheval décorée de motifs de fleurs et de fruits. Tel un grand patron surveillant ses investissements, Maître Mahmut se rendait parfois en un jour sur trois chantiers situés dans trois quartiers différents, il descendait travailler dans chacun des puits et, dès qu'il pensait pouvoir confier la conduite des travaux à l'apprenti en place, il se hâtait vers un autre puits.

« Si tu ne peux pas faire confiance à ton apprenti, tu ne peux pas devenir puisatier, disait-il ensuite. Tu dois être certain que le gars à la surface s'occupe bien de tout ce qu'il a à faire, correctement, en temps et en heure, ce n'est qu'ainsi que tu peux avoir l'esprit libre et te concentrer sur ton propre travail. Le puisatier qui peut avoir la même confiance en son apprenti qu'en son fils tiendra dans le métier. Devine qui était mon maître ?

— Qui était-ce ? » demandais-je alors, quand bien même je connaissais la réponse.

Maître Mahmut n'était pas sans le savoir car il me l'avait beaucoup raconté.

« Mon maître, c'était mon père, assenait-il quand même d'un air professoral. Si toi aussi tu deviens un bon apprenti, tu seras comme mon fils. »

Pour Maître Mahmut, le secret de la relation maître-apprenti résidait dans sa similitude avec la relation père-fils. Chaque maître avait la charge d'aimer son apprenti comme un fils, de le protéger et de l'éduquer. Car il lui léguerait ensuite son affaire. En contrepartie, l'apprenti avait le devoir d'apprendre le métier de son maître, de l'écouter et de lui obéir. Si l'inimitié et l'esprit de rébellion s'immisçaient entre eux, ce serait dommageable pour tous deux – comme ce serait le cas pour un père et un fils –, et le travail resterait en plan. Comme j'étais un bon garçon issu d'une bonne famille, mon maître était tranquille ; il ne s'attendait pas à ce que je sois désobéissant ou irrespectueux.

Maître Mahmut était né à Suşehri, dans la province de Sivas. À l'âge de dix ans, il était venu à Istanbul avec ses parents et avait passé son enfance dans le bidonville qu'ils avaient construit de leurs propres mains derrière Büyükdere. Il se plaisait à dire que sa famille était pauvre. Son père avait travaillé comme jardinier dans les derniers *yalı* de Büyükdere, puis avait appris sur le tard à creuser des puits en aidant un maître puisatier. Pensant que c'était un métier qui pouvait rapporter, il avait vendu son bétail et embauché son fils Mahmut comme apprenti. Jusqu'à la fin du lycée, Maître Mahmut avait travaillé comme apprenti aux côtés de son père. Après son service militaire, dans les années 1970 – période où l'on creusait énormément de puits pour alimenter en eau les vergers et les habitants des bidonvilles –, Maître Mahmut s'était acheté une carriole à cheval et, à la mort de son père, il avait repris le métier. En vingt ans, il avait creusé plus de cent cinquante puits. Il avait quarante-trois ans, le même âge que mon père, mais il ne s'était jamais marié.

Savait-il que mon père nous avait quittés et que c'est à cause de cela que ma mère et moi n'avions plus un sou vaillant ? Chaque fois que Maître Mahmut évoquait son enfance passée à lutter contre la pauvreté, je me posais la question. Ma susceptibilité m'amenait parfois à penser qu'il cherchait à me piquer au vif, moi qui étais un garçon distingué, le « petit bey » d'une famille propriétaire d'une pharmacie, mais qui se retrouvait du jour au lendemain obligé de travailler comme apprenti auprès d'un maître puisatier.

Une semaine après que nous eûmes commencé à creuser le puits, Maître Mahmut me raconta un soir l'histoire de Joseph et ses frères. Je l'écoutai avec attention relater la préférence que leur père Jacob avait pour Joseph, la jalousie de ses frères, leurs ruses pour s'en débarrasser et le jeter dans un puits. Ce qui a le plus marqué mon esprit, c'est quand Maître Mahmut m'a regardé en disant : « Oui, Joseph était beau et très intelligent, mais un père ne devrait pas faire de différence entre ses fils. Un père doit être juste, avait-il ensuite ajouté, un père injuste aveugle son enfant. »

Pourquoi avait-il amené la discussion sur l'aveuglement ? Comment ce thème avait-il surgi ? Était-ce pour souligner que Joseph avait mérité le fond d'un puits noir comme la poix ? Je me suis très souvent posé la question des années durant. Pourquoi cette histoire m'avait-elle tant dérangé, pourquoi m'avait-elle mis en colère contre mon maître ?

9

Le lendemain, Maître Mahmut tomba sur un rocher d'une dureté à laquelle il ne s'attendait pas et, pour la première fois, notre bonne humeur s'envola. Comme il craignait de mal engager la pointe de sa pioche sur la roche, il surveillait ses gestes et cela ne faisait que le ralentir davantage.

Pendant que nous attendions que le seau se remplisse, Ali s'allongeait parfois sur l'herbe pour se reposer. Mais moi, je ne lâchais pas des yeux mon maître qui se démenait au fond du puits. La chaleur était écrasante, le soleil me brûlait la nuque.

À midi arriva le propriétaire du terrain, Hayri Bey, qui fut très contrarié d'apprendre que nous étions tombés sur une veine rocheuse. Sous un soleil de plomb, les yeux fixés vers le bas du puits, il fuma une cigarette et repartit à Istanbul. Nous coupâmes la pastèque qu'il avait apportée, nous partageâmes le fromage et le pain encore chaud, et cela constitua notre déjeuner.

Comme il n'avait pas pu creuser beaucoup ce jour-là, Maître Mahmut ne coula pas de béton en fin d'après-midi. Il continua à travailler avec acharnement jusqu'au coucher du soleil. Il était fatigué, impatient. Lorsque je lui servis son dîner après le départ d'Ali, nous n'échangeâmes pas un mot.

Les paroles de Hayri Bey, « Si seulement nous avions creusé au premier endroit que j'avais montré », avaient blessé Maître Mahmut, elles mettaient en cause ses intuitions et sa maîtrise du métier. Je me dis que c'était à cause de cela que mon maître était si contrarié.

« On ne va pas au bourg », lança Maître Mahmut après le dîner.

Il se faisait tard, il était exténué, je lui donnai raison. Mais j'en conçus du dépit. Me rendre chaque soir place de la Gare, marcher en pensant à la Femme aux Cheveux roux, regarder vers les fenêtres de son immeuble en présumant qu'elle s'y trouvait peut-être à ce moment-là... en l'espace d'une semaine, c'était devenu un besoin indispensable pour moi.

« Vas-y, toi, dit Maître Mahmut. Tu me prendras un paquet de Maltepe. Tu n'as pas peur, dans le noir, n'est-ce pas ? »

Le ciel était limpide, sans nuages. Les yeux vers les étoiles, je marchai d'un pas rapide en direction des lumières de la petite bourgade d'Öngören. Juste avant d'arriver au cimetière, en voyant passer deux étoiles filantes simultanément, j'éprouvai le même émoi que si j'avais rendez-vous avec la Femme aux Cheveux roux.

Mais en arrivant sur la place de la Gare, je vis que les fenêtres de l'immeuble n'étaient pas allumées. J'entrai chez le buraliste à lunettes pour acheter les cigarettes de mon maître. Un peu plus loin, les sons d'une course-poursuite s'échappaient du cinéma Soleil. Par un interstice du mur, je cherchais des yeux la Femme aux Cheveux roux et sa famille parmi les spectateurs assis dans la cour du cinéma de plein air, mais ils ne s'y trouvaient pas.

À l'entrée de la route menant à la caserne militaire se dressait un chapiteau autour duquel flottaient des affiches de théâtre arborant l'inscription suivante : THÉÂTRE DES LÉGENDES ÉDIFIANTES.

Dans mon enfance, près du parc d'attractions qui prenait ses quartiers d'été sur le terrain vague derrière le pavillon des Tilleuls, un théâtre sous chapiteau comme celui-ci avait été monté une année, mais ça n'avait pas marché et il avait fermé. Ce devait être un chapiteau du même genre. Je flânai encore un moment dans les rues. Les spectateurs du cinéma en plein air se dispersèrent, le dernier programme télévisé prit fin, les rues se vidèrent mais les fenêtres de la maison donnant sur la gare restaient sombres.

En proie à un sentiment de culpabilité, je rentrai au pas de course. Tandis que je gravissais la côte qui débouchait près du cimetière, mon cœur battait à grands coups. Je sentais qu'un hibou m'observait en silence depuis les branches des cyprès.

Peut-être que la Femme aux Cheveux roux et sa famille avaient quitté Öngören. Ou peut-être étaient-ils encore dans la bourgade mais c'est moi qui étais reparti trop tôt, mû par une alarme inutile et par la peur de Maître Mahmut. Pourquoi le craignais-je tant ?

« Où étais-tu passé ? Je me suis inquiété », me lança-t-il.

Il s'était un peu reposé et semblait avoir retrouvé le moral. Il me prit le paquet de cigarettes des mains et en alluma une sur-le-champ.

« Qu'est-ce qu'il y avait en ville ?

— Rien, dis-je, un théâtre ambulant s'est installé.

— Ces dégénérés étaient déjà là à notre arrivée, dit Maître Mahmut. Ça fait la danse du ventre, des trucs obcènes pour les soldats. Aucune différence entre ces théâtres et un bordel. Laisse tomber ! Puisque tu es descendu en ville et que tu as vu du monde, à toi ce soir de me raconter une histoire, petit bey ! »

Je ne m'y attendais pas. Pourquoi m'avait-il encore appelé « petit bey » ? Je réfléchis un instant à une histoire qui pourrait le mettre mal à l'aise. Autant Maître Mahmut cherchait à m'éduquer avec ses histoires, autant je devais le déranger avec la mienne. Les thèmes que j'avais en tête tournaient autour de l'aveuglement, du théâtre. Je commençai donc à lui raconter l'histoire d'un roi grec du nom d'Œdipe. Je n'avais pas lu cette histoire dans son intégralité mais l'été dernier, dans la librairie Deniz, j'en avais trouvé un résumé qui était resté gravé dans ma mémoire.

Ce texte, que j'avais découvert dans un recueil intitulé *Vos rêves, votre vie*, était resté un an en attente dans un recoin de ma tête, tel le génie de la lampe d'Aladin. Et à présent, je racontais cette même histoire non pas comme un récit abrégé et de seconde main mais avec l'intensité d'un souvenir vécu.

Œdipe était le fils de Laïos, roi de la ville grecque de Thèbes, et prince du royaume. C'était un personnage important, si bien qu'avant même qu'il ne fût sorti du ventre de sa mère, on interrogea l'oracle sur son destin. Mais une terrible prophétie fut prononcée… Après cette phrase, j'avais marqué une pause et regardé, comme Maître Mahmut, les ombres indistinctes qui bougeaient sur l'écran de télévision.

Selon cette épouvantable prédiction, le prince Œdipe tuerait son père, épouserait sa mère et s'assiérait sur le trône. Effrayé par cette prophétie, Laïos fit enlever son fils dès sa naissance et ordonna qu'il soit abandonné dans une forêt.

Le bébé fut sauvé d'une mort certaine par une dame d'honneur du royaume voisin qui le trouva entre les arbres.

Comme tout en lui trahissait sa noble origine, Œdipe fut éduqué comme un prince dans cet autre royaume mais, en grandissant, il éprouva un troublant sentiment d'étrangeté. Pour en comprendre la raison, il consulta un mage sur son avenir et il entendit à son tour cette même prédiction : le destin que Dieu avait tracé pour Œdipe, c'est qu'il tuerait son père et se marierait avec sa mère. C'est ainsi que, désireux de fuir l'épouvantable destin qui lui était réservé, Œdipe quitta précipitamment le pays.

Il partit pour Thèbes, sans savoir qu'il s'agissait de sa ville natale. Alors qu'il traversait un pont, il se lança pour une raison futile dans une bagarre avec un vieil homme. Or, cet homme n'était autre que le roi Laïos son père (cette scène de non-reconnaissance et de violente empoignade entre un père et un fils, je la racontai en l'étirant pour la faire durer comme dans les films de Yeşilçam).

Ils se battirent en roulant l'un sur l'autre mais à la fin, Œdipe l'emporta et, d'un coup d'épée rageur, il tua son père. « Il ne savait évidemment pas que l'homme qu'il avait tué était son père », dis-je en tournant les yeux vers Maître Mahmut.

Ce dernier m'écoutait, les sourcils froncés, la mine triste et fermée, comme si j'étais en train de lui annoncer de mauvaises nouvelles et non comme s'il écoutait un conte.

Personne n'avait vu Œdipe tuer son père. C'est pourquoi, dans la ville de Thèbes, nul ne l'accusa. (J'essayais de m'imaginer ce que cela pouvait faire de commettre un terrible crime tel qu'un parricide et de ne pas être arrêté après.) De plus, en trouvant la bonne réponse à l'énigme jusque-là jamais résolue posée par le Sphinx, ce monstre ailé à tête de femme, au corps de lion et qui était devenu un fléau pour la ville, Œdipe fut accueilli comme un héros et proclamé nouveau roi de Thèbes. C'est ainsi qu'il épousa la reine, sans qu'aucun des deux sache qu'ils étaient mère et fils.

Ce dernier élément, je le dis très vite et presque en murmurant, comme pour n'être entendu de personne. « Œdipe s'est marié avec sa mère, repris-je ensuite. Ils eurent quatre enfants. Cette histoire, je l'ai lue dans un livre », ajoutai-je pour que Maître Mahmut n'aille pas croire que c'était moi qui inventais toutes ces horreurs.

« Des années plus tard, continuai-je en regardant le bout incandescent de sa cigarette, la ville où Œdipe vivait heureux avec sa femme et ses enfants fut frappée par la peste. Tout le monde était fauché par l'épidémie. Pris de peur, les citadins voulurent consulter leurs dieux et envoyèrent un émissaire. "Si vous voulez vous débarrasser de la peste, dirent les dieux, trouvez d'abord celui qui assassina l'ancien roi et chassez-le de la ville. Ce jour-là, la peste prendra fin."

« Ignorant que le vieillard qu'il avait tué à cause d'une querelle sur le pont était et son père et l'ancien roi de Thèbes, Œdipe ordonna aussitôt qu'on retrouve le meurtrier. Il fut même celui qui s'y employa avec le plus de zèle. Au fil de ses investigations, il découvrit pas à pas que ce fameux meurtrier n'était autre que lui-même. Le pire fut encore d'apprendre que son épouse était en réalité sa propre mère. »

Ici, je gardai le silence un instant. Quand Maître Mahmut racontait des histoires religieuses le soir, il marquait toujours une pause aux moments les plus édifiants. Et je sentais dans l'attitude de mon maître une sorte d'avertissement : « Regarde, cela pourrait bien t'arriver. » Je l'imitais, mais j'ignorais quelle était la leçon à tirer de cette histoire. C'est pourquoi je terminai mon récit d'une voix douce en m'attristant sur le sort d'Œdipe :

« En comprenant qu'il avait couché avec sa mère, Œdipe s'aveugla de ses propres mains. Puis il quitta la ville et partit vers un autre monde.

— Finalement, tout s'est accompli selon ce que Dieu avait décrété, dit Maître Mahmut. Personne ne peut échapper à son destin. »

J'étais stupéfié que Maître Mahmut en tire une leçon morale sur le destin. Cette question du destin, je préférai l'oublier.

« Oui, dès qu'Œdipe s'est puni lui-même, la peste a pris fin et la ville a été libérée.

— Pourquoi m'as-tu raconté cette histoire, toi ?

— Je ne sais pas, répondis-je, en proie à un sentiment de culpabilité.

— Je n'ai pas aimé ton histoire, petit bey, dit Maître Mahmut. C'était quoi ce livre que tu as lu ?

— Un livre sur l'interprétation des rêves. »

Je sus que Maître Mahmut ne me demanderait plus jamais : « Raconte-moi donc une histoire ! »

10

Le soir dans la bourgade, Maître Mahmut et moi procédions selon un certain ordre. Nous commencions par acheter les cigarettes du maître chez le buraliste à lunettes ou chez l'épicier dont la télé était constamment allumée. Ensuite, nous passions chez le quincaillier encore ouvert ou dans la boutique du menuisier. Maître Mahmut était devenu ami avec cet homme originaire de Samsun ; parfois, il s'asseyait sur la chaise qu'il avait sortie sur le pas de la porte et fumait une cigarette. Je mettais ce moment à profit pour filer en douce jusqu'à la place de la Gare afin de jeter un coup d'œil aux fenêtres de la Femme aux Cheveux roux. D'autres fois, le menuisier avait déjà fermé boutique ; mon maître m'invitait alors à boire un thé et nous nous installions à l'une des tables disponibles devant la porte à deux battants du café Roumélie, dans la rue qui débouchait sur la place. Elle était visible d'ici, mais pas l'immeuble dans lequel habitait la Femme aux Cheveux roux. Je me levais de temps à autre sous quelque prétexte, je marchais jusqu'à apercevoir les fenêtres de l'immeuble puis, constatant que les fenêtres n'étaient pas allumées, je rebroussais chemin.

Pendant cette demi-heure où nous buvions un thé à la

terrasse du café Roumélie, Maître Mahmut faisait systématiquement le point sur notre travail et sur la profondeur que nous avions réussi à atteindre ce jour-là. « La roche est très dure, mais ne t'inquiète pas, j'en viendrai à bout », dit-il le premier soir. « L'apprenti doit apprendre à faire confiance à son maître », dit-il le deuxième soir en constatant que je m'impatientais. « Si on avait eu de la dynamite, comme avant le coup d'État militaire, cela aurait été plus facile, dit-il le troisième soir. Mais les militaires en ont interdit l'usage. »

Un autre soir, tel un père plein de bonne volonté, il vint avec moi au cinéma Soleil. Il regarda le film depuis le muret, avec les enfants. De retour à notre campement, il dit : « Je trouverai l'eau dans une semaine. Téléphone demain à ta mère, pour qu'elle ne s'inquiète pas. »

Mais la roche ne cédait pas.

Un soir où Maître Mahmut n'était pas descendu au bourg, je me glissai sous le chapiteau et lus les inscriptions sur le calicot et les affiches tendus à l'entrée : « La vengeance du poète, Rostam et Sohrâb, Ferhat perçant les montagnes. Aventures jamais vues à la télé ». Ce sont ces dernières qui m'intriguaient le plus.

Le prix de l'entrée correspondait à peu près au cinquième du salaire journalier que me versait Maître Mahmut. Aucune indication de réduction pour les enfants et les étudiants. Mais sur l'affiche la plus grande, il était écrit : « Important rabais pour les militaires. Les samedis et dimanches : 13 h 30 et 15 heures ».

Je sentais que mon désir d'aller voir les Légendes édifiantes était motivé par les propos négatifs que Maître Mahmut avait tenus sur ce théâtre. Lors de nos descentes à Öngören, j'avais pris l'habitude, que Maître Mahmut soit là ou pas, de m'approcher sous n'importe quel prétexte du chapiteau et de contempler sa suave couleur jaune, fût-ce de loin.

Un soir où Maître Mahmut était assis à boire un thé, je filai vers la place de la Gare et jetai à nouveau un regard sur les fenêtres obstinément obscures de la Femme aux Cheveux roux. Plus tard, je flânais dans la rue des Restaurants quand je croisai le jeune homme que je pensais être le frère de la Femme aux Cheveux roux et me mis à le suivre.

Comme je l'ai dit, il devait avoir cinq ou six ans de plus que moi. Il atteignit rapidement la place de la Gare puis, ouvrant la porte de l'immeuble dont j'observais les fenêtres, il disparut. Mon cœur battait la chamade. À quel étage les lampes allaient-elles s'allumer ? La Femme aux Cheveux roux se trouvait-elle ici ? Lorsque les lumières se mirent à briller au deuxième étage, ma fébrilité monta d'un cran. Mais au même moment, le jeune que j'imaginais être le frère de la Femme aux Cheveux roux ressortit de l'immeuble et avança dans ma direction. Cette simultanéité me perturba, vu qu'il ne pouvait à la fois allumer les lumières à l'étage et franchir dans l'autre sens la porte du rez-de-chaussée.

Il marchait droit sur moi. Peut-être avait-il remarqué que je le suivais ou même que j'en pinçais pour sa sœur. Pris de panique, j'entrai dans la gare et m'assis sur un des bancs dans un coin de la salle. L'intérieur du bâtiment était frais et silencieux.

Mais au lieu de se diriger vers la gare, le frère de la Femme aux Cheveux roux s'engagea dans la rue du café Roumélie. Risquant, si je me mettais à présent à le suivre, d'être vu par Maître Mahmut qui y buvait son thé, je remontai la rue parallèle en courant et j'attendis derrière le platane de la rue d'après. Lorsqu'il passa distraitement devant moi, je lui emboîtai le pas.

Nous passâmes par la rue du menuisier, à l'arrière du

cinéma Soleil et à côté de la carriole à cheval du ferrailleur. En deux semaines, à force d'aller et venir, d'errer au hasard, je constatai que j'avais écumé toutes les rues d'Öngören et que, à la vue des épiceries encore ouvertes, des vitrines de barbiers et de la poste où je téléphonais à ma mère, j'arrivais mieux à me repérer.

En voyant le frère de la Femme aux Cheveux roux entrer dans le chapiteau jaune et illuminé juste à l'entrée de la ville, je retournai en courant auprès de mon maître.

« Où étais-tu passé ?

— Je suis allé téléphoner à ma mère.

— Est-ce qu'elle te manque beaucoup ?

— Oui, beaucoup.

— Comment va-t-elle ? Tu lui as dit que, dès qu'on en aura fini avec ce rocher, on trouvera de l'eau et que tu pourras rentrer, au plus tard dans une semaine ?

— C'est ce que je lui ai dit. »

J'appelais ma mère en PCV depuis le bureau de poste qui restait ouvert jusqu'à 21 heures. L'opératrice demandait d'abord son nom à ma mère avant de poursuivre ainsi : « Asuman Çelik Hanım, vous avez un appel de Cem Çelik depuis Öngören, vous l'acceptez ?

— J'accepte », répondait ma mère avec émotion.

La présence de l'opératrice, le coût élevé d'un appel téléphonique en PCV nous faisaient perdre à tous deux notre naturel, nous nous racontions toujours les mêmes choses et puis nous nous taisions.

La distance et le silence qui s'étaient immiscés entre nous s'installèrent aussi entre Maître Mahmut et moi ce soir-là. Sur la route du retour, tandis que nous gravissions la côte les yeux rivés sur les étoiles, nous n'échangeâmes pas un seul mot. Nous regardions droit devant nous, sans rien dire, comme si quelque crime avait été commis et que les étoiles et les insectes innombrables en avaient été les témoins. Le hibou du cimetière nous salua du haut de son obscur cyprès.

Maître Mahmut alluma une dernière cigarette avant d'entrer se coucher dans la tente. « Tu sais, l'histoire du prince que tu m'as racontée hier, commença-t-il. J'y ai repensé aujourd'hui. Moi aussi je connais une histoire qui porte sur cette question du destin. »

Je n'avais pas immédiatement saisi qu'il me parlait du mythe d'Œdipe mais, aussitôt, je lançai : « Raconte, maître.

— Il était une fois, il y a très longtemps de cela, un prince un peu comme le tien », commença Maître Mahmut.

Le prince était l'aîné et le fils préféré du sultan. Ce dernier le gardait comme la prunelle de ses yeux, il se pliait à tous ses caprices, il donnait des fêtes et des banquets en son honneur. Au cours d'un festin, le prince vit que l'homme à la barbe noire et au visage sombre assis au côté de son père n'était autre qu'Azraël, l'ange de la mort. Leurs regards se croisèrent et tous deux se considérèrent un instant avec stupéfaction. Après le banquet, le prince affolé expliqua à son père qu'un des convives était Azraël et que, aux regards étranges qu'il lui avait lancés, ce dernier semblait déterminé à venir prendre sa vie.

Bouleversé, le sultan dit à son fils : « N'en parle à personne, file tout droit en Iran et, là-bas, cache-toi dans le palais de Tabriz. Le shah de Tabriz est actuellement notre allié, il ne te livrera pas à qui que ce soit. »

Et il envoya sur-le-champ son fils à Tabriz. Ensuite, il donna un autre festin et, comme si de rien n'était, il invita de nouveau Azraël au noir visage.

« Mon sultan, ce soir, le prince votre fils est absent, dit Azraël, l'air inquiet.

— Mon fils est un tout jeune homme, répondit le sultan.

Si Dieu le veut, il vivra encore longtemps. Pourquoi t'enquiers-tu ainsi de lui ?

— Il y a trois jours, Dieu m'a ordonné d'aller en Iran, d'entrer dans le palais du shah de Tabriz et de prendre la vie du prince votre fils, dit Azraël. C'est pourquoi en trouvant hier votre fils en face de moi, ici à Istanbul, j'ai été aussi surpris que réjoui. Lui aussi a remarqué comment je le regardais. »

Sur ces mots, Azraël quitta aussitôt le palais.

11

Le lendemain midi, alors que la chaleur de juillet me brûlait la nuque, le rocher contre lequel Maître Mahmut luttait de toutes ses forces dix mètres plus bas se brisa. Notre joie initiale céda rapidement la place au constat que nous n'irions pas plus vite. Parce que évacuer les lourds morceaux du rocher fractionné par mon maître nous prenait beaucoup de temps, à nous les deux apprentis.

En début d'après-midi, Maître Mahmut demanda à remonter. « Si je reste en haut et vous aide à faire tourner le treuil, nous dégagerons plus vite les déblais, dit-il. Il faudrait que l'un de vous deux descende et que moi, je reste là. Qui y va ?

Personne ne souffla mot. Ni Ali ni moi.

« Ali, tu descendras », dit Maître Mahmut.

J'étais ravi que Maître Mahmut m'épargne. Ali posa un pied dans le seau et nous le fîmes descendre en tournant doucement la manivelle. Désormais, mon maître et moi étions tous deux à la surface. Je lui étais reconnaissant de ne pas m'avoir envoyé au fond du puits et la question de savoir si je pouvais lui exprimer ma gratitude par un regard ou une parole me tourmentait. Mon empressement à faire ce qu'il disait et à lui complaire m'était désagréable. Mais je pensais qu'agir ainsi me faciliterait la vie pendant les opérations de creusement et que cela accélérerait nos chances de trouver l'eau au plus vite. Pendant que nous faisions tourner le treuil ou que nous attendions Ali, nous ne discutions pas entre nous, nous prêtions l'oreille aux bruits environnants.

Le crissement ininterrompu des cigales nous parvenait comme un son unique et continu. Le vrombissement sourd qui résonnait confusément sous cette ligne de crête, c'était le bourdonnement d'Istanbul à une trentaine de kilomètres. Je ne l'avais pas entendu les premiers temps. D'autres sons s'y agrégeaient : les cris des corbeaux, des hirondelles et de nombre d'autres oiseaux que je ne connaissais pas, des cris émis sur le ton de l'exclamation, de la supplique ou parfois de la plainte ; il y avait aussi les tac-tac-tac d'un long train de marchandise partant d'Istanbul vers l'Europe et les « *Yaylalar, yaylalar* » chantés par les soldats s'entraînant sous la chaleur.

Nos regards se croisaient quelquefois. Que pensait réellement Maître Mahmut de moi ? J'aurais voulu qu'il m'aime et me protège encore davantage. Mais dès que nos regards s'accrochaient, je détournais les yeux.

« Tiens, encore un avion qui passe », s'exclamait parfois Maître Mahmut. Nous relevions tous deux la tête pour essayer de le voir. Les avions qui décollaient de l'aéroport de Yeşilköy changeaient de direction deux minutes après s'être élevés dans les airs, juste en arrivant au-dessus de nous. « Tirez ! » nous lançait Ali à ce moment-là ; nous remontions alors les débris de roche incrustés de métal, de nickel (Maître Mahmut m'avait montré ce qu'était le nickel) en manœuvrant doucement le treuil grinçant, puis nous les vidions dans la brouette.

À chaque remontée du seau, Maître Mahmut appelait

Ali en contrebas pour lui dire de ne pas le charger autant, de ne pas toucher aux gros morceaux et de vérifier que le seau était bien fixé au crochet.

C'est moi qui allais vider la brouette. En peu de temps se constitua un monticule de morceaux de roches piqués de fer, de nickel, et à la texture étrange. Par leur couleur, leur dureté et leur densité, les roches que nous avions cassées et entreposées dans un coin étaient si différentes de la terre que nous avions creusée et amoncelée au cours de la semaine précédente qu'elles donnaient l'impression de provenir d'un autre monde.

Lors de la visite suivante de Hayri Bey, Maître Mahmut lui expliqua que nous n'avions pas pu aller plus vite, que nous aurions du mal à venir à bout de cette roche très dure mais qu'il ne pensait pas non plus creuser un autre puits ailleurs. C'était d'ici que l'eau sortirait.

Hayri Bey payait Maître Mahmut au mètre. À cela s'ajouteraient l'important montant qu'il verserait une fois que l'eau aurait jailli, les cadeaux et les pourboires qu'il distribuerait aussi aux apprentis. Ces règles de paiement entre maîtres puisatiers et commanditaires s'étaient instituées au fil des siècles par usages et traditions. Si le maître puisatier creusait dans une zone où l'eau était difficile à atteindre, il choisissait l'endroit avec circonspection, de peur de mettre en péril le solde final. Si jamais le propriétaire du terrain insistait pour qu'il creuse en un endroit asséché, le maître puisatier serait tout de même payé au mètre. Certains se garantissaient contre le risque de ne pas trouver d'eau en disant : « Si tu tiens à ce que je te fasse un puits ici, je prendrai un supplément de tant par mètre. » D'autres augmentaient quant à eux leur tarif au bout de dix mètres.

Comme trouver l'eau était dans l'intérêt commun du maître puisatier et du propriétaire du terrain, il était courant qu'ils décident ensemble de renoncer à un endroit qui ne leur paraissait pas favorable. Le propriétaire pouvait parfois se montrer plus péremptoire et s'obstiner sur le choix d'un coin difficile et peu propice à trouver de l'eau (trop caillouteux, trop sableux, trop sec, à l'exemple des terres de couleur pâle), mais le maître puisatier étant payé au mètre, il pouvait se permettre de continuer. Autre cas de figure : le puisatier tombait sur une veine rocheuse et voyait sa vitesse de creusement diminuer ; il pouvait alors demander à être payé non pas au mètre mais à la journée. D'autres fois, un propriétaire décrétait que d'ici il ne sortirait pas d'eau. Si le maître puisatier sentait pourtant que l'eau était proche, il insistait et réclamait quelques jours de plus. Je constatai que la situation de Maître Mahmut s'apparentait à cela.

En descendant à la bourgade avec Maître Mahmut le lendemain soir, à 20 h 15 – une trentaine de minutes avant l'heure à laquelle j'avais aperçu le frère de la Femme aux Cheveux roux quatre jours plus tôt –, j'entrai dans la rue des Restaurants et lançai un coup d'œil par la vitrine du restaurant de l'Indépendance d'où il était sorti. Un voilage était à moitié tiré et m'obstruait la vue. Pour en avoir le cœur net, j'ouvris la porte et balayai du regard la salle presque vide où flottait une odeur de raki, mais je n'aperçus ni la Femme aux Cheveux roux ni aucun visage connu.

Le lendemain, de la terre molle apparut sous la roche. Mais en fin d'après-midi, sans avoir pu accélérer, Maître Mahmut tomba sur un nouveau rocher. Ce soir-là, au café Roumélie, nous étions silencieux et préoccupés. À un moment, je me levai sans donner aucune explication et me rendis sur la place pour regarder vers les fenêtres de l'immeuble d'en face. Comme les amandiers plantés le long du trottoir opposé m'empêchaient de les voir, je m'engageai ensuite dans la rue des Restaurants. Je glissai un coup d'œil à travers l'entrebâillement des rideaux en tulle du restaurant de l'Indépendance et j'y vis la Femme aux Cheveux roux, son frère et sa mère assis avec quatre ou cinq autres personnes à l'une des tables près de la vitrine.

Soudain saisi par l'émotion, sans même me rendre compte de ce que je faisais, j'entrai. Les personnes attablées riaient entre elles et ne m'avaient pas remarqué. Il y avait devant elles des verres de raki et des bouteilles de bière. La Femme aux Cheveux roux écoutait une des conversations tout en fumant une cigarette.

Un serveur me demanda : « Tu cherches quelqu'un ? »

Toute la tablée se tourna vers moi. Il y avait un grand miroir sur le côté, je pouvais y voir tous les convives. Mon regard croisa celui de la Femme aux Cheveux roux. La même expression de tendresse flottait sur son visage, avec cette fois une note de gaieté. Elle m'observait, je l'observai également. Peut-être était-elle ironique. Ses petites mains se mouvaient rapidement au-dessus de la table.

Je n'avais pu répondre au serveur. « Après 18 heures, cet établissement est interdit aux militaires, dit-il.

— Je ne suis pas militaire.

— C'est aussi interdit aux mineurs. Si tu connais quelqu'un, installe-toi, sinon, désolé.

— Nous le connaissons, laisse-le, qu'il s'asseye ! » répondit la Femme aux Cheveux roux. Un silence se fit. Elle portait sur moi le même regard que si j'étais une vieille connaissance. Ce regard était si doux et si amical que j'en fus empli de bonheur. Quant à moi, je la regardai avec amour. Mais cette fois, elle détourna les yeux.

Je sortis aussitôt sans un mot au serveur et retournai au café Roumélie.

« Où étais-tu passé ? demanda Maître Mahmut. Chaque soir tu me plantes là, pour aller où ?

— Maître, cette nouvelle roche m'a démoralisé moi aussi. Et si nous n'en venions pas à bout ?

— Fais confiance à ton maître. Écoute ce que je dis et reste serein. Je trouverai de l'eau là-bas ».

Les plaisanteries, les bons mots de mon père m'amusaient et me donnaient matière à réflexion, grâce à lui j'exerçais ma propre intelligence. Mais je ne le croyais pas systématiquement. Les paroles de Maître Mahmut avaient toujours quant à elles un effet consolant et réconfortant. Je crus aussi pour un temps que nous trouverions de l'eau.

12

Les trois jours suivants, le nouveau rocher continua à nous résister et je ne pus voir la Femme aux Cheveux roux. Je ne cessais de penser à la façon dont elle m'avait protégé face au serveur du restaurant de l'Indépendance qui voulait me mettre dehors, à la tendresse de son regard et à la jolie forme que prenaient ses lèvres rondes lorsqu'elle souriait. Elle était grande, gracieuse et très séduisante. Tout au long de la journée, Maître Mahmut et Ali descendaient à tour de rôle dans le puits et fractionnaient peu à peu le rocher à coups de pioche. Tout avançait très lentement et la chaleur nous consumait. Cependant, remonter les morceaux de roche en faisant tourner le treuil, les charger sur la brouette et les vider ne me paraissait plus aussi ardu. Car l'évocation du regard empli d'affection et de tendresse de la Femme aux Cheveux roux montrant qu'elle me connaissait me comblait, et je continuais le travail avec la conviction que, bientôt, nous trouverions de l'eau.

Un soir où Maître Mahmut ne descendit pas à Öngören, je poussai jusqu'au chapiteau et pris place dans la file d'attente avec l'intention d'acheter un billet. Mais à la table qui servait de guichet, un homme que je ne connaissais pas m'éconduisit en disant : « Ce n'est pas pour toi ! »

Je pensai d'abord qu'il faisait allusion à mon âge. Mais dans les petites bourgades, même les jeunes enfants réussissaient, dans l'indifférence générale, à se faufiler dans les endroits les plus turpides sans que personne leur dise quoi que ce soit. De plus, j'avais presque atteint les dix-sept ans et, aux dires de tous, je paraissais plus vieux. Peut-être que par ces mots, « ce n'est pas pour toi », l'homme à l'entrée voulait dire que les bagatelles scabreuses présentées dans ce spectacle n'étaient pas faites pour un petit bey éduqué et citadin comme moi. La Femme aux Cheveux roux avait-elle une part dans ces vulgaires et égrillardes plaisanteries destinées aux soldats ?

En rentrant du bourg, alors que je contemplais la voûte étoilée infinie, je pensai de nouveau que je deviendrais écrivain. Maître Mahmut m'attendait en regardant la télévision. Il me demanda encore si j'étais allé au théâtre sous le chapiteau, je répondis que non. Et je sus à ses yeux que mon maître ne me croyait pas. Une expression de dédain étirait la commissure de ses lèvres.

Cette même expression apparaissait parfois sur ses traits tandis que nous faisions tourner le treuil ensemble, toute la journée sous la chaleur. Assailli par la culpabilité, je me demandais alors si j'avais fait une bêtise ou déçu mon maître sans m'en rendre compte.

Quelle erreur avais-je pu commettre ? Ce pouvait être le treuil que je n'avais pas fait tourner suffisamment fort, le crochet retenant le seau plein que je n'avais pas vérifié ou n'importe quoi d'autre. À mesure que l'eau tardait à jaillir du puits, cet air soupçonneux, méprisant, voire accusateur, s'installait sur le visage de Maître Mahmut. J'en concevais à la fois de la culpabilité et de la colère envers lui.

Mon père ne s'était jamais autant intéressé à moi. Jamais je ne passais toute la journée avec lui, du matin au soir, comme avec Maître Mahmut. Mais jamais mon père ne m'avait manifesté de mépris. Les seules fois où j'avais été gagné par la culpabilité, c'était lorsqu'il était en prison, car je savais qu'il souffrait. Comment Maître Mahmut faisait-il pour susciter chez moi de tels sentiments ? Pourquoi avais-je constamment envie de lui obéir et de me faire bien voir ? Quand nous étions postés de part et d'autre du treuil pour actionner les manivelles, j'essayais parfois de trouver le courage de me poser ces questions mais, même cela, je n'y arrivais pas ; je détournais les yeux et fulminais intérieurement contre mon maître.

Désormais, la meilleure façon de passer du temps avec lui, c'était d'écouter ce qu'il racontait. Comme il me l'expliqua ce soir-là en regardant les images brouillées de la télévision, le sous-sol était constitué selon lui de plusieurs strates superposées. Certaines étaient d'une telle épaisseur et d'une telle longueur qu'un puisatier novice creusant un puits à cet endroit-là pouvait penser ne jamais devoir en terminer. Or, en insistant, on finissait par tomber sur une autre veine. Ces strates étaient comparables en effet au système veineux dans le corps humain. De même que veines et artères charriaient le sang dont se nourrit l'organisme, ces énormes veines souterraines alimentaient la terre en fer, en zinc, en calcaire et autres éléments. Il y avait aussi entre elles des ruisseaux, des voies d'eau et des lacs souterrains de toutes tailles.

Maître Mahmut relatait beaucoup d'anedoctes au sujet de l'eau qui jaillissait à l'endroit et au moment où l'on s'y attendait le moins dans un puits. Une fois par exemple, cinq ans plus tôt, un homme de Sivas l'avait appelé pour creuser un puits sur un terrain à flanc de colline à Sarıyer, près de la mer Noire, mais, à la vue des seaux et des seaux de terre sablonneuse qui en sortaient chaque jour, il perdit confiance dans l'affaire et voulut arrêter les travaux.

Cependant, Maître Mahmut lui avait expliqué qu'il ne fallait pas se laisser induire en erreur par la présence du sable, que les strates souterraines étaient parfois imbriquées les unes dans les autres à l'image du corps humain et, peu de temps après, il avait trouvé l'eau.

Maître Mahmut se plaisait énormément à raconter qu'on faisait appel à ses services pour l'entretien des mosquées historiques d'Istanbul. « À Istanbul, on ne trouve pas une seule mosquée ancienne qui n'ait son puits », dit-il une fois, plein d'orgueil. Il aimait introduire ses souvenirs par des données concrètes concernant l'emplacement ou la profondeur du puits dont il parlait : celui de la mosquée Yahya Efendi était à l'entrée, tandis que celui de la mosquée Mahmut Paşa, d'une profondeur de trente-cinq mètres, se trouvait dans la cour en haut d'une côte. Avant d'entrer dans les anciens puits, Maître Mahmut fixait une bougie dans le seau, il allumait la mèche et l'envoyait vers le bas. Si la bougie continuait à brûler au fond du puits, il en déduisait qu'il n'y avait pas de gaz et pénétrait dans cet endroit faste.

Maître Mahmut aimait bien aussi énumérer les choses que les Stambouliotes jetaient ou cachaient depuis des siècles dans les anciens puits : sabres, cuillers, bouteilles, bouchons de soda, lampes, bombes, fusils, pistolets, poupées, crânes, peignes, fers à cheval et autres objets improbables qui ne viendraient à l'esprit de personne… Il y avait même trouvé des pièces d'argent. Certaines avaient à l'évidence été jetées dans des puits asséchés pour y être dissimulées puis oubliées au fil des ans et des siècles. N'était-ce pas étrange ? Déposer quelque chose de valeur, un objet qu'on aime au fond d'un puits et finalement l'y oublier… de quoi était-ce le signe ?

13

En ce mois de juillet où nous suffoquions de chaleur, Hayri Bey arriva un midi dans sa camionnette et, voyant que la situation était désespérée, il dit une chose qui nous brisa le cœur à tous : si d'ici trois jours il n'y avait aucun résultat, il renoncerait à ce puits et interromprait les travaux. Maître Mahmut pouvait poursuivre s'il y tenait mais Hayri Bey ne nous verserait plus nos salaires. Si Maître Mahmut persistait malgré tout et finissait par trouver l'eau, Hayri Bey ne manquerait pas, naturellement, de le récompenser comme il se doit et de faire savoir à tous que c'était à mon maître que revenait le mérite de la fondation d'une usine à cet emplacement. Mais il ne consentait plus à ce qu'un artisan puisatier aussi expérimenté, travailleur et honnête que Maître Mahmut gaspille ses forces et ses compétences au mauvais endroit sur ce terrain ingrat.

« Vous avez raison, et nous trouverons cette eau d'ici deux jours, pas trois, répliqua placidement Maître Mahmut. Pas d'inquiétude, patron. »

Après que la camionnette de Hayri Bey se fut éloignée sous le chant des cigales, nous restâmes un long moment sans souffler mot. Nous entendîmes ensuite le tac-tac-tac du train de voyageurs de 12 h 30 en direction d'Istanbul.

Je m'allongeai sous le noyer mais sans réussir à dormir. Et penser à la Femme aux Cheveux roux, au théâtre, ne m'apportait aucune consolation.

À cinq cents mètres du noyer, au-delà du terrain du patron, se trouvait une casemate en béton datant de la Seconde Guerre mondiale. D'après Maître Mahmut, qui était venu une fois y jeter un coup d'œil avec moi, on l'avait construite ici pour se défendre à la mitrailleuse contre des attaques d'infanterie appuyées par des blindés. Poussé par une curiosité enfantine, je voulus entrer mais sans succès, car les ronces et les buissons de mûres en obstruaient l'accès. Je m'allongeai dans l'herbe et réfléchis. Si l'eau ne sourdait pas du puits dans les trois jours, je n'aurais pas de cadeau à la fin. Mais j'avais calculé que l'argent que j'avais déjà mis de côté jusque-là suffirait à couvrir mes besoins. S'il n'y avait toujours pas d'eau dans trois jours, le mieux serait de renoncer au pourboire promis par le patron et de rentrer à la maison.

Ce soir-là, alors que nous étions assis à une table du café Roumélie sous une légère brise, Maître Mahmut demanda : « Cela fait combien de jours que nous avons commencé à creuser ? » Tous les deux ou trois jours, il aimait à me poser cette question dont il connaissait la réponse.

« Vingt-quatre, répondis-je, circonspect.

— La journée d'aujourd'hui aussi, tu l'as comptée ?

— Oui, nous avons travaillé et la journée est terminée, je l'ai donc comptée.

— On a maçonné un mur de treize mètres, quatorze à tout casser », dit Maître Mahmut, et il planta un instant ses yeux dans les miens, comme si j'étais la cause de sa déception.

Ce regard, je le lui voyais de plus en plus souvent pendant que nous faisions tourner ensemble le treuil. Et quand il me regardait ainsi, j'éprouvais un sentiment à la fois de culpabilité et de révolte, j'avais envie de m'enfuir, mais j'étais effrayé par les pensées qui me traversaient l'esprit.

Soudain, mon cœur se mit à s'emballer. Je restai figé sur place : la Femme aux Cheveux roux traversait la place avec sa famille.

Si je leur emboîtais le pas, Maître Mahmut se rendrait compte de mon obsession. Avant même que ma tête n'ait pris une décision, mes jambes étaient passées à l'action. Je me levai de table sans aucune explication. Tout d'abord, je me dirigeai sans les perdre de vue vers l'autre extrémité de la place, afin de faire croire à Maître Mahmut que je me rendais au bureau de poste pour téléphoner à ma mère.

La Femme aux Cheveux roux était plus grande que dans mon souvenir. Pour quelle raison les suivais-je ? Je ne les connaissais même pas. Mais en marchant derrière eux, je me sentais bien. J'avais envie que la Femme aux Cheveux roux pose de nouveau sur moi son affectueux regard qui me disait « Je te connais ». Comme si ce regard tendre et amusé, comme si l'amour de cette femme allait m'enseigner combien ce monde était beau. D'un côté, j'étais habité par cette émotion et, de l'autre, je me disais que tous les sentiments qui me traversaient n'étaient que des chimères.

Dans ces moments-là, je pensais : « Je suis davantage moi-même quand personne ne me voit. » Cette idée était une découverte pour moi. Quand personne ne vous observe, votre double secret peut s'extérioriser et agir à sa guise. Si votre père se trouve dans les parages et vous voit, votre moi intérieur reste tapi en vous.

Près de la Femme aux Cheveux roux se tenait un homme que j'imaginai être son père. Tous deux marchaient devant. Sa mère et son frère suivaient. Je m'approchai d'eux, de sorte à pouvoir entendre ce qu'ils disaient, mais je ne comprenais rien.

Arrivés au niveau du cinéma Soleil, ils s'arrêtèrent devant une brèche dans le mur à travers laquelle, inévitablement, tous les passants lorgnaient le film. À une distance de cinq ou six pas se trouvait un autre interstice, plus petit, plus près de la toile blanche, et sans personne devant. Je me postai là, entre leur petit groupe et l'écran, mais j'étais tellement focalisé sur eux que je n'arrivais pas me concentrer sur ce qui se passait dans le film.

Vue de près, la Femme aux Cheveux roux m'apparut moins jolie que dans le souvenir que j'en avais. Peut-être à cause de la lueur bleuâtre des images qui se reflétaient sur son visage. Mais ses jolies lèvres rondes et ses yeux étaient empreints de cette même expression de tendresse moqueuse. C'est grâce à la magie de ce regard que j'avais pu tenir plus de trois semaines comme apprenti puisatier.

Était-ce ce qu'elle voyait à l'écran qui la faisait sourire ainsi ? Ou était-ce autre chose qu'elle trouvait charmant et amusant ? À un moment, je me retournai et constatai que c'était non pas l'écran mais moi que la Femme aux Cheveux roux regardait en souriant.

Je fus pris de sueurs. J'eus envie de m'approcher et de lui parler. Elle devait avoir au moins dix ans de plus que moi.

« Allez, on est en retard », dit l'homme que je prenais pour son père.

Je ne me rappelle plus exactement comment cela s'est produit mais j'ai propablement quitté l'endoit où j'étais pour me planter devant eux.

« Dis donc, toi, tu nous suis ? demanda le frère de la Femme aux Cheveux roux.

— Qui est-ce, Turgay ? demanda leur mère.

— Qu'est-ce que tu fais comme travail ? demanda Turgay.

— C'est un militaire ? demanda leur père.

— Ce n'est pas un militaire, c'est un petit bey », répondit leur mère.

Je vis la Femme aux Cheveux roux sourire en entendant ce mot dans la bouche de sa mère. Elle ne s'était pas départie de sa belle et agréable expression.

« En fait, je suis au lycée à Istanbul, dis-je. Mais en ce moment, mon maître et moi, nous creusons un puits plus haut. »

La Femme aux Cheveux roux me regardait toujours au fond des yeux, avec une attention soutenue, volontaire. « Viens donc un soir dans notre théâtre avec ton maître », dit-elle, puis elle s'éloigna avec le groupe.

Ils marchaient en direction du chapiteau, je n'allai pas plus loin. Mais je les suivis du regard jusqu'à ce qu'ils passent le virage et, comprenant qu'il s'agissait non pas d'une famille mais d'une troupe de théâtre, mon imagination se mit à galoper.

En retournant auprès de mon maître, je croisai le vieux cheval décrépit qui tirait la carriole à nos côtés le jour où nous avions rencontré la Femme aux Cheveux roux pour la première fois, trois semaines plus tôt. Le cheval était attaché à un poteau, il broutait l'herbe alentour et avait le regard encore plus triste qu'à l'accoutumée.

14

Le lendemain, peu avant la pause de midi, Ali, qui travaillait au fond du puits, poussa des cris de joie. Il dit que la roche se terminait et qu'il avait vu de la terre molle. Maître Mahmut le fit remonter et se hâta de descendre à sa place. Quelques instants après, il ressortit et déclara qu'il n'y avait plus de roche et que, bientôt, on tomberait certainement sur de la terre noire et qu'on atteindrait l'eau. Cela nous réjouit de le voir s'absorber dans d'heureuses rêveries en fumant sa cigarette, et marcher de long en large devant le puits.

Ce jour-là nous travaillâmes sans relâche jusque tard et, trop fatigués, nous ne nous rendîmes pas au bourg dans la soirée. Nous nous réveillâmes aux premières lueurs du jour et reprîmes le travail. Mais la terre qui sortait du puits était sèche et d'un jaune plombé. Elle était tellement souple que, la plupart du temps, il n'était même pas nécessaire d'utiliser la pioche. Maître Mahmut la déblayait directement avec la pelle dans le seau ; comme il ne pesait pas lourd, Ali et moi le remontions et le vidions rapidement. Je ne tardai pas à céder au pessimisme.

Il n'était pas encore 11 heures quand Maître Mahmut ressortit du puits ; il fit descendre Ali à sa place.

« Travaille lentement, sans soulever de poussière, lui dit Maître Mahmut. Si tu vas trop vite, tu seras étouffé sous la poussière, tu ne verras même plus la lumière du jour. »

À la terre qui sortait du puits, nous comprenions tous deux qu'il n'y avait absolument pas d'eau à proximité, mais nous ne faisions aucun commentaire. C'était une matière sablonneuse très différente du mélange terreux qui était apparu sous la veine rocheuse, si bien que, les premières heures de la matinée, alors qu'il travaillait en surface, Ali avait commencé à la déverser à part sur le côté. C'est à ce même endroit que, dorénavant, je vidais également le contenu du seau.

Après le dîner, nous descendîmes à Öngören. Assis au café Roumélie, alors que je ruminais à nouveau la question qui me préoccupait depuis deux jours, je finis par trancher : non, je ne dirais pas à Maître Mahmut que la Femme aux Cheveux roux l'avait aussi invité à venir au théâtre, je voulais être seul pour voir son spectacle. De plus, s'il percevait l'intérêt que j'avais pour elle, Maître Mahmut risquait de vouloir s'en mêler et je craignais que cela ne dégénère en conflit entre nous. Jamais, pas même une seule fois, je n'avais eu peur de mon père comme j'avais peur de Maître Mahmut à présent. J'ignorais comment cette peur s'était installée dans mon cœur mais je devinais que la Femme aux Cheveux roux ne faisait qu'exacerber ce sentiment.

Sans même finir mon thé, je me levai en disant : « Je vais téléphoner à ma mère. » Après avoir tourné l'angle de la rue, je courus comme en rêve en direction du chapiteau.

À la vue de la toile jaune vif, j'éprouvai le même émoi que si j'avais aperçu l'un de ces chapiteaux de cirque venus d'Europe qui s'installaient à Dolmabahçe dans mon enfance. Je relus ce qui était écrit sur les affiches mais sans rien en retenir. Puis, une inscription tracée en grosses lettres noires sur une chemise cartonnée placardée récemment provoqua mon étonnement :

DIX DERNIERS JOURS

Je repartis tel un somnambule dans les rues. Je n'aperçus pas l'homme qui vendait des billets à l'entrée, ni Turgay (que je supposais être le fils de cet homme), ni la Femme aux Cheveux roux et sa mère. Il y avait encore du temps avant le début du spectacle. Dans la rue des Restaurants, je glissai un œil par la vitrine et, voyant Turgay assis à une nombreuse tablée, j'entrai.

La Femme aux Cheveux roux n'était pas avec lui. Dès qu'il me vit, Turgay me fit un signe de la main. Personne ne me prêtait attention, je m'assis à côté de lui.

« Aide-moi à entrer un soir pour voir la pièce, lui dis-je. Quel que soit le tarif, je paierai.

— Ne t'inquiète pas pour l'argent. Le soir que tu veux, retrouve-moi avant le spectacle dans ce restaurant.

— Vous ne venez pas ici tous les soirs.

— Tu nous espionnes ou quoi ? » Haussant les sourcils, il sourit d'un air légèrement ironique. Avec une pince, il disposa deux glaçons dans un verre qu'il remplit ensuite de raki. « Tiens, dit-il en me tendant le grand verre fin. Si tu le bois cul sec, je te ferai entrer dans le chapiteau par la porte du fond.

— Pas ce soir », répondis-je, mais, avec l'assurance des margoulins, je vidai mon raki d'un trait. Et sans tarder davantage, je retournai auprès de Maître Mahmut.

Une fois assis à notre table, je sentis qu'il me serait très difficile de ne pas me plier à sa volonté. La responsabilité qui nous incombait de trouver l'eau, la somme d'efforts que nous avions déployés… tout cela m'avait lié à mon maître et au puits. Ce n'est que lorsque j'aurais touché mon argent et décidé qu'il était temps d'arrêter le chantier et de rentrer que je pourrais le défier. Ce qui revenait à céder à la crainte et renoncer à trouver l'eau. Comme ces couards qui renoncent à une cause dès que les choses se compliquent.

Le raki se diffusait dans mon sang. Sur la route du retour, tandis que nous gravissions la côte devant le cimetière, les étoiles m'apparurent chacune comme le reflet d'une idée, d'un instant, d'un fait, d'un souvenir dans ma tête. Ces éléments s'offraient simultanément au regard mais il était impossible de les penser tous en même temps. Cela ressemblait un peu à l'incapacité des mots que je convoquais à rendre compte des images qui habitaient mon esprit. Les mots restaient en deçà et se révélaient impuissants à traduire et exprimer mes sentiments.

Ce qui voulait dire que les émotions étaient en réalité autant d'images, à l'instar de ce ciel lumineux et scintillant en face de moi. Tout l'univers, je le percevais, mais le penser m'était plus difficile. C'est la raison pour laquelle je voulais devenir écrivain. Je pourrais réfléchir et coucher par écrit toutes les images et les émotions que je n'arrivais pas à exprimer ; de plus, je m'acquitterais beaucoup mieux de cette tâche que les amis de Deniz qui venaient dans sa librairie.

Mon maître, qui marchait devant d'un bon pas, s'arrêtait de temps en temps et me lançait par-dessus son épaule : « Où es-tu ? »

Tandis que nous coupions à travers champs, je me tordais parfois le pied et, stupéfait, je cessais d'avancer et contemplais la beauté du ciel. L'herbe était déjà pleine de rosée. « Mon maître ! m'écriai-je dans l'obscurité, toutes les roches contenant du fer et du nickel qu'on trouve dans notre puits doivent être des comètes tombées du ciel. »

15

Hayri Bey revint avec sa camionnette au bout non pas des trois jours annoncés mais de cinq jours pleins. Nous n'avions pas encore trouvé d'eau, il le savait mais il agissait comme si cela lui était indifférent. Il était venu avec sa femme et son fils, âgé de quelques années de moins que moi. Hayri Bey leur indiqua en déambulant sur le terrain l'endroit où seraient érigés laveries et ateliers de teinturerie dès que l'eau jaillirait du puits. Puis, arpentant le terrain avec le plan sous les yeux, il montra tour à tour où seraient construits l'entrepôt, le bâtiment administratif et la cantine pour les employés. Chaussé de baskets neuves et serrant contre lui le ballon de football en caoutchouc qu'il avait sorti du véhicule, son fils l'écoutait.

Père et fils marquèrent l'emplacement des cages avec des pierres et se lancèrent dans une séance de tirs au but dans un coin du terrain. La mère du garçon étendit une nappe sous mon noyer et commença à y installer les victuailles tirées du panier qu'ils avaient apporté. Quand, par le biais d'Ali, la femme nous invita tous à venir déjeuner, Maître Mahmut fut gagné par l'inquiétude. Parce qu'il comprenait que ce pique-nique inutilement apprêté correspondait dans la tête de Hayri Bey à une cérémonie pour fêter par avance l'apparition de l'eau. Hayri Bey avait à l'évidence beaucoup rêvé au jour où l'eau surgirait. Maître Mahmut s'installa à contrecœur avec nous autour de la nappe et goûta en picorant aux œufs durs, à la salade de tomates aux oignons ainsi qu'au *börek*.

Le repas terminé, le fils de Hayri Bey s'allongea près de sa mère et s'endormit. Grosse, forte et joviale, elle fumait une cigarette en lisant le journal *Günaydın* dont les feuilles bruissaient sous une légère brise.

Voyant que Maître Mahmut entraînait de nouveau Hayri Bey vers l'endroit où nous déversions la terre, je m'approchai d'eux. Je pouvais lire sur le visage du propriétaire du terrain les pensées qui le tourmentaient : l'eau n'avait toujours pas jailli du puits, elle n'était pas près de le faire et peut-être même n'en sortirait-elle jamais.

« Avec ta permission, Hayri Bey, accorde-nous deux ou trois jours de plus », dit Maître Mahmut.

Cela, il l'avait dit tout bas, très humblement. Cela me gêna de voir mon maître réduit à cet état, et j'en voulus à Hayri Bey.

Ce dernier retourna sous le noyer puis, après avoir échangé quelques mots avec sa femme et son fils, il revint.

« Maître Mahmut, la dernière fois que je suis venu, tu m'avais demandé trois jours supplémentaires. Je t'en ai accordé davantage. Mais toujours pas d'eau. Et par là, la terre est épouvantable. Je refuse de continuer à creuser à cet endroit. Nous ne serons pas les premiers à nous tromper d'emplacement et à renoncer. Tu n'as qu'à creuser un nouveau puits sur un autre coin du terrain – à toi de voir.

— Une veine de terre peut changer d'un seul coup au moment où l'on s'y attend le moins, dit Maître Mahmut. Je vais continuer ici.

— Avertissez-moi s'il sort de l'eau. Je sauterai dans ma camionnette et je viendrai sur-le-champ. Je vous récompenserai au-delà même de ce que je vous ai promis. Mais moi, je suis un homme d'affaires et je ne vais pas couler indéfiniment du béton à un endroit où il n'y a pas d'eau. Salaire journalier, matériaux... je refuse d'y mettre un sou de plus. Ali aussi arrête là, il rentre avec nous. Si tu entames un nouveau puits ailleurs, je te renverrai Ali.

— C'est là que je trouverai l'eau », déclara Maître Mahmut.

Maître Mahmut et Hayri Bey se retirèrent à l'écart, ils calculèrent les salaires et firent les comptes une dernière fois. Je les observai attentivement et vis que le propriétaire du terrain versait son dû à mon maître, qu'il n'y avait pas de dissension entre eux et que l'affaire était réglée.

La femme de Hayri Bey nous fit passer par Ali les restes d'œufs durs, de *börek*, de tomates et de pastèque apportés à notre intention. Elle était aussi triste pour nous qu'inquiète pour le travail de son mari.

Quand ils firent monter Ali avec eux dans la camionnette en disant « On te dépose chez toi », d'un seul coup, mon maître et moi nous retrouvâmes tout seuls. Nous restâmes un long moment à regarder Ali s'éloigner en nous faisant signe de la main depuis le plateau de la camionnette. Je mesurai une nouvelle fois comme le monde était silencieux. On n'entendait que le chant ininterrompu des cigales ; le bourdonnement d'Istanbul restait inaudible.

Nous ne travaillâmes pas de l'après-midi. Je m'allongeai sous le noyer et m'abandonnai paresseusement à la rêverie. La Femme aux Cheveux roux, devenir auteur dramatique, l'heure du retour à la maison, mes amis de Beşiktaş et autres pensées semblables défilaient dans ma tête. En toute fin d'après-midi, alors que, par désœuvrement, je regardais la fourmilière à l'entrée de la casemate en béton obstruée par les ronces, mon maître arriva près de moi.

« On va continuer encore une semaine, mon garçon, dit Maître Mahmut. J'ai aussi des arriérés à te verser. Si tout va bien, on aura terminé et je te réglerai tout ça mercredi prochain. On touchera aussi nos primes ce jour-là.

— Maître, et si jamais on ne venait pas à bout de la mauvaise terre et que l'eau ne sortait pas ?

— Aie confiance en ton maître, écoute-moi, et pour le reste laisse-moi faire », me dit-il en fixant son regard dans le mien. Il me caressa les cheveux, me prit par les épaules et me serra contre lui. « Un jour, tu seras un grand homme, je le sais. »

Dès lors, je ne trouvai plus la force en moi de m'opposer à lui. Ce qui me rendait secrètement furieux et malheureux. Je me rappelle avoir finalement pensé : « Il reste une semaine. » Et pendant cette semaine, j'espérais bien voir la Femme aux Cheveux roux et assister au spectacle.

16

La mauvaise terre ne changea pas de couleur les trois jours suivants. Comme j'avais du mal à faire tourner le treuil tout seul, Maître Mahmut ne remplissait pas le seau à ras bord et notre cadence s'en trouvait ralentie d'autant. La terre qui était très molle ne posait pas trop de problèmes à mon maître, qui s'enfonçait de plus en plus bas. Il chargeait en quelques pelletées le seau que je lui faisais descendre et aussitôt il s'écriait : « Tiire ! »

Remonter le seau à moitié plein en me cramponnant à une seule manivelle du treuil, en déverser le contenu dans la brouette, cela me prenait du temps. Alors, mon maître en bas s'impatientait, il râlait contre moi et parfois me criait dessus. Quelquefois, alors que je m'activais à pousser la brouette, à en vider la terre poussiéreuse, mes forces me lâchaient et je m'asseyais pour récupérer. Quand je revenais devant le puits, j'entendais mon maître qui grommelait d'une voix encore plus forte. D'autres fois, dès qu'il constatait que je tournais vraiment au ralenti, il demandait à remonter, prenait une pause en surface et m'interrogeait sur les raisons de ma lenteur. Le treuiller étant l'opération la plus fatigante, il remarquait mon épuisement et n'osait pas me réprimander. « Tu es fatigué, mon fils », disait-il, puis il s'asseyait sous l'olivier et m'attendait tranquillement en fumant une cigarette. J'étais profondément touché par sa sollicitude paternelle, et tout à la fois déconcerté. J'allais alors m'allonger sous le noyer. La voix mi-caressante mi-impérieuse de mon maître ne tardait pas à me parvenir et nous nous remettions à creuser.

Chaque soir nous descendions ensemble à Öngören. Systématiquement et sans même me justifier, je quittais notre table à la terrasse du café Roumélie et j'arpentais les rues de la bourgade avec l'espoir de croiser la Femme aux Cheveux roux et de m'infiltrer sous le chapiteau. La toile jaune était toujours à sa place mais je ne rencontrai personne de la troupe les deux premiers soirs.

Le troisième soir, en passant dans la rue du menuisier, Turgay, celui que je prenais pour le frère de la Femme aux Cheveux roux, arriva derrière moi et me rattrapa.

« Eh, l'apprenti puisatier, tu as l'air bien distrait !

— Fais-moi entrer dans le théâtre, je vais acheter un billet.

— Passe au restaurant. »

Nous marchâmes ensemble jusqu'au restaurant de l'Indépendance aux vitrines tendues de voilage et nous assîmes à la table des comédiens. « Avant d'assister au spectacle, tu dois apprendre à boire le raki dans les règles », dit Turgay.

Tandis que j'avalais le raki glacé qu'il avait posé devant moi avec un air facétieux, Turgay échangea tout bas quelques mots avec les personnes qui étaient près de lui. Étais-je en retard ? Maître Mahmut m'attendait-il ? Peu importe, s'ils m'introduisaient ce soir dans le théâtre, j'irais, sans me soucier de lui.

« Après-demain soir ici à la même heure, dit Turgay. Viens avec ton maître.

— Maître Mahmut n'aime ni les bars ni le théâtre.

— Nous irons le chercher et l'amènerons nous-mêmes. Reviens dimanche soir. Mon père te fera entrer sous le chapiteau. Pas besoin d'argent ni de billet. »

Je ne m'attardai pas davantage et retournai auprès de Maître Mahmut. En remontant vers notre campement, Maître Mahmut me raconta les heureux souvenirs des années passées, quand l'eau jaillissait. Une fois, un propriétaire de terrain avait donné un festin pour une centaine de personnes près du puits et fait cuire quatre agneaux à la broche. L'eau pouvait subitement sourdre du sous-sol au moment le plus inattendu, c'en était stupéfiant. On eût dit que Dieu répondait à la foi du puisatier en lui aspergeant le visage. Au début, l'eau sortait en un mince filet dessinant un arc semblable à celui du jet d'urine d'un bébé. Face à l'apparition de l'eau, le puisatier souriait avec bonheur comme un père contemplant son nouveau-né. Une fois, un puisatier voyant poindre l'eau avait fait de tels bonds et poussé de tels cris de jubilation que, pris d'affolement, ceux qui étaient à la surface avaient accidentellement fait tomber des pierres qui l'avaient blessé à l'épaule. Il y avait aussi ce vieil agha si éperdu de joie à la vue de l'eau qu'il revenait chaque jour sur le site pour demander aux deux apprentis de lui décrire à nouveau le moment où l'eau avait jailli. À chacune de ses visites il gratifiait les narrateurs de deux anciens grands billets de banque. Ces anciens chefs de village, beys ou aghas, n'existaient plus à présent. Jadis, aucun propriétaire terrien n'aurait osé dire à un maître puisatier dévoué à son travail : « Moi j'arrête là, continue avec ta propre équipe et ton propre argent si tu veux. » Un tel homme se serait senti déshonoré s'il n'avait assumé tel un bon père les frais de bouche, les dépenses, les récompenses et pourboires du maître artisan creusant un puits sur son terrain – qu'il trouve de l'eau ou non. Mais attention, Hayri

Bey, c'était quelqu'un de très bien. Quand l'eau jaillirait du puits, il nous verserait notre dû et nous couvrirait de cadeaux à l'instar des beys d'antan.

17

Le lendemain, la terre qui sortait du puits se fit encore plus jaune et légère. Elle ne pesait pas plus lourd que de la paille, je le comprenais en remontant le seau. Cette masse sableuse était criblée de squames, de membranes desséchées, de surfaces cassantes et nacrées comme les petits soldats plastifiés de mon enfance, de cailloux couleur chair datant de milliers d'années, de coquilles translucides, d'étranges morceaux de roche de la taille d'un œuf d'autruche, de fragments pierreux assez légers pour flotter à la surface de l'eau telles des pierres ponces. À mesure que Maître Mahmut creusait, nous avions davantage le sentiment de nous éloigner de l'eau que de nous en approcher, et nous ne décrochions pas un mot.

J'étais tellement heureux de savoir que, le lendemain soir, je pourrais enfin entrer dans le théâtre que rien n'eut prise sur moi ce jour-là. J'exécutais tous les ordres de mon maître avec zèle. En fin de journée, j'étais si fatigué que je tenais à peine debout. De toute façon, il n'y avait aucune nécessité à descendre à Öngören ce soir-là. Après le repas, je m'allongeai quelques instants au bord de la tente ; je m'assoupis en contemplant les étoiles.

Je m'éveillai au milieu de la nuit en sursaut. Maître

Mahmut n'était pas là. Je sortis de la tente et m'enfonçai avec crainte dans la nuit. On eût dit que le monde entier s'était dépeuplé et qu'à part moi, il ne restait aucun être vivant dans l'univers. Cette vision me procurait le même frisson que le vent qui soufflait indistinctement. Mais tout était empreint d'une mystérieuse beauté. J'eus la sensation que les étoiles au-dessus de ma tête se rapprochaient et qu'une vie très heureuse se profilait devant moi. Était-ce la Femme aux Cheveux roux qui avait demandé à Turgay de me faire entrer dans le théâtre demain soir ? Où pouvait bien être Maître Mahmut à cette heure ?

Un vent plus fort se leva et je regagnai la tente.

Quand je me réveillai le matin, Maître Mahmut était revenu. J'aperçus un paquet de cigarettes neuf dans un coin. Ce jour-là, nous avons trimé jusqu'au soir mais sans beaucoup progresser. Le fond du puits s'enfonçait assez loin sous terre et baignait constamment dans la poussière. Une fois la journée de travail terminée, Maître Mahmut et moi nous lavâmes en nous versant mutuellement de l'eau dessus. Je m'étais habitué désormais à voir son torse nu. Je remarquai le grand nombre de plaies et d'hématomes qui couvraient son corps, sa minceur osseuse malgré son gabarit imposant, la pâleur et l'aspect fripé de sa peau, et je pensai que jamais nous ne réussirions à trouver de l'eau.

Ce soir-là, je souhaitais que Maître Mahmut renonce à descendre à Öngören afin de pouvoir me rendre au théâtre sans encombre. Mais quand l'heure arriva, il fut le premier à se mettre en route en disant : « Allons acheter des cigarettes. » Alors que nous étions tous deux attablés à notre place habituelle au café Roumélie, j'étais sous tension. À 8 heures et demie, je me levai sans rien dire et me dirigeai vers la rue des Restaurants. J'avais imaginé pouvoir parler à la Femme aux Cheveux roux au bistro avant le spectacle, mais ni elle ni Turgay n'étaient présents. Quelqu'un d'autre me fit signe depuis leur table habituelle.

« Viens à 9 h 05 derrière le chapiteau. Ce soir, ils ne sont pas là. »

Je crus tout d'abord que cela signifiait qu'ils ne seraient pas au théâtre non plus, et ces mots m'accablèrent. Je m'installai à la table comme si j'y rejoignais des amis pour le dîner, je plaçai des glaçons dans le verre vide posé devant moi, le remplis généreusement de raki et le sifflai d'un trait comme un voleur.

Je sortis du restaurant et, sans me montrer à Maître Mahmut, je filai par les petites rues en direction du chapiteau. À 9 h 05, j'attendais derrière la toile jaune quand quelqu'un en sortit et m'y introduisit aussitôt.

Le spectacle avait commencé, il y avait vingt-cinq ou trente personnes sous la tente. Un peu plus peut-être. Je n'arrivais pas à distinguer les silhouettes dans les recoins sombres. La voûte centrale était abondamment éclairée par des ampoules nues, ce qui contribuait aussi à donner un aspect mystérieux au chapiteau des Légendes édifiantes. L'intérieur était couleur bleu nuit et peint de grosses étoiles jaunes. Certaines avaient une queue de comète, d'autres étaient petites et très lointaines. Bien des années durant, le souvenir de la voûte étoilée au-dessus de notre tente et celui du toit du chapiteau des Légendes édifiantes se confondraient dans ma mémoire.

Le raki s'était diffusé dans mon sang et j'étais ivre. Je n'imaginais pas que certaines des choses que je verrais pendant cette heure passée sous le chapiteau pourraient avoir une influence déterminante sur ma vie, à l'image de l'histoire d'Œdipe que j'avais lue et que je me remémorais par bribes. La seule chose qui m'importait en cet instant, c'était de voir la Femme aux Cheveux roux, pas de comprendre ce qui était raconté sur scène. Voilà pourquoi c'est à la lumière des connaissances acquises au fil des lectures et des recherches que j'entrepris des années après que je vais essayer de décrire le spectacle que je vis à travers les brumes de mon cerveau ce soir-là :

Le Théâtre des Légendes édifiantes s'inscrivait dans le sillage des compagnies ambulantes qui faisaient du théâtre populaire et révolutionnaire en Anatolie, entre le milieu des années 1970 et le coup d'État militaire de 1980. Mais plus que des scènes anticapitalistes, leur répertoire comprenait beaucoup d'histoires relatives à d'anciens couples légendaires, de contes traditionnels et d'épopées, de paraboles islamiques et soufies. Certaines me parurent totalement hermétiques. Au moment où j'entrai sous le chapiteau, je vis deux saynètes qui tournaient en dérision des publicités télévisées très appréciées. Dans la première, un jeune homme en culotte courte et portant la moustache entrait sur scène avec sa tirelire et demandait à sa vieille grand-mère bossue ce qu'il devait faire de l'argent qu'il avait épargné. La grand-mère (la mère de la Femme aux Cheveux roux, me semblait-il) fit une plaisanterie scabreuse sur les banques qui déclencha les rires de l'assemblée.

La deuxième saynète, je ne la compris pas vraiment car la Femme aux Cheveux roux avait fait son entrée. Elle était en minijupe, elle avait de longues et jolies jambes. Son haut, décolleté et sans manches, laissait voir ses bras nus. Sur scène, elle était envoûtante, bouleversante. Elle avait rehaussé son regard d'un trait de crayon noir et maquillé de rouge ses jolies lèvres rondes. Un rouge qui brillait sous la lumière. Puis, elle prit une boîte de détergent et dit quelque chose qui tournait encore les réclames télévisées en ridicule. Le perroquet vert et jaune qui était sur scène lui répondit. C'était un oiseau empaillé mais un acteur en coulisse lui prêtait sa voix. Le lieu de l'action était vraisemblablement une épicerie et le perroquet faisait des blagues aux clients de passage, il lançait des sentences sur la vie, l'amour, l'argent, qui provoquaient les rires. À un moment, j'eus l'impression que la Femme aux Cheveux roux me regardait, et mon cœur s'accéléra. Elle avait un sourire adorable. Les gestes de ses mains étaient vifs et rapides. J'étais amoureux d'elle et, aussi sous l'effet du raki, je ne comprenais pas grand-chose à ce qui se passait sur scène.

Les saynètes, d'une durée de quelques minutes, se succédaient. Des années plus tard, je cherchai et trouvai la source de certaines d'entre elles dans des livres, dans des films. Dans l'un de ces sketchs, l'homme que je pensais être le père de la Femme aux Cheveux roux entra sur scène avec un nez long comme une carotte. Je crus tout d'abord que c'était Pinocchio mais il se lança dans un grand monologue extrait d'une œuvre dont j'apprendrais bien des années après qu'il s'agissait de *Cyrano de Bergerac.* Cette saynète signifiait que le plus important, c'était la beauté intérieure et non l'apparence physique.

Après un tableau inspiré de *Hamlet,* avec crâne, livre et « être ou ne pas être », tous les acteurs entonnèrent en chœur une chanson. Elle parlait de l'amour, qui est trompeur, et de l'argent, qui est tangible. Le fait que pendant ce temps la Femme aux Cheveux roux dirige ses yeux vers moi, en essayant de façon évidente d'accrocher mon regard, me faisait perdre la tête. Le vertige de l'amour, conjugué à l'effet du raki, m'empêchait de vraiment comprendre les paroles prononcées, les dialogues, les histoires et les scènes représentées, mais les images que je voyais de même que les regards de la Femme aux Cheveux roux se gravaient à jamais dans ma mémoire.

De tous les sketchs auxquels j'assistai, le seul que je

compris d'emblée, ce fut l'histoire d'Abraham car, cet événement étant à l'origine de la fête du Sacrifice, on nous l'avait enseigné à l'école et mon père aussi me l'avait expliqué. L'acteur qui jouait le rôle du prophète Abraham était celui qui m'avait éconduit la première fois à l'entrée du chapiteau. Abraham implorait et suppliait Dieu pour qu'il lui donne un fils. Alors Dieu lui accorda un fils (représenté par un poupon). Ensuite, l'enfant grandit. Abraham allongea sur le sol un jeune acteur – son fils –, il tira un couteau et l'appuya sur sa gorge. Il se mit alors à tenir de grands discours sur la relation père-fils, sur l'obéissance... Tout le monde était impressionné par ces mots.

Le silence fut rompu par l'entrée en scène de la Femme aux Cheveux roux qui avait revêtu un autre costume et apportait un mouton en peluche. Elle était déguisée en ange, à présent. Ses ailes en carton et son nouveau maquillage lui allaient très bien. Je joignis mes applaudissements à ceux de tous les autres.

Le dernier tableau, le plus impressionnant, était visuellement inoubliable. Cela, je l'avais perçu dès les premiers instants ; mais à nouveau, je n'avais pas saisi de quelle histoire il s'agissait.

Deux guerriers en armure, le visage protégé par un masque métallique, affublés d'épées et de boucliers, parurent au centre de la scène. Ils tirèrent leur épée en plastique et, tandis qu'ils s'affrontaient, des cliquetis d'armes étaient diffusés par les haut-parleurs. Ils se parlèrent quelques instants puis reprirent le combat. Il me semblait que les acteurs qui se cachaient sous l'armure étaient Turgay et l'homme que je prenais pour le père de la Femme aux Cheveux roux. Puis ils s'attrapèrent à la gorge, luttèrent corps à corps, roulèrent à terre et se séparèrent.

J'étais aussi fébrile et excité que les autres spectateurs.

Ensuite, le vieux guerrier renversa d'un coup le plus jeune, il monta sur lui et, d'un geste, lui planta son épée dans le cœur. Tout était allé très vite. Oubliant que les épées étaient en plastique et que c'était du théâtre, nous fûmes tous sidérés.

Le jeune lutteur poussa un cri mais il ne périt pas sur-le-champ. Il lui restait des tirades à prononcer. Le vieux guerrier s'approcha du jeune mourant. Avec l'assurance ce celui qui a vaincu son ennemi, il retira son masque de métal (c'était bien l'homme que j'imaginais être le père de la Femme aux Cheveux roux) et, à la vue du bracelet au poignet de son jeune adversaire, il s'affola et fut même saisi d'effroi. Ensuite, il lui enleva son masque (ce n'était pas Turgay mais un autre acteur) et tressaillit. Il fit des gestes exagérés montrant qu'il y avait eu une terrible méprise. Il semblait en proie à une immense douleur. Les spectateurs qui riaient encore quelques instants auparavant de ses imitations de publicités télévisées se drapaient à présent dans un respectueux silence. Car la Femme aux Cheveux roux aussi pleurait.

Le vieux guerrier s'assit par terre, il serra contre lui le corps du jeune guerrier mourant, le tint dans ses bras et fondit en larmes. La sincérité de ses pleurs nous toucha, nous autres spectateurs, et nous émut d'une façon inattendue. Le vieil homme pleurait de remords.

Ce sentiment de remords se transmit à moi aussi. Jamais dans un film, dans une bande dessinée, je n'avais vu cette émotion s'exprimer aussi ouvertement… Jusqu'à maintenant, le remords était pour moi quelque chose qu'il n'était possible de traduire que par des mots. Or, à la seule vue de cette scène, la souffrance du remords m'atteignait de plein fouet. Comme la réminiscence d'une chose vécue puis tombée dans l'oubli.

La Femme aux Cheveux roux était assaillie par une profonde douleur à la vue des deux guerriers derrière lesquels elle se tenait. Elle semblait en proie au même remords que les hommes qui ne pensaient qu'à s'entretuer. Ses sanglots redoublèrent. On n'entendait rien d'autre dans le chapiteau. Peut-être que ces personnages avaient entre eux un lien de parenté, de même qu'il en existait peut-être un entre la Femme aux Cheveux roux et ceux qui l'accompagnaient. Les pleurs de la Femme aux Cheveux roux se transformèrent en complainte funèbre puis en poème. Un poème bouleversant, qui s'étirait comme une histoire. Dans son long monologue final, je l'écoutais parler des hommes, de ce qu'elle avait vécu avec eux, de la vie, de sa colère, mais, dans le noir, il lui était difficile de me distinguer. Et c'est comme si cette impossiblité d'entrecroiser nos regards m'empêchait de comprendre ce qu'elle disait et me faisait perdre le fil. J'éprouvai un irrépressible désir de lui parler, d'être proche d'elle. Quand la femme aux Cheveux roux acheva sa longue tirade poétique, le spectacle prit fin et la petite foule des spectateurs se dispersa en un clin d'œil.

18

Je sortis du chapiteau à contrecœur. Puis, à côté de la table qui servait de guichet, je vis la Femme aux Cheveux roux.

Elle avait troqué son costume de scène pour une tenue de ville. Elle portait une jupe longue d'un bleu céleste.

J'étais tellement étourdi par ce que j'avais vu sur scène, par le raki et par ma passion primitive, que je n'arrivais pas à vivre le moment présent. J'étais soit dans le passé, soit dans les projections que j'échafaudais. Tout était fragmentaire, comme des souvenirs épars.

« Notre spectacle t'a plu ? me demanda la Femme aux Cheveux roux en souriant. Merci pour tes applaudissements.

— J'ai beaucoup aimé », répondis-je, enhardi par son doux sourire.

Bien des années sont passées depuis, mais aujourd'hui encore me taraude l'envie de taire jalousement son nom, même aux lecteurs. Je me dois cependant de relater en toute honnêteté ce qui s'est réellement passé. Nous nous sommes présentés, comme le font les Américains dans les films :

« Cem.

— Gülcihan.

— Tu étais vraiment très bien, dis-je. Je t'ai regardée attentivement durant toute la représentation. » Je devais me forcer pour la tutoyer. Parce qu'elle était bien plus âgée que je ne le pensais et qu'elle ne le paraissait vue de loin.

« Et le puits, comment ça va ?

— J'ai parfois l'impression qu'on ne trouvera jamais d'eau. » J'avais aussi envie d'ajouter : « En fait, c'est pour te voir que je reste à Öngören. » Mais elle aurait pu trouver cela mal à propos.

« Ton maître aussi est venu sous notre chapiteau hier, dit la Femme aux Cheveux roux.

— Qui ?

— Maître Mahmut. Il est convaincu qu'il trouvera de l'eau. Le théâtre lui a plu et il a beaucoup aimé le spectacle. Il a payé sa place.

— Maître Mahmut n'a sûrement jamais mis les pieds au théâtre de sa vie, lançai-je sous l'effet de la jalousie. Une fois, je lui ai un peu parlé d'*Œdipe* et de Sophocle, et il s'est fâché contre moi. Comment l'avez-vous persuadé de venir ?

— Il a raison, le répertoire grec ne marche pas en Turquie. »

La Femme aux Cheveux roux cherchait-elle à me rendre jaloux de Maître Mahmut ?

« Mais ce qu'il réprouve dans cette pièce, c'est que le fils couche avec sa mère.

— Dans la représentation d'hier, cela ne l'a pas dérangé que le père tue le fils à la fin, dit-elle. Il semble avoir aussi beaucoup aimé les mythes et les vieilles légendes. »

Maître Mahmut et la Femme aux Cheveux roux s'étaient-ils parlé après le spectacle ? J'avais un mal fou à m'imaginer Maître Mahmut attendant que je m'endorme pour descendre à Öngören et se rendre au théâtre comme un soldat en permission.

« Maître Mahmut est très dur avec moi, dis-je. Il n'a qu'une obsession, c'est trouver de l'eau. Il ne voulait pas que j'aille au théâtre. S'il apprend que ce soir je suis venu au spectacle, il sera furieux contre moi.

— Ne t'inquiète pas, je lui en parlerai », dit la Femme aux Cheveux roux.

J'éprouvai une telle jalousie que j'en perdis la parole. Maître Mahmut et la Femme aux Cheveux roux étaient-ils devenus amis ?

« Ton maître est-il si dur et si sévère avec toi ? demanda-t-elle.

— En fait, il veille sur moi avec l'affection d'un père, il se montre même amical. Mais il exige que j'exécute chacun de ses ordres, que je fasse preuve d'une obéissance sans faille.

— Et alors, tu n'as qu'à lui obéir, dit-elle en souriant. Ce n'est tout de même pas lui qui te force à travailler comme apprenti. Ta famille est-elle pauvre à ce point ? »

Maître Mahmut avait-il raconté à la Femme aux Cheveux roux que j'étais un petit bey ? Avaient-ils parlé de moi entre eux ?

« Mon père nous a quittés, dis-je.

— Il n'a donc pas rempli son rôle de père auprès de toi. Tu n'as qu'à t'en trouver un autre. Nous avons tous plusieurs pères dans ce pays : la patrie, Dieu, les militaires, les chefs de la mafia… Personne ne peut survivre sans père ici. »

La Femme aux Cheveux roux me paraissait maintenant aussi intelligente que belle.

« Mon père était marxiste, dis-je. (Pourquoi avais-je dit « était » et non pas « est » ?) Il a été arrêté et torturé. Il est resté des années en prison quand j'étais petit.

— Comment s'appelle ton père ?

— Akın Çelik. Mais le nom de notre pharmacie c'était Hayat, la Vie, pas l'Acier, comme Çelik. »

La Femme aux Cheveux roux s'abîma dans ses pensées. Elle rentra en elle-même et ne souffla mot un long moment durant. Pourquoi le fait que mon père soit marxiste avait-il sur elle cet effet ? Peut-être que je me trompais : elle était tout simplement fatiguée et songeuse. Alors je lui parlai de mon père qui assurait les gardes à la pharmacie Hayat, des repas que je lui apportais et du marché de Beşiktaş.

Elle écoutait attentivement tout ce que je lui racontais. Mais cela ne me plaisait pas de parler de mon père, pas plus que de Maître Mahmut. Nous nous tûmes un instant.

« Mon mari et moi logeons ici », dit-elle en me montrant l'immeuble devant lequel j'étais maintes fois passé en lorgnant systématiquement les fenêtres.

Mon cœur se brisa ; j'éprouvai le même violent dépit que si j'avais été trompé. Mais malgré mon ivresse, je pouvais concevoir que pour une femme de son âge, qui travaillait dans une troupe de théâtre sillonnant la Turquie, il soit nécessaire d'être mariée. Comment n'y avais-je pas pensé plus tôt ?

« Votre appartement est à quel étage ?

— Nos fenêtres ne sont pas visibles de la rue. Nous habitons au rez-de-chaussée, chez un ancien maoïste qui nous a invités à Öngören. Les parents de Turgay sont en haut. Nos fenêtres donnent sur la cour intérieure. Turgay m'a dit que tu regardais les fenêtres quand tu passais par ici. »

J'eus honte que mon secret soit percé à jour. Mais la Femme aux Cheveux roux souriait avec douceur. Ses jolies lèvres rondes étaient très attirantes.

« Bonne nuit, dis-je. C'était une très belle pièce.

— Non, marchons encore un peu, faisons l'aller-retour jusque là-bas. Parle-moi de ton père. »

À ceux qui des années plus tard liront mon histoire, je dois préciser ceci : à cette époque, si une rousse séduisante, d'une trentaine d'années, vêtue d'une belle jupe bleue et maquillée (même si c'était pour le théâtre), proposait à un homme de marcher ensemble dans les rues à 10 heures et demie du soir, cela ne signifiait – hélas – qu'une seule chose pour la plupart d'entre eux. Naturellement, je ne faisais pas partie de ces hommes car je n'étais qu'un lycéen, incapable de cacher son amour puéril. De plus, cette femme était mariée et ici, ce n'était pas l'Anatolie centrale, c'est-à-dire l'Asie, mais la Roumélie, c'est-à-dire l'Europe. Par ailleurs, j'avais l'esprit formaté par une morale de gauche. En d'autres termes, par la mentalité de mon père.

Nous marchâmes un moment sans rien dire, et pendant tout ce temps, je réfléchissais au fait que nous marchions sans échanger un mot. Les coins noirs semblaient moins sombres et un ciel sans étoiles s'étirait au-dessus d'Öngören. Quelqu'un avait appuyé sa bicyclette contre la statue d'Atatürk sur la place de la Gare.

« Te parlait-il de politique ? demanda la Femme aux Cheveux roux.

— Qui ça ?

— Les amis politiques de ton père venaient-ils à la maison ?

— Mon père n'était jamais là, de toute façon. Mes parents n'ont ni l'un ni l'autre voulu que je me mêle de politique.

— Pourquoi ton père n'a-t-il pas fait de toi un gauchiste ?

— Je serai écrivain…

— Tu nous écriras une pièce alors », dit-elle en souriant d'un air mystérieux. À présent, elle était enjouée, séduisante, et nimbée d'une aura à faire perdre la tête.

« J'aimerais une pièce à l'image de mon dernier monologue, un livre qui parle également de ma vie.

— Je n'ai pas tout à fait compris ce long monologue final. C'est tiré d'un support écrit ?

— Non, je déclame ces tirades selon l'inspiration du moment. Avec l'aide d'un verre de raki.

— En fait, je pense écrire une pièce de théâtre, dis-je, aussi pédant qu'un crétin de lycéen. Mais il faut d'abord que je lise des œuvres théâtrales. Le premier classique sur ma liste, c'est *Œdipe roi.* »

En ce soir de juillet, la place de la Gare m'était aussi familière qu'un vieux souvenir. La nuit couvrait d'un voile obscur la pauvreté et la vétusté d'Öngören ; et la lueur orangée des réverbères transformait la gare, la place, en des lieux dignes d'une carte postale. Les puissants phares avant d'une jeep militaire qui contournait lentement la place éclairèrent la meute de chiens postés à proximité.

« Ils recherchent les fauteurs de troubles et les déserteurs, dit la Femme aux Cheveux roux. Je ne sais pas pourquoi, mais les militaires dans cette ville sont particulièrement effrontés.

— Ne faites-vous pas de représentations spéciales pour eux le week-end ?

— Il faut bien gagner sa vie… dit-elle en plantant son regard droit dans le mien. Nous sommes un théâtre populaire indépendant, pas un théâtre subventionné par l'État. »

Elle avança la main vers mon col pour en retirer un brin de paille. Je sentis son corps, ses longues jambes et ses seins tout proches de moi.

Nous revînmes sur nos pas sans parler. Arrivés sous les amandiers, on eût dit que ses yeux étaient passés du noir au vert. Une grande angoisse m'étreignait. L'immeuble dont j'avais observé les fenêtres des dizaines de fois durant ce dernier mois apparut au loin.

« Mon mari dit que tu as une bonne descente de raki pour ton âge, dit-elle. Ton père buvait aussi ? »

Je répondis par un hochement de tête affirmatif. En même temps, je me creusais les méninges pour savoir quand et comment j'avais pu me retrouver à la même table avec son mari. Je n'en avais aucun souvenir. Mais je n'avais guère envie non plus de le demander ; j'avais le cœur brisé et préférais tout oublier à leur sujet. Et je souffrais déjà comme un enfant à l'idée de ne plus la revoir du tout quand le puits serait terminé. Cette douleur était pire que celle que j'avais éprouvée en apprenant que ma secrète manie de scruter ses fenêtres (qui n'étaient même pas les siennes) était découverte.

Nous nous arrêtâmes sous un amandier, à cent mètres de l'immeuble. Qui d'elle ou de moi s'arrêta le premier, même aujourd'hui je ne m'en souviens pas. Je la trouvais très intelligente et affectueuse. Elle me sourit avec douceur, avec cette expression de force et d'optimisme que j'avais vue sur ses traits lorsqu'elle me fixait dans les yeux depuis la scène. Je fus alors traversé par le même sentiment de remords que celui déjà éprouvé au théâtre au moment où le vieux guerrier pleurait son fils.

« Turgay est à Istanbul ce soir, dit-elle. Je peux t'offrir un verre de son raki, puisque tu aimes cela autant que ton père.

— J'en serais ravi, répondis-je. Je ferai ainsi la connaissance de ton mari.

— Mon mari, c'est Turgay. La dernière fois, vous avez bu ensemble à la même table, tu lui avais demandé de te faire entrer voir la pièce, tu t'en souviens ? »

Elle garda le silence, le temps de me laisser digérer l'information.

« Parfois, Turgay est gêné d'être avec une femme de sept ans de plus que lui, alors il oublie de mentionner que nous sommes mariés, dit-elle. Il est jeune sans doute, mais il est très intelligent, c'est un très bon mari. »

Nous reprîmes notre marche.

« Je me demandais quand j'avais bien pu prendre un verre avec ton mari.

— Turgay m'a dit que vous aviez bu un raki ce soir-là au restaurant. Il en reste une demi-bouteille à la maison. Le copain maoïste a aussi une eau-de-vie de fabrication locale. Il va rentrer bientôt, et nous devrons partir. Tu vas me manquer, petit bey !

— Que veux-tu dire ?

— Tu sais, notre séjour ici touche à sa fin.

— Toi aussi, tu vas beaucoup me manquer. »

Devant la porte de l'immeuble, nos corps étaient vraiment très proches l'un de l'autre. À présent, je la trouvais d'une beauté renversante.

Tandis qu'elle sortait sa clef et ouvrait la porte sur rue, elle dit : « Il y a aussi de la glace et des pois chiches grillés pour ton raki.

— Pas besoin », dis-je, avec l'air pressé de quelqu'un qui n'a pas l'intention de s'attarder.

La porte de la rue s'ouvrit, nous traversâmes un hall étroit et sombre. Dans le noir, je l'entendais qui cherchait une autre clef sur son trousseau. Puis elle alluma son briquet et, au milieu des ombres effrayantes apparues à la lueur de la flamme, elle trouva la clef, la serrure, elle ouvrit la porte et pénétra dans l'appartement.

En allumant les lampes de l'entrée, elle se tourna vers moi. « Il n'y a aucune crainte à avoir, dit-elle en souriant. Regarde, je pourrais être ta mère. »

19

Cette nuit-là, je fis pour la première fois l'amour avec une femme. C'était aussi bouleversant que merveilleux. Toutes les idées que j'avais sur la vie, sur les femmes et sur moi-même changèrent d'un seul coup. La Femme aux Cheveux roux m'avait enseigné le bonheur et m'avait aussi révélé à moi-même.

Elle avait trente-trois ans. Ce qui faisait exactement le double de mon âge. Ce jour-là, je ne m'appesantis pas sur ce point qui susciterait sans doute beaucoup d'intérêt et d'admiration de la part de mes camarades d'école et du quartier. Je savais d'emblée en vivant cet instant que je n'en livrerais les détails à personne. C'est pourquoi je n'entrerai pas davantage dans des considérations que mes amis, piqués par la curiosité, ne manqueraient pas de qualifier de vantardises si je leur en parlais. Mais le fait que le corps de la Femme aux Cheveux roux soit aussi beau que je l'avais supposé, qu'elle se montre à l'aise, audacieuse, voire légèrement impudique, contribuait encore à l'aspect extraordinaire de l'expérience de cette nuit.

J'avais vidé la bouteille de raki de Turgay et goûté au dernier moment à l'eau-de-vie appartenant à l'ancien maoïste – un peintre d'enseignes qui se servait de son appartement comme d'un atelier –, de sorte que j'avais du mal à marcher droit en quittant Öngören au beau milieu de la nuit, et j'avais l'impression de regarder du dehors, comme en rêve, chaque instant que j'étais en train de vivre. J'étais si heureux... on eût dit que c'était non pas moi mais un spectateur extérieur qui enregistrait cette observation.

En gravissant la côte du cimetière, la peur de Maître Mahmut m'étreignit. J'avais le sentiment qu'il me fallait protéger la poésie et l'enthousiasme des émotions qui m'habitaient contre ses remontrances. Le risque qu'il m'envie n'était pas exclu non plus. Dans l'un des champs à travers lesquels je coupais pour raccourcir ma route après le cimetière (même le hibou s'était endormi), mon pied buta contre un monticule de terre, je tombai mollement dans l'herbe, et je vis au-dessus de moi le ciel étincelant d'étoiles.

C'est alors que je me rendis compte combien tout dans le monde était merveilleux. Pourquoi étais-je si pressé ? Pourquoi avais-je tant peur de Maître Mahmut ? Si la Femme aux Cheveux roux avait dit vrai, il s'était rendu sous le chapiteau jaune pour voir la pièce lui aussi. Pour quelque obscure raison, cela me rendait jaloux, je n'arrivais pas à croire qu'ils s'étaient vus et parlé après le spectacle, je préférais oublier. D'un autre côté, je sentais que le fait d'avoir couché avec une femme telle que la Femme aux Cheveux roux augmentait ma confiance en moi, j'avais l'impression d'être capable de réaliser tout ce que je voulais. L'eau ne sourdrait pas du puits, mais je toucherais mon salaire et rentrerais chez moi, je suivrais mes cours de préparation pour l'examen d'entrée à l'université, j'obtiendrais une bonne moyenne, je deviendrais écrivain, ma vie brillerait d'un éclat constant comme ces étoiles en face de moi. J'avais un destin à accomplir, c'était une évidence ; je le voyais, et je l'acceptais. Peut-être même que j'écrirais un roman sur la Femme aux Cheveux roux.

Une étoile filante glissa dans le ciel. Je sentais de toutes mes fibres que le monde que je percevais avec mes yeux coïncidait parfaitement avec celui que j'avais dans ma tête, et je concentrai toute mon attention sur le ciel de juillet. Si je parvenais à déchiffrer le langage des étoiles, leur agencement me livrerait tous les secrets de ma vie. Toute chose d'ailleurs était empreinte d'une beauté stellaire. Et cette nuit-là, je compris fort bien que je deviendrais écrivain. Pour cela, il fallait seulement observer, voir, comprendre et traduire en mots ce que l'on voyait. J'étais empli de gratitude envers la Femme aux Cheveux roux. Dans le monde, dans ma tête, tout s'était unifié en une seule signification.

Une autre étoile filante glissa. Peut-être étais-je le seul à l'avoir vue. J'existe, pensai-je. C'était beau comme sensation. Je pouvais compter les étoiles, et compter les craquettements des grillons. Je suis là : 1, 2, 3, 5, 7, 11, 13, 17, 19, 23, 29, 31...

Je sentais les herbes sur mon dos, dans ma nuque ; sur ma peau, le souvenir des caresses de la Femme aux Cheveux roux. Nous avions fait l'amour dans le séjour, sur le canapé, sans éteindre toutes les lampes. Son corps, ses gros seins, la lumière qui effleurait sa peau cuivrée flottaient constamment devant mes yeux, je me rappelais les baisers de ses jolies lèvres, ses caresses sur chaque point de mon corps, j'avais de nouveau envie de faire l'amour avec elle. Mais son mari, Turgay, devait rentrer le lendemain d'Istanbul, et c'était bien sûr impossible.

Durant mes soirées de solitude à Öngören, Turgay m'avait témoigné de l'attention et de l'amitié. Et moi, le soir où il était parti à Istanbul, je le trahissais en couchant avec sa belle épouse. Pour me prouver que je n'étais pas quelqu'un de mauvais ni d'indigne de confiance, je cherchai dans mon esprit brumeux des excuses pour justifier ma faute : je me dis qu'au moment où j'avais appris que Turgay et la Femme aux Cheveux roux étaient mariés les dés étaient jetés. De plus, Turgay n'était pas mon ami de longue date – je l'avais vu trois ou quatre fois tout au plus. De toute façon, les théâtreux ambulants sans feu ni lieu qui faisaient la danse du ventre et racontaient des histoires scabreuses pour distraire les soldats ne croyaient guère aux valeurs familiales. Sans doute Turgay aussi trompait-il sa femme. Peut-être se racontaient-ils mutuellement leurs aventures. Peut-être que demain, la Femme aux Cheveux roux raconterait à Turgay les heures passées avec moi. Mais peut-être qu'elle n'en ferait rien et qu'elle m'oublierait.

Ma bonne humeur s'était envolée, j'étais de nouveau assailli par le remords que j'avais éprouvé en regardant la pièce sous le chapiteau. Je n'arrivais pas à comprendre comment ces scènes pouvaient générer en moi cette émotion. Et à l'idée que Maître Mahmut avait lui aussi assisté à ce même spectacle, j'étais rongé par la jalousie. La Femme aux Cheveux roux et Maître Mahmut s'étaient-ils vus à d'autres moments en dehors du théâtre ?

Mes pas bruissant sur l'herbe sèche s'approchaient de notre misérable petite tente. Le ciel était si vaste, le monde était sans limites, mais j'allais devoir me confiner dans cet endroit exigu.

Maître Mahmut dormait. Je m'introduisais doucement dans mon lit quand je l'entendis qui me disait : « Où étais-tu ?

— Je m'étais endormi.

— Tu m'as planté au café. Tu es allé au théâtre ?

— Non.

— Il est 4 heures. Comment vas-tu tenir demain sous la chaleur sans avoir dormi ?

— Je m'ennuyais, on m'a fait boire du raki, dis-je. Il

faisait très chaud. Sur le chemin du retour, je me suis endormi en regardant les étoiles. J'ai beaucoup dormi, maître.

— Mon fils, ne raconte pas de mensonges. On ne plaisante pas avec le forage d'un puits. Nous sommes tout près de l'eau, tu le sais. »

Je ne répondis pas. Il sortit. Je pensais pouvoir oublier Maître Mahmut et trouver le sommeil en regardant les étoiles par l'entrebâillement de la tente, mais mes pensées se focalisèrent sur lui.

Pourquoi m'avait-il demandé si j'étais allé au théâtre ? Se pouvait-il qu'il soit jaloux de moi ? Une comédienne aussi cultivée que la Femme aux Cheveux roux ne s'intéressait sûrement pas à un péquenaud comme lui. Mais difficile de savoir à quoi s'en tenir avec la Femme aux Cheveux roux. C'est d'ailleurs pour cela que je m'en étais si vite épris.

Je sortis de la tente et partis à la recherche de Maître Mahmut. Je n'en crus pas mes yeux, mais à cette heure de la nuit, il marchait en direction d'Öngören. J'éprouvai une jalousie et une colère irrépressibles. Dans la nuit sans fin, je distinguais à peine sa sombre silhouhette sous la lueur des étoiles.

Mais au bout de quelque temps, Maître Mahmut quitta la route et se dirigea vers mon noyer. Lorsqu'il alluma sa cigarette, je vis qu'il était assis sous l'arbre. Je m'allongeai dans l'herbe et, un long moment durant, je l'observai fumer sa cigarette. Je n'en voyais que la lueur orangée à l'extrémité.

Une fois certain qu'il n'irait pas à Öngören, je le devançai en rentrant dans la tente et me couchai. Mais cette soirée passée à l'observer de loin me resta des années en mémoire. En rêve, je devenais parfois un troisième œil qui regardait simultanément de loin et Maître Mahmut et moi, jeune, en train de l'observer.

20

Le matin, je me réveillai plus tôt qu'à l'accoutumée. Précisément au moment où le soleil s'immisçait par l'entrebâillement de la tente comme une longue épée jaune. Je ne devais pas avoir dormi plus de trois heures mais j'étais parfaitement reposé. De plus, après l'expérience de la nuit passée avec la Femme aux Cheveux roux, je me sentais plus fort.

« Tu as bien dormi, tu as les yeux en face des trous ? me demanda Maître Mahmut en buvant son thé.

— Ça va, maître, je suis comme un lion. »

Nous n'échangeâmes pas un mot au sujet de mon retour tardif dans la nuit. Ce fut d'abord Maître Mahmut qui descendit dans le puits, conformément à la façon dont nous procédions depuis ces quatre derniers jours. Réduit à l'état d'une tache noire, il remplissait à la pelle le seau qui paraissait minuscule au fond du puits et, de temps à autre, il criait « Tiire ! ».

Il était à vingt-cinq mètres de profondeur mais dans le viseur de cette sorte de tuyau en béton, la distance semblait s'amplifier. Parfois, quand mes yeux éblouis par le soleil m'empêchaient de le voir et que, saisi d'inquiétude, je penchais davantage la tête au-dessus du puits pour l'apercevoir, j'avais peur de tomber.

Faire remonter le seau plein était devenu beaucoup plus difficile. La corde ne restait pas rectiligne ; en s'élevant, le seau oscillait de droite à gauche comme sous l'effet d'un vent capricieux et se heurtait contre les parois. Nous ne comprenions pas les raisons de ce mouvement pendulaire. Comme j'étais tout seul à tourner la manivelle du treuil, je ne me rendais pas compte que, quelque part en contrebas, le seau dessinait des arcs de cercle. Dans la crainte que quelque chose ne lui tombe dessus, Maître Mahmut se mettait alors à rugir de colère.

Plus il s'éloignait de la bouche du puits et diminuait en taille, plus ses hurlements devenaient fréquents et augmentaient d'intensité. Il criait parce que j'étais trop lent en faisant descendre le seau, parce que je prenais trop de temps pour le vider, il criait d'énervement contre la poussière que produisait le sable sec. Je me sentais constamment coupable. Les vociférations de mon maître, qui résonnaient dans le cylindre en béton, arrivaient jusqu'à la surface sous la forme d'un étrange grondement.

Je pensais souvent au doux sourire de la Femme aux Cheveux roux, à son joli corps et à son enthousiasme amoureux. Penser à elle était très beau. Et si, à la pause de midi, je descendais en courant la voir à Öngören ?

J'étais reconnaissant d'être en haut, à la surface mais, à cause de la chaleur, mon travail était beaucoup plus pénible que celui de Maître Mahmut. Je m'étais un peu habitué à manœuvrer tout seul le treuil que je faisais auparavant tourner avec Ali mais il m'arrivait parfois d'être à bout de forces.

Je peinais à déposer sur la plateforme en bois le plein seau que j'avais remonté. Autrefois, Ali et moi nous acquittions de cette tâche avec beaucoup de précautions. L'opération qui consistait à soulever davantage le seau arrivé à notre hauteur, à le déporter légèrement sur le côté tout en donnant rapidement du mou à la corde comme pour le réexpédier vers le bas et à le poser sur la plateforme en bois n'était pas facile à réaliser tout seul.

À ce moment-là, comme j'inclinais un peu le seau sans le sortir de son crochet, des grains de sable, des coquilles de moules, des fossiles de coquillages pouvaient s'en échapper au sommet…

Quelques secondes après, les grommellements et les cris de Maître Mahmut remontaient du fond du puits. Si des coquilles et de petits cailloux tombaient d'une telle hauteur, ils pouvaient le blesser grièvement, voire le tuer s'ils touchaient sa tête. Maître Mahmut l'avait beaucoup répété. C'est la raison pour laquelle il ne remplissait pas le seau à ras bord. Ce qui rallongeait d'autant le travail.

Je transpirais beaucoup en allant vider dans un nouveau coin du terrain la brouette que j'avais chargée à pleins seaux de sable noir, sec et truffé de coquillages. De retour auprès du puits, j'entendais dans un brouhaha la voix grondante de Maître Mahmut mais je ne comprenais pas ce qu'il disait. On eût dit les hululements plaintifs et furieux d'un vieux chamane, d'un monstre souterrain mi-djinn mi-géant.

À une hauteur correspondant à un immeuble de dix étages, il était impossible de voir si le seau était arrivé en bas ou pas, alors, vers les derniers mètres, j'arrêtais de tourner la manivelle, je bloquais le treuil, j'appelais mon maître et j'attendais qu'il me dise « Un peu plus bas ». Comme Maître Mahmut paraissait petit et démuni tout au fond du puits !

Cela faisait une heure que nous avions commencé le travail quand soudain, la tête me tourna. Je crus que j'allais tomber dans le puits. Peu après, en évacuant la terre de la brouette, je m'arrêtai et m'allongeai par terre. Je dus m'assoupir, ne fût-ce que l'espace d'une minute.

Quand je revins au bord du puits, il résonnait des cris et des grognements de Maître Mahmut. Je fis descendre le seau vide mais la voix rageuse ne s'interrompit pas.

« Qu'est-ce qu'il y a, maître ?

— Fais-moi remonter !

— Quoi ?

— Je te dis de me remonter. »

Le seau était lourd, Maître Mahmut devait y avoir posé le pied.

Hisser mon maître hors du puits était ce qu'il y avait de plus fatigant. Cela consumait mes forces. La tête me tournait et je m'accrochais fermement à la manivelle du treuil, j'imaginais déjà Maître Mahmut renonçant au puits, interrompant le chantier, me versant mon dû et me rendant ma liberté. Dès que j'aurais récupéré mon argent et rassemblé mes affaires, j'irais en premier lieu chez la Femme aux Cheveux roux, je lui annoncerais que j'étais amoureux d'elle, qu'il fallait qu'elle quitte Turgay et se marie avec moi. Que dirait ma mère de tout cela ? La Femme aux Cheveux roux se moquerait sûrement de moi en disant « J'ai l'âge de ta mère ». À la pause de midi, je commencerais peut-être par une sieste de dix minutes sous le noyer. Quand vous êtes très fatigué, un somme d'une dizaine de minutes vous requinque parfois autant que des heures de sommeil, avais-je lu quelque part. Et après, j'irais voir la Femme aux Cheveux roux.

Quand la tête de Maître Mahmut apparut dans la bouche du puits, je me ressaisis et essayai de cacher mon épuisement.

« Mon fils, tu es au ralenti aujourd'hui, dit-il. Regarde, ici, je vais trouver de l'eau ici, et toi, tu écouteras ton maître jusqu'à ce qu'on en trouve. Ne t'avise pas de ralentir la cadence.

— Bien, maître.

— Je ne plaisante pas.

— Naturellement, maître.

— S'il y a de la civilisation quelque part, s'il y a des villages et des villes, c'est parce qu'il existe des puits à ces endroits. Une civilisation sans eau, un puits sans puisatier, ça ne se peut pas. Et un apprenti rebelle à l'autorité de son maître ne peut pas devenir puisatier. Dès que l'eau jaillira, nous serons riches.

— Même si nous ne sommes pas riches, je suis avec toi, maître. »

Maître Mahmut m'exhorta longuement, tel un maître d'école, à redoubler de vigilance, à ouvrir l'œil et le bon. Je me demandai si l'idée de me prodiguer tous ces conseils lui occupait déjà l'esprit lorsqu'il était au théâtre et qu'il regardait la Femme aux Cheveux roux. J'entendais les paroles de mon maître comme en rêve, mais sans me sentir le moins du monde obligé d'y répondre. L'image de la Femme aux Cheveux roux surgit à nouveau devant mes yeux. J'en fus gêné.

« Va changer cette chemise trempée de sueur, dit Maître Mahmut. C'est toi qui vas descendre. Le travail est plus facile en bas.

— Bien, maître. »

21

Au fond du puits, l'essentiel du travail consistait à remplir à la pelle le seau de terre malodorante, criblée de coquilles de moules, de bigorneaux ou d'arêtes de poisson. La tâche était plus facile qu'en haut. La difficulté, c'était moins de déblayer le sable à la pelle et de faire remonter le seau une fois plein que de rester là, à vingt mètres sous terre.

À mesure que j'approchais du fond du puits de plus en plus sombre, un pied dans le seau vide et les deux mains fermement agrippées à la corde, j'aperçus les fissures, les toiles d'araignées et les taches étranges qui étaient déjà apparues à la surface du béton. J'observai la fuite d'un lézard affolé vers le haut, vers la lumière. Le monde souterrain cherchait peut-être à nous mettre en garde contre le conduit en béton que nous lui avions planté dans le cœur. Un tremblement de terre pouvait survenir à tout instant, je pouvais rester enseveli ici pour l'éternité. J'entendais parfois d'étranges bruits rauques émaner du sous-sol.

« Il arriiiive ! » criait Maître Mahmut tandis que le seau vide approchait.

Quand je levais la tête et regardais vers le haut, la bouche du puits paraissait si lointaine et si petite que, pris de peur, j'avais tout de suite envie de remonter. Comme Maître

Mahmut s'impatientait, je jetais en toute hâte des pelletées de sable dans le seau et je criais : « Tiire ! »

Maître Mahmut, qui était bien plus fort que moi, tournait rapidement la manivelle du treuil pour faire remonter le seau, il le déportait avec précaution sur le côté, le vidait dans la brouette et me le réexpédiait dans la foulée.

Je suivais tout ce processus d'en bas, sans bouger de ma place et les yeux constamment rivés vers le haut. Si je voyais Maître Mahmut, je n'étais pas tout seul sous terre. Lorsque mon maître déplaçait le seau de côté pour le vider, un petit bout de ciel bleu apparaissait dans le périmètre de la bouche du puits. Quel bleu merveilleux ! Aussi lointain qu'à l'extrémité d'une lunette tenue à l'envers, mais c'était beau.

Jusqu'à ce que Maître Mahmut reparaisse au-dessus du puits pour faire descendre le seau, je restais immobile à contempler ce ciel scruté au bout d'une longue-vue.

J'étais soulagé quand, de longs instants plus tard, je voyais de nouveau Maître Mahmut, pas plus grand là-haut qu'une fourmi. Puis le seau arrivait, je le déposais sur le sol et je m'écriais : « C'est bon ! »

Mon cœur était saisi de peur dès que la minuscule silhouette de Maître Mahmut disparaissait pour aller vider le sable, la terre qui s'amoncelaient dans la brouette. Et s'il se tordait le pied, et s'il lui arrivait quelque chose ? Et si, histoire de me moucher et de me donner une bonne leçon, il restait un long moment sans reparaître au-dessus du puits ? Maître Mahmut voudrait-il me punir s'il apprenait que j'avais passé la nuit avec la Femme aux Cheveux roux ?

Je remplissais le seau en dix ou douze coups de pelle ; emporté par mon élan, je piochais un peu plus profond mais, rapidement, à cause de la poussière et de l'obscurité régnante, je ne voyais plus rien et le fond du puits se faisait toujours plus ténébreux. La terre sableuse était extrêmement molle et claire. Il était évident qu'il n'en sortirait pas d'eau. Notre peur n'était d'aucune utilité, nous perdions notre temps !

Dès que je sortirais de ce puits, je filerais tout droit à Öngören chez la Femme aux Cheveux roux. Peu importe ce que dirait Turgay. Elle m'aimait. J'expliquerais tout à son mari. Il se pourrait qu'il me frappe et même qu'il me tue. Comment réagirait la Femme aux Cheveux roux en me voyant devant elle en pleine journée ?

Tâchant tant bien que mal d'apaiser ma peur, je remplis et renvoyai le seau par trois fois (je comptai) puis, de nouveau, je cédai à l'affolement. Maître Mahmut tardait davantage à revenir auprès du puits, des bruits montaient du sous-sol.

« Maître, maître ! » criai-je vers le haut. Le ciel bleu était de la taille d'une pièce de monnaie. Où était Maître Mahmut ? Je me mis à crier de toutes mes forces.

Mon maître finit par paraître dans l'ouverture du puits.

« Maître, fais-moi remonter ! » lançai-je.

Mais il ne répondit pas. Il saisit le treuil et fit remonter le seau plein. Ne m'avait-il pas entendu ? Pendant que le seau s'élevait lentement, je gardai les yeux fixés vers le haut.

Quand le seau atteignit le sommet, Maître Mahmut apparut de nouveau dans la bouche du puits. Qu'il était loin ! Je criai de toutes mes forces. Mais comme en rêve, ma voix n'arrivait pas jusqu'à lui. Après avoir délesté le seau de son contenu, il saisit la manivelle du treuil et fit redescendre le seau vide.

Je criai encore un peu mais il ne m'entendait pas.

Il s'écoula un moment d'une longueur insupportable. Là-haut, Maître Mahmut emportait maintenant la brouette vers le terrain vague ; maintenant, il la retournait pour en vider le contenu ; maintenant, il revenait vers le puits, maintenant il devait être arrivé, pensai-je, mais Maître Mahmut ne revenait toujours pas. Peut-être fumait-il sa cigarette dans un coin.

Quand il reparut enfin, je criai de toutes mes forces. Mais il faisait mine de ne rien entendre. Je me décidai aussitôt : je mis un pied dans le seau vide et, tenant la corde, je criai : « Tiire ! »

Pendant que Maître Mahmut me hissait vers le haut en manœuvrant lentement le treuil, tout mon corps était pris d'un léger tremblement mais j'étais heureux.

« Qu'est-ce qu'il y a ? demanda-t-il au moment où grâce à Dieu je posai le pied sur le socle en bois.

— Maître Mahmut, je ne descendrai plus.

— Ça, c'est moi qui en décide.

— C'est toi qui décides, maître, répondis-je.

— Bravo, si tu t'étais comporté de la sorte depuis le début, nous aurions peut-être déjà trouvé l'eau à ce jour.

— Maître, j'étais novice au début. Mais est-ce ma faute si l'eau n'a pas jailli ? »

Haussant un seul sourcil, il s'efforçait d'afficher une mine suspicieuse. Je vis que mes propos lui avaient déplu.

« Maître, je me souviendrai de toi jusqu'à la fin de mes jours. Travailler à tes côtés m'a énormément appris sur la vie. Mais je t'en prie, laissons donc ce puits à présent. Donne-moi ta main à baiser. »

Maître Mahmut n'en fit rien. « Ne t'avise plus de me dire d'arrêter le chantier avant que l'eau n'ait jailli du puits. C'est compris ?

— Compris.

— Fais descendre ton maître maintenant. Il reste un peu plus d'une heure avant midi. Aujourd'hui, on fera une longue pause. Tu iras te reposer sous le noyer, tu t'allongeras et tu feras une bonne sieste.

— Que Dieu te bénisse, maître.

— Allez, tourne cette manivelle que je descende. »

Je fis tourner le treuil, mon maître entra peu à peu dans le puits et disparut de ma vue.

Je vidais rapidement le seau, j'écoutais les instructions de mon maître dont la voix retentissait d'en bas et j'employais toutes mes forces à manœuvrer le treuil. Je suais à grosses gouttes, je courais de temps à autre vers la tente pour boire de l'eau à la bouteille. Une fois, je tombai en arrêt devant une tête de poisson pétrifiée surgie du sable que j'étais en train de vider. Comme je tardais, le grommellement de Maître Mahmut me parvint à nouveau du fond du puits. Les moments où je peinais et où j'étais à bout de forces, l'image de la Femme aux Cheveux roux, la vision de ses seins et la couleur de sa peau s'imposaient devant mes yeux.

Un papillon blanc tacheté de jaune voleta, joyeux et tranquille, au milieu des brins d'herbe, près de notre tente, devant le treuil et au-dessus du puits, avant de poursuivre sa route.

De quoi cela pouvait-il être le signe ? Lorsque le train de voyageurs de la ligne Istanbul-Edirne en direction de l'Europe passait chaque matin vers 11 h 30, je me souviens que je considérais cela comme le signe que, finalement, tout irait bien. Une heure après ce train, le convoi de voyageurs qui passait vers 12 h 30, dans le sens Edirne-Istanbul cette fois, était annonciateur de notre pause méridienne.

Je pensai à nouveau mettre cette pause à profit pour faire un saut à Öngören et voir la Femme aux Cheveux roux. Je souhaitais aussi l'interroger sur Maître Mahmut. Je bloquai le treuil pour qu'il ne reparte pas en arrière. J'attrapai le seau par son anse et, au moment où je le déportai sur le côté, j'entendis de nouveau Maître Mahmut vociférer d'en bas.

Ma main inclinait adroitement le seau pour le déposer sur le socle en bois quand le seau plein s'échappa de son crochet et tomba dans le puits.

Je me figeai sur place.

« Maître ! » criai-je une seconde après.

À peine quelques instants plus tôt Maître Mahmut tonnait contre moi. Mais à présent, il s'était tu.

Un cri de profonde douleur s'éleva. Puis tout retomba dans le silence. Un cri que jamais je ne pourrai oublier.

Je reculai. Plus un bruit ne venait du puits et j'étais incapable de m'approcher du bord pour regarder en bas. Peut-être n'était-ce pas un cri, mais seulement des invectives.

Le monde entier était maintenant aussi silencieux que le puits. J'avais les jambes en coton. Je ne savais plus quoi faire.

Un énorme frelon tournoya autour du treuil, il se glissa ensuite dans la bouche du puits et disparut en un clin d'œil.

Je courus vers la tente. Je changeai ma chemise et mon pantalon trempés de sueur. En voyant mon corps nu pris de tremblements, je me mis à pleurer mais je m'arrêtai aussitôt. Auprès de la Femme aux Cheveux roux, même si je tremblais, je n'aurais pas honte. Elle me comprendrait et me viendrait en aide. Peut-être que Turgay aussi apporterait son soutien. Peut-être qu'ils iraient chercher du secours à la caserne, à la mairie, peut-être qu'ils feraient intervenir les pompiers.

Je descendis vers Öngören en courant à travers champs. Les cigales dans les herbes jaunes se taisaient sur mon passage. Je suivais un peu la route et j'entrais à nouveau dans les champs pour prendre des raccourcis. En descendant la côte qui passait devant le cimetière, je me retournai sous l'effet d'une étrange impulsion et, au loin, du côté d'Istanbul, je vis de lourds nuages noirs.

Si Maître Mahmut était blessé et perdait du sang, il fallait que les secours arrivent sans tarder. Mais cette aide, je ne savais pas auprès de qui la demander.

À l'entrée de la bourgade, je me rendis directement vers l'immeuble où logeaient Turgay et la Femme aux Cheveux roux. Ce fut non pas elle mais une autre femme qui ouvrit la porte de l'appartement sur cour du rez-de-chaussée. Ce devait être l'épouse de l'ancien maoïste peintre d'enseignes.

« Ils sont partis », me dit-elle avant que je n'aie eu le temps de poser la moindre question. Et d'un seul coup, la porte de l'endroit où j'avais couché pour la toute première fois avec la femme dont j'étais amoureux me claqua au visage.

Je traversai la place. Il n'y avait pas un chat dans le café Roumélie. La poste, elle, était bondée de militaires venus téléphoner. Les trottoirs grouillaient de villageois des environs qui convergeaient vers le centre-ville et que je ne voyais jamais dans les rues le soir.

Le chapiteau du Théâtre des Légendes édifiantes n'était plus à son emplacement. De prime abord, rien n'indiquait qu'un théâtre ambulant se trouvait ici la veille encore, puis j'aperçus des souches de tickets et les piquets de tente sur le sol. Ils étaient partis.

Je quittai Öngören au pas de course, sans vraiment savoir ce que je faisais. Courir, s'arrêter, regarder le ciel de plus en plus chargé en cherchant à en tirer des significations... c'était comme si un autre que moi faisait tout cela, comme si mes réflexes avaient pris le contrôle. De grosses gouttes de sueur coulaient sur mon front, sur mon cou, sur tout mon corps. Une chaleur infernale s'abattait à présent sur la côte menant au cimetière dont les arbres s'agitaient doucement, le soir, sous l'effet d'un vent frais. Je vis de paisibles moutons qui broutaient entre les tombes.

Une fois arrivé sur le plateau, je ralentis le pas et me mis à marcher au lieu de courir. Ce que je ferais dans la demi-heure suivante déterminerait toute ma vie, je le voyais très clairement mais j'étais incapable de décider de la conduite à tenir. Maître Mahmut était-il inconscient, blessé, mort ? J'avais du mal à y réfléchir. Peut-être à cause de l'extrême chaleur de ce mois de juillet. Le soleil tombait d'aplomb, il me brûlait la nuque et le bout du nez.

Alors que je m'engageais dans le dernier raccourci, j'entendis dans l'herbe le bruissement d'une tortue fuyant devant mes pas ; ce n'est qu'après que je l'aperçus. Pour se dissimuler, elle n'avait qu'à se déporter à droite ou à gauche du chemin que Maître Mahmut et moi avions frayé à force de passer. Mais cette idée ne l'effleurait pas et choisissant comme un destin la route que je m'apprêtais à emprunter, elle se carapatait devant moi. Étais-je en train de faire de même, se pouvait-il que je m'engage dans une mauvaise voie en pensant justement échapper à mon destin ?

Dans mon enfance, des gamins de Beşiktaş s'amusaient à retourner des tortues sur le dos et à les laisser mourir au soleil. Je saisis délicatement des deux mains la tortue qui, me voyant, était rentrée dans sa carapace, et la déposai sur le côté, dans les hautes herbes.

Tandis que, d'un bon pas, j'approchais du puits, j'atténuai le bruit de ma respiration. Je désirais ardemment entendre la voix, la plainte de Maître Mahmut. J'imaginais que cet instant n'était qu'un des moments ordinaires que nous avions vécus ce dernier mois. Que le seau n'avait pas basculé, qu'il n'était rien arrivé à Maître Mahmut. Et que je n'aurais qu'à poser le goulot de la bouteille d'eau sur mes lèvres pour entendre monter du puits les rugissements furieux de mon maître.

Mais pas un son n'émanait de la bouche du puits. Seul

résonnait le chant des cigales. Le silence générait du remords dans mon âme. J'aperçus la fuite de deux lézards sur le treuil. J'avançai encore d'un pas vers le puits. Mais je fus pris de peur, je ne pus m'approcher davantage pour regarder en bas. Comme si plonger mon regard au fond du puits risquait de me rendre aveugle.

De toute façon, il m'était impossible de descendre tout seul. J'avais besoin d'une troisième personne pour me treuiller. C'est d'ailleurs pour cela que j'avais couru à Öngören et chez la Femme aux Cheveux roux. Mais j'étais revenu sans avoir alerté qui que ce soit. Je ne savais pas pourquoi j'avais agi ainsi. Peut-être parce que je m'étais dit que je ne pourrais trouver personne et qu'accourir rejoindre mon maître lui plairait.

Peut-être avais-je intérieurement décrété que Maître Mahmut était mort et que ma faute était irréversible. « Mon Dieu, aie pitié de moi ! » suppliai-je. Que devais-je faire ?

En revenant dans la tente, je recommençai à pleurer. Tout ce que Maître Mahmut et moi avions partagé au cours de ce dernier mois me causait une tristesse insoutenable. La théière, le vieux journal lu des centaines de fois, les savates en plastique bleu marine rafistolées avec du scotch sur le dessus, la ceinture de pantalon que mon maître mettait quand il descendait en ville, sa montre…

D'un geste automatique, je m'étais mis à rassembler mes affaires. Fourrer ma paire de baskets jamais portées et tout le reste dans ma vieille valise ne me prit pas plus de trois minutes.

Si je restais là, on viendrait m'arrêter pour homicide involontaire par négligence. Mon procès durerait des années, adieu le cours préparatoire aux examens, adieu l'université, ma vie entière serait fichue et, alors que je serais incarcéré dans une prison pour mineurs, ma mère mourrait de chagrin.

Je suppliai Dieu de garder Maître Mahmut en vie. Dans l'espoir d'entendre sa voix, son gémissement, je m'approchai à nouveau du puits. Mais pas un son n'en sortait.

Quinze minutes seulement avant le train de 12 h 30 pour Istanbul, je sortis de la tente avec la vieille valise de mon père à la main et, sans un regard en arrière, je me hâtai sous la chaleur vers Öngören. Je savais que si jamais je me retournais, je fondrais à nouveau en larmes. De plus, les noirs nuages de pluie se rapprochaient de la bourgade, tout avait pris une lugubre teinte violette.

La gare était remplie d'une foule de villageois venus au marché. Pendant que, au milieu des paniers, des sacs, des paquets, des paysans, des soldats, j'attendais le train qui accusait du retard, je programmai de m'asseoir près d'une fenêtre de gauche du wagon pour regarder une dernière fois l'endroit où Maître Mahmut et moi creusions le puits, jusqu'à ce que le train ait dépassé l'intersection. Voilà un mois que je pensais que c'était ce que je ferais le jour où je retournerais à Istanbul. Mais lorsque je me le représentais, ce jour rêvé devait me voir partir comblé des pourboires et des récompenses dont Hayri Bey avait promis de nous gratifier pour avoir fait jaillir l'eau du puits.

Jusqu'à l'arrivée du train, j'observai attentivement tous ceux qui entraient dans la gare mais il y avait beaucoup de monde. Il se pouvait que la Femme aux Cheveux roux et sa troupe de théâtre repartent à Istanbul par ce train. Lorsqu'il entra enfin en gare, je jetai un dernier regard sur la place et la bourgade d'Öngören puis tournai le dos et m'engouffrai dans une voiture. Alors que je m'installais sur mon siège, j'oubliai toutes les fois où j'avais dû ravaler ma fierté et obéir à mon maître pour ne plus ressentir qu'une culpabilité infinie.

DEUXIÈME PARTIE

22

Les yeux humides, je parvenais à peine à distinguer par la fenêtre du train notre campement sur le haut plateau et notre puits. Mais tout ce que je voyais – le cimetière sur la route menant au bourg, les cyprès – prit l'aspect d'un tableau dont je compris à l'instant même que jamais je ne l'oublierais : le terrain plat où Maître Mahmut et moi forions le puits semblait se fondre dans le ciel obscur. La foudre tomba quelque part au loin. Comme le train avait passé le virage avant que le son ne parvienne jusqu'à nous, tout disparut d'un seul coup de ma vue. Mon cœur fut traversé par une sensation de liberté. Un vertigineux sentiment mêlé de soulagement et de culpabilité s'emparait de moi au rythme des tac-tac-tac du train.

Je restai un long moment sans adresser la parole à qui que ce soit : je rentrai en moi-même, je mis le monde à distance. Le monde était beau, je voulais que mon être intérieur soit beau également. En faisant comme si nulle noirceur, nulle culpabilité n'existaient en moi, je finirais peu à peu par oublier ce mal qui m'habitait. C'est ainsi que je commençai à faire comme s'il ne s'était rien passé. Si vous agissez comme si de rien n'était et que, de fait, rien ne se passe, au bout du compte, il ne vous arrivera rien.

Le train à destination d'Istanbul roula entre des entrepôts, de vieilles usines, des champs. Il franchit des rivières, passa devant des mosquées, des cafés et des ateliers. Quand la pluie se mit à tomber en trombes, les enfants qui jouaient au football dans une cour d'école attrapèrent leurs chemises et leurs cartables, qu'ils avaient posés par terre pour marquer les cages de but, et s'égaillèrent rapidement.

À la surface de la terre aride que j'apercevais par la fenêtre du train se formèrent de subites flaques d'eau, des rigoles, des ruisseaux. Même si le déluge éclatait, un homme au fond d'un puits ne se rendrait compte de rien. Maître Mahmut était-il toujours à l'intérieur du puits ? M'appelait-il, criait-il, hurlait-il vers le haut ?

Je descendis du train à la gare de Sirkeci. Je marchai dans Istanbul sous la pluie, puis j'achetai un billet de ferry pour Harem, sur la rive asiatique. Le bateau tardait à s'emplir et à appareiller : conducteurs de véhicules, familles, enfants en pleurs, pots de yaourt sucré, ronronnement de moteurs de camions... J'avais totalement oublié combien il était agréable d'être entouré de ses semblables. Je me sentais pour l'heure comme un sauvage retournant à la civilisation. Des gouttes de pluie me coulaient dans les cheveux, sur la nuque, le long du dos, mais je restais assis, immobile et, par la vitre saturée de toits, je contemplais Istanbul qui s'étirait en pente douce de part et d'autre du Bosphore. J'essayai de repérer Beşiktaş au loin, derrière le palais de Dolmabahçe, ainsi que la haute bâtisse en face du cours préparatoire aux examens d'entrée à l'université.

Avant de prendre le bus à la descente du ferry, j'achetai un paquet de mouchoirs en papier dans une buvette et m'essuyai les cheveux et le visage. Je n'avais rien mangé depuis des heures mais gâteaux et sandwichs ne me tentaient même pas. « Voilà ce que c'est que d'être un assassin. »

C'est ainsi que j'entendis à nouveau résonner en moi cette deuxième voix avec laquelle je m'entretenais en secret de sujets dont je ne souhaitais m'ouvrir à personne. Et que nul ne pense que je perdais la tête. À 3 heures, je montai dans le bus pour Gebze. J'étais extrêmement ému à l'idée de revoir ma mère. Le soleil d'été, qui tombait pile sur moi par la fenêtre de droite, me réchauffait et je m'endormis. Je rêvai que j'étais dans un paradis chaud et ensoleillé, purgé du crime et du châtiment.

Je m'étais imaginé que, à ma vue, ma mère dirait : « Qu'est-ce que tu as ? Tu me regardes comme un criminel. » Constatant qu'elle ne me disait rien de tel, je mis cela sur le compte de ma peur et me sentis soulagé dès que je la serrai dans mes bras. Je retrouvai son odeur maternelle et familière. Tout d'abord, elle versa quelques larmes, puis elle se mit à parler joyeusement, me racontant que sa vie à Gebze n'était pas si mal, qu'elle me préparerait des frites et des *köfte*. Qu'à part le souci qu'elle s'était fait à mon sujet, à part mon absence et le manque, elle n'avait pas de problème. Et après avoir prononcé ces mots, elle se mit à pleurer. Nous nous serrâmes encore plus fort dans nos bras.

« Tu as changé en un mois. Tes mains et tes bras sont devenus immenses, tu as aussi pris quelques centimètres. Tu as mûri, tu es un homme maintenant. Tu veux plus de tomates dans ta salade ? »

Je marchai un long moment sur les collines autour de Gebze, en regardant Istanbul dans le lointain. Parfois, à l'horizon, je croyais voir un terrain semblable à notre haut plateau, et l'émotion m'étreignait comme si j'allais rencontrer Maître Mahmut.

Je ne racontai pas à ma mère que j'étais descendu dans le puits malgré toutes mes promesses. Maintenant que j'étais devant elle et que j'étais vivant, ce détail était sans importance.

Nous ne parlions pas de mon père. Je comprenais qu'il n'avait pas du tout appelé ma mère. Mais moi, pourquoi ne m'appelait-il pas ? L'image de Maître Mahmut tel que je l'avais vu la dernière fois lors de sa descente dans le puits surgissait souvent devant mes yeux. J'étais certain qu'il forait encore patiemment le puits. Tel un ver creusant obstinément son chemin à l'intérieur d'une énorme orange.

Nous allâmes dans les magasins du centre-ville de Gebze et achetâmes, sur les deniers de ma mère, une télévision neuve et un réveille-matin. Quant à l'argent que j'avais mis de côté en travaillant avec Maître Mahmut, je le déposai à la banque. Je passai trois jours à me reposer et dormir à la maison. Je rêvai de Maître Mahmut et de sales types qui me poursuivaient, mais personne ne vint me chercher à Gebze. Personne n'était à mes trousses. Le quatrième jour, je me rendis à Istanbul, je m'inscrivis au cours de préparation à l'examen d'entrée à l'université de Beşiktaş et commençai dès lors à suivre l'enseignement avec assiduité.

Dès que je me retrouvais seul, je n'arrivais pas à chasser Maître Mahmut et le puits de mon esprit. Je fus heureux de retrouver l'ancien quartier de Beşiktaş et mes camarades de classe, d'aller au cinéma avec eux, d'avoir des relations amicales. Nous allâmes une ou deux fois dans les tavernes du centre-ville mais j'étais incapable de modérer comme eux ma consommation d'alcool et de cigarettes. Peu m'importaient leurs piques sur ma façon de vider d'un trait mon raki et d'être tout de suite ivre comme un bleu, mais ce qui me mettait en colère, c'étaient leurs moqueries puériles sur ma barbe et ma moustache qui n'avaient pas assez poussé, laissant supposer chez moi un manque de virilité.

« Si les poils et les duvets étaient une source de miracles, la lumière irradierait des tanneries, rétorquai-je une fois. Les chattes aussi ont de la moustache. »

Ma repartie les fit tous éclater de rire. Ce genre de bons mots, je les apprenais dans les livres que je lisais jusqu'à m'en faire mal aux yeux, le soir dans la librairie de mon ami.

Mais un être dépourvu de conscience et de cœur au point d'abandonner son maître à la mort au fond d'un puits pouvait-il devenir écrivain ? La chute du seau était-elle vraiment accidentelle ? Je me répétais souvent que rien de mal ne s'était produit là-bas, dans ce puits. Simplement, je n'avais pas tenu face à la charge de travail, aux réprimandes, au manque de sommeil. J'avais tout laissé en plan, j'avais récupéré mon dû et j'étais rentré chez moi comme l'aurait fait n'importe quelle personne normale. « Personne normale. » C'étaient des mots que je n'aimais plus désormais.

Parmi mes amis de quartier plus âgés, ceux qui étaient étudiants à l'université d'Istanbul, qui se laissaient pousser la barbe et la moustache et qui affrontaient la police dans les petites rues en marge des manifestations politiques, racontaient fièrement leurs expériences. Je savais qu'ils avaient du respect pour mon père. Mais un soir, en évoquant la Femme aux Cheveux roux, je compris que j'éprouvais aussi du ressentiment envers eux.

« Cem, tu as déjà tenu la main d'une fille ? » me taquina l'un d'entre eux.

Certains parlaient ouvertement de la façon dont ils étaient tombés amoureux, des lettres d'amour qu'ils écrivaient à une fille et des réponses qu'ils attendaient. C'est ainsi que je racontai comment, voici deux mois, le mari de ma tante m'avait trouvé un travail sur un chantier dans les environs d'Edirne (un chantier, c'était plus important qu'un puits) et que, là-bas, dans la bourgade d'Öngören, j'avais vécu une histoire d'amour avec une femme. « Öngören, vous connaissez ? » demandai-je à la ronde.

Personne ne s'attendant à ce genre de propos de ma part, il y eut un moment de stupeur. Quelqu'un répondit que son frère aîné avait fait son service militaire à Öngören, que ses parents et lui étaient venus une fois d'Istanbul lui rendre visite et que cette bourgade n'était qu'un petit bled à périr d'ennui.

« Là-bas, je suis tombé amoureux d'une femme merveilleuse, une comédienne qui a le double de mon âge. Je ne la connaissais même pas. Je l'ai vue dans la rue. Elle m'a emmené chez elle. »

Ils me regardaient d'un air incrédule. Je déclarai que c'était la première fois de ma vie que je couchais avec une femme.

« C'était comment ? C'était bien ?

— C'était quoi son nom ?

— Pourquoi est-ce que vous ne vous êtes pas mariés ? dit un autre en tirant sur sa cigarette.

— Pour les soldats en perm', le week-end, il y a des chapiteaux avec des danseuses du ventre, des cabarets, des boîtes où des chanteuses se produisent sur scène, il se passe tout et n'importe quoi là-bas », dit celui qui avait rendu visite à son frère aîné.

Ce soir-là, je compris que ce n'est qu'en restant loin de ces amis de quartier que je pourrais me libérer de la souffrance et de la culpabilité qui me rongeaient. Je devinais peu à peu que mon maître et le puits me priveraient à jamais du bonheur d'une vie ordinaire. « Le mieux est de faire comme si de rien n'était », me répétais-je sans cesse.

23

Mais était-il possible de prétendre qu'il ne s'était rien passé ? Dans un puits à l'intérieur de ma tête, Maître Mahmut continuait à creuser la terre à coups de pioche. Ce qui signifiait qu'il était vivant et que la police n'avait pas ouvert d'enquête pour meurtre.

J'imaginais que quelqu'un, Ali par exemple, trouverait le corps de Maître Mahmut, que le procureur se saisirait de l'affaire et alerterait les autorités, d'abord à Gebze (ce qui pouvait prendre des jours et des semaines en Turquie) ; ma mère serait rongée de chagrin et pleurerait comme une Madeleine et quand la police de Gebze aurait informé ses homologues à Istanbul (ce qui pouvait prendre encore des mois), on viendrait un jour me chercher dans la librairie ou en cours pour m'arrêter. Le mieux était d'aller trouver mon père et de tout lui raconter. Mais il ne m'appelait jamais, ce qui m'amenait à penser que même s'il le faisait, il ne me serait d'aucune aide. De plus, lui en parler ne ferait que monter la chose en épingle. D'ailleurs, chaque jour qui passait sans que la police n'ait débarqué en cours pour m'arrêter me semblait une preuve réjouissante que je n'avais aucun crime à me reprocher et que j'étais comme tout le monde. En même temps, j'avais l'impression que chaque journée était la dernière où il m'était donné de goûter une vie innocente et ordinaire. Dans la librairie de Deniz, il m'arrivait parfois de prendre pour un policier en civil un client au regard dur qui me demandait l'emplacement d'un livre, et je constatais alors que j'étais tenaillé par l'envie d'avouer ma faute. D'autres fois, je m'imaginais que mon maître avait dû sortir vivant du puits et me reléguer avec haine aux oubliettes.

Je travaillais dur dans la librairie, je m'activais tous azimuts et répondais à toutes les demandes. Deniz, qui aimait beaucoup les aménagements nouveaux et inédits que j'apportais dans la vitrine, mes sélections de livres et les idées de promotions que je lui soumettais, m'avait proposé de dormir sur le divan pendant l'hiver et même d'installer mes pénates dans cette petite pièce pour y lire et étudier le soir. Vu que cela m'amènerait à habiter loin d'elle et de Gebze, ma mère s'en était attristée mais elle était convaincue que mon assiduité aux cours du lycée de Kabataş et au cours préparatoire de Beşiktaş donnerait de bons résultats à l'examen d'entrée à l'université.

Non seulement par désir de ne pas décevoir ma mère mais aussi par conscience que cet examen marquait un tournant crucial dans ma vie, je travaillai comme un forcené, aussi bien au lycée qu'au cours privé, et j'appris par cœur la liste de toutes les formules. Dans les moments où j'étais le plus intensément concentré sur mon travail, l'image de la Femme aux Cheveux roux irradiait en moi comme un chaud soleil, je pensais à la couleur de sa peau, à son ventre, ses seins, son regard : en réalité, c'étaient surtout les cours qui m'aidaient à faire comme si de rien n'était.

Ma mère était à côté de moi, à Gebze, lorsque je remplis les documents pour l'examen d'entrée à l'université et que je listai les départements auxquels je postulais. Naturellement, elle voulut que j'inscrive médecine en premier choix. Elle avait très peur que mes rêves de devenir écrivain ne fassent de moi un crève-la-faim et ne m'attirent des ennuis politiques comme à mon père.

Cependant, après que j'avais abandonné mon maître au fond du puits, mon désir d'être écrivain s'atrophiait et se tarissait à grande vitesse. Ma mère avait également très envie que je devienne ingénieur. Et c'est ainsi que j'ai coché la case « ingénierie géologique ». Ma mère avait remarqué que mon apprentissage du métier de puisatier avait influencé mon caractère. J'eus l'impression qu'elle avait perçu, l'espace d'un instant, que cette chose qu'elle désignait en disant « Tu as mûri » était en réalité une tache noire dans mon âme.

À la fin de l'été 1987, je fus admis cinquième en section ingénierie géologique à l'Université technique d'Istanbul, à Maçka. Cette bâtisse universitaire datant de cent dix ans abritait à l'origine l'arsenal et les quartiers militaires des armées modernes de la fin de l'Empire ottoman. Mais lorsque l'Armée d'action des Jeunes-Turcs qui déposeraient Abdülhamid II en 1908 marcha de Salonique sur Istanbul, c'est là que les forces loyalistes du sultan prirent position. Des combats eurent lieu aux endroits où nous faisions actuellement cours. J'apprenais ce genre de choses dans des livres et les racontais ensuite à mes camarades. Je trouvais un charme mystérieux aux salles hautes de plafond, aux escaliers sans fin, aux couloirs bruissant d'échos de cette bâtisse ancienne, et j'appréciais qu'elle se trouve au bas de la côte de Beşiktaş, à dix minutes de la librairie Deniz.

De vendeur, je fus d'ailleurs promu au poste de responsable. Le patron, qui refusait d'admettre que je puisse ne pas devenir écrivain, s'était résolu à ce que j'étudie la géologie, en disant que les ingénieurs pouvaient donner de bons romanciers. Dans le dortoir universitaire, je terminais presque chaque soir un nouveau livre.

Faire comme si de rien n'était impliquait aussi d'oublier l'*Œdipe* de Sophocle. Je bridai ma curiosité et me réfrénai jusqu'à ma troisième année d'université. Puis un jour, chez Deniz, le même vieux recueil d'interprétation des rêves me tomba à nouveau sous la main. C'est là que j'avais lu un résumé de l'histoire d'Œdipe. Il était rédigé par Sigmund Freud, comme je le remarquai seulement alors. Son texte traitait moins de Sophocle que du désir de tuer le père qu'il prétendait présent en chaque homme.

Quelques mois plus tard, dans le coin des livres d'occasion, je tombai une nouvelle fois sur une traduction de la pièce de Sophocle, éditée en 1941 par le ministère de l'Éducation nationale. Le titre sur la couverture d'un blanc jauni, *Œdipe roi*, éveilla en moi un fugace sentiment d'effroi. Sa traduction en turc était introuvable sur le marché. Je le lus d'une traite, je le dévorai comme si j'espérais y découvrir un secret sur ma vie.

À la différence de l'histoire résumée et préfacée par Freud que j'avais lue précédemment, la pièce commençait non pas à la naissance d'Œdipe mais bien des années après. Le prince Œdipe avait sans le savoir tué son père, pris sa place sur le trône royal et épousé sa mère, dont il avait eu quatre enfants. Le livre ne faisait aucune allusion aux ébats entre lui et sa mère âgée d'au moins seize ans de plus que lui, il éludait la question. J'essayais de me représenter la scène mais sans succès. Vu que son épouse était aussi sa mère, ses enfants étaient donc également ses frères et sœurs. Mais au début de la pièce, ni Œdipe, ni les autres personnages, ni les spectateurs n'avaient connaissance de ces infamies. C'est sans doute la raison pour laquelle une épidémie de peste s'était déclarée dans la ville ; pour la libérer du fléau, il fallait découvrir qui avait tué l'ancien roi et mettre la main sur le coupable. Œdipe était le plus empressé à résoudre cette énigme. Mais peu à peu, il comprendrait que le meurtrier n'était autre que lui-même et, dévoré de culpabilité, il se crèverait les yeux.

C'est exactement dans cet ordre que trois ans plus tôt, un soir près du puits, j'avais raconté cette histoire à Maître Mahmut. Mais en lisant la pièce, pour quelque étrange raison, j'eus l'impression que c'était moi qui l'avais écrite. Je constatai que la lecture de Sophocle atténuait ma culpabilité d'avoir causé la mort de mon maître. Désormais, trois ans après, je n'avais plus peur de voir la police débouler en cours pour m'embarquer. Peut-être que Maître Mahmut n'était pas mort et que, comme dans les anciens contes religieux, quelqu'un l'avait tiré du fond du puits.

Maître Mahmut me racontait des histoires édifiantes, des paraboles tirées du saint Coran pour que j'en tire des leçons. Cela me dérangeait et me troublait. Pour le mettre à son tour mal à l'aise, je lui avais raconté l'histoire du prince Œdipe et, en fin de compte, j'avais agi comme le héros de ce récit. C'est à cause de cela que Maître Mahmut était resté au fond du puits, à cause d'une histoire, d'une légende.

Œdipe aussi avait tué son père parce qu'il tentait de faire mentir une histoire et une prophétie. Si le prince Œdipe n'avait pas accordé de crédit à ce que lui prédisait la pythie, s'il en avait ri et était passé outre, peut-être n'aurait-il pas quitté son foyer, son pays, pour se jeter sur les routes où il avait croisé le roi son père sans savoir qui il était et, sans cette coïncidence, il ne l'aurait pas tué. La même chose valait pour le père d'Œdipe. S'il n'avait rien fait pour se prémunir contre le sinistre destin qui lui avait été annoncé, il ne lui serait pas arrivé de catastrophes. Si je voulais avoir une existence normale, ordinaire, je devais agir exactement à l'inverse d'Œdipe, c'est-à-dire agir comme si de rien n'était. Comme il aspirait à être une bonne personne et refusait d'être un assassin, Œdipe était devenu un meurtrier ; et parce qu'il s'était mis en tête de retrouver le meurtrier de l'ancien roi, il avait découvert qu'il était un parricide. La pièce de Sophocle était construite sur les investigations d'un héros qui l'amenaient à découvrir que l'assassin qu'il recherchait n'était autre que lui même.

Or, dans mon cas, je n'avais aucune certitude d'être un assassin, je n'étais même pas sûr qu'un meurtre ait été commis. Et je n'avais nullement l'intention de devenir un meurtrier ou d'être un jour trucidé par mon fils. Il se pouvait très bien que Maître Mahmut se soit extrait du puits et volatilisé dans la nature. Si tel n'avait pas été le cas, la police serait venue sonner à ma porte, non ? Pour être comme tout le monde, je devais tout oublier et faire comme si de rien n'était.

24

« D'ailleurs, il ne s'est rien passé », ai-je longtemps pensé. En marchant dans les corridors de l'université aux relents d'humidité poussiéreuse et de savon noir, en allant au cinéma avec mes camarades de classe qui prenaient prétexte des conflits politiques et des échauffourées avec la police pour sécher les cours de métallurgie, en suivant distraitement une série télé dans le dortoir, je me réjouissais de constater que, finalement, je parvenais à être comme tout le monde. Je regardai des matchs de foot à la télévision, des films d'art et d'essai en cassette vidéo (qui faisaient leur apparition sur le marché) et les bateaux qui sillonnaient le Bosphore. Je contemplai les derniers appareils électroniques dans les vitrines, je sortis dans Beyoğlu, je me fondis dans la foule et, chaque week-end, j'eus le blues du dimanche soir.

Sur le campus de l'Université technique sis dans les anciens bâtiments de l'arsenal de Maçka, il y avait très peu de filles. Et les rares qui étudiaient l'ingénierie avaient tous les garçons à leurs pieds. Je connaissais très peu d'étudiantes de mon âge. C'est pourquoi quand ma mère, lors d'un week-end à Gebze, m'expliqua que la fille d'un proche parent de mon oncle avait été admise en faculté de pharmacie à l'université d'Istanbul et que mon oncle serait content que je lui apporte mon aide car, originaire de Gördes, elle logerait dans un foyer étudiant mais avait peur de la foule de la grande ville, je pris aussitôt la chose à cœur.

Ayşe était châtain clair mais elle ressemblait un peu à la Femme aux Cheveux roux. Notamment par le pli de sa lèvre supérieure, pleine et charnue, et la finesse de son menton. Je sentis dès le premier jour que j'en tomberais amoureux et qu'elle ne resterait pas indifférente à ma personne. Les samedis après-midi, nous allions ensemble au cinéma, aux théâtres de la ville qui jouaient du Tchekhov ou du Shakespeare et nous prenions le bus pour aller boire un thé à Emirgan. Sortir avec une fille, comme disaient certains de mes amis, entretenir une relation d'amitié avec une fille belle et raisonnable était un sentiment bien agréable et la vie me paraissait si douce que je crus avoir oublié Maître Mahmut et le puits.

Pour pouvoir continuer cette vie-là, je postulai au cycle supérieur d'ingénierie géologique, et comme j'étais parmi les meilleurs de la classe, mon dossier fut accepté. La deuxième année de notre amitié, Ayşe et moi avions commencé à nous tenir la main et à nous embrasser dans les cinémas, les parcs, ou dans les rues si personne n'était dans les parages mais dès les premières semaines après notre rencontre, j'avais compris qu'Ayşe, qui venait d'une famille conservatrice, ne coucherait jamais avec moi avant le mariage.

Me rangeant aux avis d'un ami de Beşiktaş, un habitué des maisons closes intimement persuadé qu'il était capable de mettre toutes les filles dans son lit, j'avais emmené Ayşe dans la garçonnière dont il m'avait prêté les clefs, et l'après-midi avait viré à la catastrophe. Après m'avoir résisté pendant deux heures, Ayşe, à qui j'avais servi un verre de raki comme si c'était une boisson de tous les jours, avait fini par quitter l'appartement en pleurs et elle resta longtemps sans même venir prendre la communication quand je l'appelais au foyer.

Je passai par une période où je me masturbais en me rappelant ma nuit d'amour avec la Femme aux Cheveux roux, en rêvant de l'appeler et de la retrouver. Ayşe et moi finîmes par nous réconcilier, nous reprîmes notre relation là où elle en était restée et décidâmes de nous fiancer. Après les fiançailles (pour lesquelles elle portait une robe que ma mère lui avait cousue avec l'aide de sa couturière), Ayşe venait parfois me chercher certains samedis après-midi à la librairie Deniz, et cela me plaisait que le patron et les jeunes vendeurs trouvent « la fille de Gördes » jolie. J'aimais lui parler des livres que je lisais, de l'histoire de la géologie, de mes opinions politiques qui ne différaient guère en somme de celles de tout le monde et de ma passion pour le football. Apprendre qu'Ayşe conservait les lettres dans lesquelles je lui parlais des conditions de vie difficiles des mineurs qui trimaient sous terre à Kozlu, à Soma où j'étais allé faire des stages en été, dans lesquelles j'exprimais mes colères, mes idées et mes convictions sur la vie et le monde, savoir qu'elle les ressortait pour les relire de temps en temps m'emplissait de fierté. Moi aussi, je conservais ses lettres.

Dans le cours serein de ces heureuses journées, une vétille venait parfois faire ressortir l'obscurité de mon âme. Un été où Istanbul connaissait des pénuries d'eau à cause de la sécheresse et que le ministre de l'Agriculture enjoignait ironiquement à la population de sortir prier pour demander la pluie, m'entendre dire par ma fiancée qu'il suffisait de forer un puits dans chaque jardin d'Istanbul pour régler le problème me plongea dans un mutisme prolongé (je lui avais caché que, des années auparavant, j'avais travaillé pendant un mois comme apprenti auprès d'un maître puisatier). Lorsque je lus dans le journal que l'usine de réfrigérateurs que le Premier ministre avait inaugurée en grande pompe près d'Öngören était la plus importante structure de ce genre dans les Balkans et le Moyen-Orient, je repensai à Maître Mahmut et aux histoires religieuses qu'il me racontait. Je fus troublé de découvrir que la préface des *Frères Karamazov* dans la nouvelle traduction que je voulais acheter à ma fiancée pour son anniversaire était un texte de Freud sur Dostoïevski et le parricide, touchant aussi à Œdipe et à Hamlet ; je la lus sur-le-champ et abandonnai là cet ouvrage. À la place, je pris *L'Idiot,* dont le héros était naïf et innocent.

Je rêvais certaines nuits de Maître Mahmut. Il continuait à creuser un puits sur une énorme orange bleue qui tournoyait lentement dans l'univers au milieu des étoiles. C'est donc qu'il n'était pas mort, et me laisser ronger par la culpabilité était inutile. N'empêche que je souffrais en regardant la planète sur laquelle il creusait son puits.

J'étais quelquefois taraudé par l'envie de raconter à ma fiancée que c'était à cause de Maître Mahmut que j'étais devenu ingénieur géologue mais je me retenais de le faire. C'est surtout lorsque Ayşe et moi échangions amicalement à propos de nos lectures que j'éprouvais ce besoin de me confesser. Au lieu de parler de Maître Mahmut, je l'entretenais des secrets et des étrangetés des sciences de la Terre. J'expliquais à mon aimée que, au XIe siècle, un savant chinois du nom de Shen Kuo avait résolu le mystère de la présence de coquillages, de têtes de poissons et de moules dans les crevasses, les cavités, les anfractuosités des plus hauts sommets montagneux. Cent cinquante ans après Sophocle, Théophraste avait écrit un traité intitulé *Les Pierres* et pendant des millénaires ses propos avaient fait autorité. Je n'avais pas pu devenir un grand créateur littéraire, mais j'aurais aimé au moins écrire un livre qui recueille comme celui-ci l'approbation générale ! Un livre qui traite de la structure géologique de la Turquie et dans lequel je rêvais de tout aborder : de l'altitude des monts Taurus au secret des terres fines et argileuses de Thrace où nous creusions notre puits, des formations de plaques tectoniques dans le Sud jusqu'à la carte précise et réaliste des régions gazières et pétrolifères.

25

Je savais que mon père était quelque part dans Istanbul, j'étais en colère qu'il ne cherche pas à me contacter, et moi non plus je ne l'appelais pas. Finalement, je le revis au moment de mon mariage avec Ayşe, avant mon départ pour le service militaire. Après le mariage, nous le retrouvâmes un soir dans le restaurant d'un nouvel hôtel à Taksim. Je me sentis instantanément heureux en le voyant. « Tu as trouvé une fille qui ressemble à ta mère », dit mon père quand nous fûmes seuls. Pendant le repas, mon père et Ayşe ne furent pas longs à bien s'entendre. Ils commencèrent même très vite à me taquiner, à plaisanter et à se moquer de mon côté ingénieur qui retient automatiquement les chiffres par cœur.

Mon père avait vieilli mais il semblait aller bien. Je le sentais gêné de connaître une certaine aisance financière et de s'être rapidement construit une nouvelle vie. Pour ma part, je culpabilisais de m'intéresser à ces histoires de parricide. Mais au fil des années marquées par son absence, je m'étais débrouillé tout seul, j'avais grandi par mes propres moyens, et c'est ainsi que j'étais devenu « moi-même ».

J'avais cependant du mal à éprouver ce sentiment quand j'étais à ses côtés, bien qu'il n'ait jamais fait intrusion dans mes affaires et m'ait toujours insufflé de la confiance. Auprès de Maître Mahmut, avec qui je n'avais pourtant passé qu'un seul mois, j'avais la conviction d'être moi-même, du fait que je m'opposais à lui. Je ne sais pas dans quelle mesure ces idées étaient justes, mais j'avais une bonne connaissance de mes émotions. Je tenais encore à obtenir l'approbation de mon père, je voulais croire que je menais une existence honorable et conforme à ses attentes et, en même temps, je lui en voulais terriblement.

« Tu as beaucoup de chance, c'est une fille formidable, dit mon père en regardant Ayşe au moment où nous prenions congé. J'ai le cœur tranquille, te voilà entre de bonnes mains. »

Tandis que ma femme et moi rentrions de Taksim à Pangaltı en passant sous les hauts marronniers, j'étais content d'avoir laissé mon père derrière nous. Nous logions dans un appartement d'une pièce au loyer modique, situé sur une rue en pente descendant de Feriköy à Dolapdere. J'étais jeune marié, Ayşe et moi passions le plus clair de la journée à faire l'amour, à parler, à rire et à blaguer ; j'étais heureux. Je repensais parfois à Maître Mahmut, je me demandais ce qu'il était devenu. Mais je devinais qu'il valait mieux ne pas se lancer comme Œdipe sur les traces d'une faute appartenant au passé, que cela ne m'apporterait rien d'autre que de la culpabilité.

Après avoir terminé mon service militaire, je dénichai un poste à bas salaire dans l'agence stambouliote de la Direction générale de la recherche et de l'exploitation minière. Mes camarades d'université avaient coutume de plaisanter en disant qu'un ingénieur géologue surdiplômé devait ouvrir un restaurant de kebab ou travailler dans le bâtiment s'il voulait gagner sa vie en Turquie. Trouver ce travail était déjà une aubaine, d'après eux.

Certaines entreprises turques de construction réalisaient des barrages, des ponts dans le monde arabe, en Ukraine et en Roumanie ; elles faisaient appel à des ingénieurs, des géologues, pour mener des analyses de terrain. Je trouvai un premier travail en Libye, mais nous devions vivre là-bas au moins six mois par an. De plus, Ayşe et moi avions commencé à nous inquiéter de ne toujours pas avoir d'enfant, nous avions décidé de consulter des médecins que nous connaissions et en qui nous avions confiance à Istanbul. Nous rentrâmes donc en Turquie.

En 1997, j'intégrai une entreprise qui travaillait avec le Kazakhstan et l'Azerbaïdjan, plus proches. C'est ainsi que, quinze ans durant, je fis des allers-retours en avion entre Istanbul et les pays avoisinants et réussis à gagner un peu d'argent.

Nous nous installâmes dans un appartement plus confortable à Pangaltı. Si j'étais à Istanbul le week-end, ma femme et moi allions faire des courses dans un centre commercial, voir un film et manger un morceau au restaurant. Le soir, nous dînions devant la télévision en écoutant les discours des dignitaires de l'État, les déclarations des militaires ; nous décidions d'aller voir tel professeur loufoque découvreur d'un traitement magique contre l'infertilité ou tel brillant médecin rentré récemment des États-Unis. Pour que notre frustration de ne pas avoir d'enfant n'empoisonne pas notre bonheur conjugal et n'entache pas notre joie de vivre, nous parlions beaucoup entre nous.

Je me rendais parfois à Beşiktaş et faisais un saut à la librairie. Le patron Deniz Bey avait admis que je ne serais pas écrivain et il me proposa d'être son associé. Je menais la vie de monsieur tout-le-monde, je connaissais même une meilleure réussite que la moyenne. De temps à autre, je me disais que je parvenais très bien à faire comme si de rien n'était. Je repensais encore à Maître Mahmut et à mon crime de jeunesse, surtout lors des voyages en avion. Quelquefois, j'en venais sincèrement à me demander si ce n'était pas pour me souvenir de Maître Mahmut que je partais à Benghazi, à Astana ou à Bakou. En regardant par le hublot, je me désolais de ne pas avoir d'enfant.

Peu après avoir décollé de l'aéroport Atatürk de Yeşilköy, les avions orientaient leur nez vers l'ouest comme les oiseaux migrateurs qui passaient en groupes au-dessus de la ville ; en contrebas, j'apercevais alors la bourgade d'Öngören, non loin de la mer Noire, de la mer de Marmara, des plages et des nouvelles stations balnéaires qui bordaient les côtes, des dépôts d'essence et de pétrole qui paraissaient gigantesques même vus de haut. Mais elle était loin des zones de forêt et végétation côtières, des terres agricoles fertiles aux teintes jaune orangé et bigarrées. Elle était toujours cernée d'arides terres grisâtres et accolée à la garnison militaire.

Lorsque l'avion s'inclinait légèrement sur le côté pour changer de direction ou que s'interposait une nappe de nuages, le paysage que je voyais depuis le hublot disparaissait d'un seul coup mais, intuitivement, je savais ce qu'il y avait en bas.

Nous prenions de l'âge, nous n'avions pas d'enfant, les terrains agricoles entre Öngören et Istanbul se couvraient d'usines, d'entrepôts et d'ateliers de production qui, vus du ciel, se résumaient à un camaïeu de gris. Certaines usines à proximité de l'aéroport écrivaient leur nom en grosses lettres colorées sur le toit des bâtiments pour que les passagers des avions venant de décoller puissent les lire. Il y avait aux alentours beaucoup d'autres fabriques plus petites et au nom inconnu, des sociétés de biens intermédiaires, des bâtisses sommaires en matière brute. À mesure que l'avion prenait de l'altitude, on distinguait également les bidonvilles qui encerclaient rapidement le périmètre. La croissance exponentielle des bourgades et des villages autour d'Istanbul, ainsi que celle d'Istanbul elle-même, me faisait peur. À chaque nouveau voyage, je constatais que la ville poussait ses tentacules de plus en plus loin, que des centaines de milliers de véhicules progressaient avec la détermination d'innombrables et patientes fourmis sur des routes allant s'élargissant, et je pensais que le rythme des évolutions technologiques avait depuis longtemps porté un coup d'arrêt au métier de Maître Mahmut.

À Istanbul, le forage de puits qui avait perduré pendant des siècles au moyen de la pelle et de la pioche, en manœuvrant un treuil en bois pour faire descendre et remonter un seau et en maçonnant un mur, toucha rapidement à son terme au milieu des années 1980. L'été, quand Ayşe et moi allions à Gebze pour voir ma mère, je fus témoin des premiers creusements de puits artésiens qui s'effectuaient autour des terrains de mon oncle. Après ces anciens instruments de sondage que l'on faisait tourner à la main comme des tournevis apparurent de puissantes machines motorisées. Ces bruyantes foreuses qui ressemblaient à des puits de pétrole montés sur la plateforme de camions aux roues épaisses et boueuses creusaient en une journée une cinquantaine de mètres et trouvaient de l'eau sur des terrains où Maître Mahmut et deux apprentis devaient travailler plusieurs semaines, et les tuyaux qui pompaient l'eau présente dans les profondeurs de la terre permettaient un accès aux nappes phréatiques rapide et bon marché.

Au début des années 1990, ces innovations technologiques créèrent une augmentation des ressources en eau dans les zones de vergers avoisinant Istanbul mais donnèrent également lieu à l'épuisement rapide des sources et lacs souterrains. Au début de l'an 2000, les nappes d'eau souterraines dans certains secteurs d'Istanbul se trouvaient à une profondeur d'au moins soixante-dix ou quatre-vingts mètres et il devenait pratiquement impossible d'y accéder en forant un puits dans les jardins des particuliers à la façon de Maître Mahmut, avec deux apprentis et une vitesse de creusage d'un mètre par jour. La terre sur laquelle Istanbul s'étalait avait, comme la ville, perdu sa pureté et son naturel.

26

Vingt ans après mon séjour à Öngören, je me rendis à Téhéran sur l'invitation d'un camarade de l'Université technique afin de rencontrer les responsables d'une compagnie pétrolière. Quelques minutes après le décollage, tandis que l'avion s'inclinait sur le côté et amorçait un virage de l'ouest vers le sud-est, je vis que, à force de s'étendre, Istanbul et Öngören avaient fusionné et appartenaient désormais à une seule et unique marée de rues, de toits, de mosquées et d'usines. Les gens qui vivaient à Öngören se considéreraient dans les générations futures comme des habitants d'Istanbul.

Pourquoi est-il si important de savoir où l'on vit ou quel est le nom de notre ville ? Vingt-cinq ans après la révolution de Khomeiny, l'Iran était un pays refermé sur lui-même. Mon ami Murat affirmait qu'il y avait pas mal d'opportunités de travail ici pour un Turc. Sans toutefois partager son optimisme, je le comprenais.

Il prétendait pouvoir obtenir des chantiers en Iran, vendre à ce pays producteur de pétrole des foreuses et des excavatrices fabriquées en Turquie et tirer profit du conflit entre l'Iran et l'Occident. Peut-être avait-il raison mais étant donné que, à l'instar de nombreuses entreprises turques, nous enfreignions l'embargo occidental, je supposais que la CIA et consorts ne tarderaient pas à nous tomber dessus. Originaire de Malatya et très conservateur, mon ami Murat, qui dès l'université s'était toujours révélé combinard et adepte de petites magouilles, ne prenait pas ces risques au sérieux. Et contrairement à moi, l'obligation faite aux femmes de se voiler pour sortir dans les rues ne lui causait aucune gêne.

C'était une période où l'on débattait dans la presse occidentale de l'utilité de bombarder l'Iran et où la presse turque, laïque et nationaliste, se demandait si la Turquie connaîtrait le même sort que l'Iran. J'abrégeai les discussions politiques avec lui. J'avais d'emblée senti que nous ne ferions pas affaire avec Téhéran.

Cependant, j'avais été fasciné de voir à quel point les Iraniens ressemblaient aux Turcs. Je n'étais pas pressé de rentrer à Istanbul, je me baladais sur les trottoirs de Téhéran et, des bazars aux bouquinistes (c'est fou ce qu'il y avait comme traductions de Nietzsche !), tout captivait mon intérêt. Le comportement des hommes rappelait étonnamment celui des Turcs, par leurs expressions, leurs mimiques, leur langage corporel, leur façon de se céder mutuellement le passage sur les pas de portes, de traîner dans les cafés en fumant pour tuer le temps. Et le trafic routier à Téhéran était aussi épouvantable qu'à Istanbul. Mais à force de mettre le cap sur l'Occident, les Turcs en avaient oublié l'Iran. J'entrais dans les librairies de la rue de la Révolution et m'étonnais de la variété des titres.

Je ne tardai pas à découvrir l'existence d'une classe laïque moderne très remontée et recluse à l'intérieur de ses foyers. Murat de Malatya m'emmena dans des soirées mixtes où tout le monde consommait de l'alcool. Ici, les femmes n'étaient pas voilées. L'alcool était fait maison.

La laïcité n'avait à l'évidence aucun droit de cité à Téhéran, alors qu'elle était en Turquie une valeur qui existait – même si c'était avec le soutien de l'armée – et qu'il fallait ardemment protéger. Une absence qui la rendait encore plus viscéralement nécessaire.

Un soir, dans une autre maison qui grouillait également d'enfants, je me retrouvai à nouveau plongé dans le brouhaha des discussions et des éclats de rire d'une nombreuse assemblée composée de femmes, de membres de la famille et d'hommes d'affaires. Je parlai avec pas mal de gens qui, apprenant que j'étais turc, me répondaient avec courtoisie et m'adressaient des paroles accortes. Ils aimaient Istanbul, ils allaient s'y promener et faire du shopping. Certains me demandaient de parler turc, et à peine avais-je prononcé quelques mots qu'ils se mettaient à rire comme s'ils assistaient à un spectacle comique. Une famille nous invita dans sa résidence d'été sur les bords de la mer Caspienne, et Murat, qui buvait beaucoup plus que moi, s'empressa d'accepter.

En contemplant par la fenêtre les lumières de Téhéran plongée dans une nuit d'un bleu de lapis-lazuli, je perçus chez mon ancien camarade d'université une détermination qui allait au-delà de sa volonté de développer les relations Turquie-Iran ; j'eus même l'impression qu'il avait peut-être une mission secrète. De là à savoir s'il travaillait comme espion pour rompre les liens de la Turquie avec l'Otan et l'Occident ou pour sauver l'Iran de l'isolement dans lequel il s'était enfermé, je n'aurais pu le dire. Peut-être aussi que son seul but était de faire de l'argent en profitant de l'embargo.

L'alcool au goût fruité que j'étais en train de siroter me faisait légèrement tourner la tête, je pensais avec nostalgie à Ayşe et à Istanbul quand les promenades nocturnes que

Maître Mahmut et moi faisions à Öngören me revinrent à l'esprit, de façon soudaine et inattendue. Un étrange sentiment de manque et de colère, sans doute dû au fait que je me considérais orphelin, me submergeait et semait le trouble dans mon esprit.

Une image sur le mur en face de moi avait déclenché ces émotions, j'en étais certain. Cette image m'était familière, mais je n'arrivais pas à me rappeler où et quand je l'avais vue pour la première fois. Une part de moi semblait connaître ce sujet tandis qu'une autre cherchait à l'oublier. L'image représentait un père en pleurs tenant son fils dans ses bras. Des années auparavant à Öngören, j'avais déjà assisté à une scène similaire sous la toile jaune du chapiteau. Il s'agissait d'une reproduction tirée d'un vieux livre, je crois, et imprimée au centre du calendrier affiché en face de moi. On y voyait le père, en proie à l'angoisse et au chagrin, qui serrait tendrement son fils contre lui. Mais tous deux étaient couverts de sang…

Me voyant absorbé dans la contemplation de ce calendrier, le maître de maison, un vieil homme riche d'années et d'expérience, s'approcha de moi. Je lui demandai ce que représentait ce tableau. Il me répondit qu'il s'agissait d'une scène du *Shâhnâmeh*, le *Livre des Rois*, la célèbre épopée nationale iranienne, celle où Rostam pleure son fils Sohrâb après l'avoir tué. « Comment, vous ne connaissez pas ? » semblait s'étonner son regard fier. Je pensai que les Iraniens n'étaient pas comme nous autres Turcs qui, du fait de l'occidentalisation, en étions venus à oublier nos poètes et nos mythes anciens. Eux n'oublient surtout pas leurs poètes.

« Je vais demander qu'on vous emmène au palais du Golestan si cela vous intéresse, proposa le maître de maison avec une fierté accrue. C'est de là que vient cette image.

Beaucoup de manuscrits enluminés et de livres anciens y sont conservés. »

Celui qui m'accompagna au palais du Golestan lors de mon dernier après-midi à Téhéran fut non pas mon hôte mais mon ami Murat. Je vis un grand parc arboré et plusieurs petits palais. Nous entrâmes dans le Musée royal, qui rappelait le pavillon des Tilleuls, près de la pharmacie Hayat de mon père. Dans ce sombre bâtiment dédié à la peinture persane, il n'y avait personne d'autre que nous. Les gardiens à la mine maussade nous surveillaient d'un œil suspicieux, l'air de se demander ce que nous faisions là.

Les images de l'homme penché sur son fils pour pleurer sa mort ou s'employer à guérir ses blessures surgirent sans tarder devant nous. Ce père, c'était Rostam, le héros du *Shâhnâmeh.* J'étais un grand lecteur mais, comme n'importe quel Turc moderne, je ne connaissais ni le *Shâhnâmeh* ni l'histoire de Rostam et Sohrâb. Mais ce que j'avais l'impression de voir en contemplant cette image, c'était l'image paternelle gisant au fond de mon âme.

Dans la boutique du musée, il n'y avait ni livres ni cartes postales ; je ne trouvai pas une seule reproduction de cette image ni d'aucune autre mettant également en scène Rostam et Sohrâb. J'en éprouvai un sentiment de malaise et de frustration. Comme si un souvenir à la fois redouté et refoulé risquait subitement de refaire surface et de me rendre très malheureux. Telles ces visions insidieuses que l'on veut chasser de sa mémoire et qui reviennent inlassablement à l'assaut. Cette vieille histoire, je désirais l'oublier, de même que Maître Mahmut que j'avais abandonné au fond du puits ; mais je n'y parvenais pas.

« Peux-tu m'expliquer ce que ce tableau a de si particulier ? » s'exclama Murat.

Je ne lui fournis pas la moindre explication mais le soir,

mon ami décrocha le calendrier du mur de la maison où nous étions invités à dîner et me promit qu'il me l'enverrait à Istanbul.

Pendant le voyage de retour, alors que l'avion amorçait sa descente vers Istanbul, je regardai par le hublot pour apercevoir Öngören, mais sans succès. Entre les nuages apparaissait seulement l'immense nappe urbaine d'Istanbul. J'éprouvai une envie irrépressible de retourner à Öngören, à l'endroit où vingt ans plus tôt j'avais vu Maître Mahmut pour la dernière fois.

27

Je résistai à mon envie de retourner à Öngören. Le week-end, à Istanbul, j'essayai d'oublier mes profonds tourments en paressant avec ma femme devant la télévision, en sortant à Beyoğlu et en allant au cinéma. Le mot tourment était-il vraiment approprié dans mon cas ? Car hormis le fait de ne pas avoir d'enfant, je n'avais aucun problème. Après avoir passé des jours, des mois à consulter sans résultat des médecins qui déclaraient que les causes de l'infertilité résidaient non pas chez moi mais chez Ayşe, je pensais que si nous parvenions à faire comme si de rien n'était, cela ne porterait pas à conséquence.

Je peinai à dénicher la moindre traduction du *Livre des Rois* dans les libraires d'Istanbul. Il fut une époque où la plupart des intellectuels ottomans connaissaient en partie cette épopée nationale iranienne, ne serait-ce que quelques histoires. Après deux siècles d'efforts d'occidentalisation en Turquie, plus personne ne s'intéressait à cet océan de récits. Une traduction en turc réalisée dans les années 1940, sans rime ni versification, avait été publiée en quatre tomes une décennie plus tard par le ministère de l'Éducation nationale. C'est dans cette édition à la couverture d'un blanc jauni, dans la collection « Classiques du monde », que je dévorai cette œuvre écrite voici mille ans par Ferdowsi.

J'en appréciai l'aspect mi-légendaire mi-historique, sa façon de débuter comme un conte effrayant puis de prendre un tour pédagogique en dissertant sur des sujets comme l'État, la famille et la morale. J'étais également impressionné de savoir que Ferdowsi avait consacré sa vie entière à cette grande histoire nationale dont la traduction faisait quelque mille cinq cents pages. Solidement instruit, bibliophile, notre poète avait lu les chroniques, les épopées et les récits héroïques d'autres auteurs, il avait recherché des histoires dans nombre d'ouvrages en version originale, en arabe, en langue avestique, en pehlevi, et écrit sa propre œuvre monumentale en entremêlant légendes et histoires héroïques, chroniques historiques, contes religieux et mémoires.

Ce *Livre des Rois* était une sorte d'encyclopédie des histoires oubliées de tous les grands shahs, padishahs et héros du passé. Parfois je m'identifiais en même temps au héros et à l'auteur de ces récits. Ferdowsi avait subi la perte d'un enfant, et les passages où il dépeignait la douleur d'un père face à la mort d'un fils étaient empreints d'une touchante et profonde sincérité. Les histoires que je lisais, je m'imaginais les raconter à Maître Mahmut dans l'obscurité de la nuit, et je repensais à la Femme aux Cheveux roux. Si j'avais pu devenir écrivain, moi aussi j'aurais aimé créer quelque chose de comparable à cet abyssal chef-d'œuvre, visant à tout embrasser, s'attachant aux détails, qui m'enthousiasmait ou m'attristait par sa description de l'humanité, qui me faisait suffoquer d'étonnement et d'admiration. *La Structure géologique de la Turquie* que je me proposais d'écrire serait également un livre dans cette veine épique et encyclopédique. Par le biais d'histoires, j'y raconterais les mondes sous-marins, les grandes chaînes montagneuses et les strates superposées du sous-sol.

En avançant dans le *Livre des Rois*, quand après les géants, les monstres, les djinns et les démons des mythes fondateurs, j'en arrivai aux aventures de valeureux guerriers et de shahs mortels, aux tourments que la vie, la famille, le père – et l'État – causaient à des gens comme nous, je me sentis en terrain familier. Au fil des pages, je commençai en outre à me rappeler mon père et à penser malgré moi qu'il était fort probable que j'aie tué Maître Mahmut. Ce sentiment devint encore plus vif lorsque je passai de l'histoire de Sohrâb à la suivante, celle d'Afrasiyab : j'éprouvai un tel malaise que je fus presque tenté d'abandonner ma lecture. Mais à force de baigner dans cet océan d'histoires, j'avais acquis la conviction que je pourrais résoudre l'énigme de mon existence et aborder des rivages sereins.

L'histoire de Rostam et Sohrâb, je l'ai tant et tant lue le soir, mon épouse une fois endormie, que force me fut de constater qu'elle resterait toujours gravée dans ma mémoire, tel un conte entendu dans mon enfance, l'empreinte d'un mauvais rêve ou une inoubliable mésaventure qui me serait advenue.

En ces temps anciens, il y a bien longtemps, en Iran, vivait un héros sans pareil, un guerrier infatigable du nom de Rostam. Il était connu et aimé de tous. Un jour, alors qu'il chassait, Rostam perdit son chemin et, la nuit, pendant qu'il dormait, il perdit aussi son cheval, Rakhsh. Parti à la recherche de sa fidèle monture, Rostam entra sur le territoire ennemi du Touran. Mais, précédé par sa réputation, il fut reconnu et très bien traité. Le roi de la ville de Samengân accueillit avec grands égards cet invité imprévu, il offrit un banquet en son honneur et le festin fut arrosé d'alcool.

Puis, à la fin du repas, Rostam, qui s'était retiré dans sa

chambre, entendit frapper à sa porte. Entra Tahminè, la fille du roi de Samengân. Elle déclara sa flamme au beau Rostam qu'elle avait vu pendant le dîner. Elle lui dit qu'elle voulait un enfant de lui, le preux et renommé Rostam. La fille du roi avait des sourcils arqués, de beaux cheveux, une taille élancée comme celle d'un cyprès et une petite bouche. (Je m'imaginais sa belle chevelure comme étant de couleur rousse.) Rostam ne put refuser ses faveurs à la belle au doux parler, sensible et intelligente, qui était venue jusqu'à sa chambre. Ils s'aimèrent. Au matin, Rostam laissa un bracelet destiné à l'enfant à naître et repartit dans son pays.

Tahminè donna le nom de Sohrâb au fils qui lui naquit. Des années plus tard, en apprenant que son père n'était autre que le célèbre Rostam, Sohrâb déclara : « J'irai en Iran, je détrônerai le cruel shah d'Iran Key Kâvous et installerai mon père à sa place. Ensuite, je retournerai au Touran, et de même que je l'aurai fait avec Key Kâvous, je destituerai le cruel Afrasiyab, shah du Touran, et prendrai sa place. Ainsi, mon père Rostam et moi, nous unirons l'Iran et le Touran, l'Est et l'Ouest, et nous dirigerons le monde entier avec justice. »

Ainsi parla Sohrâb au grand cœur plein de bonne volonté. Mais il n'avait pas mesuré combien ses ennemis étaient sournois et rusés. Afrasiyab, le shah du Touran, était informé de ses intentions mais, du fait que Sohrâb s'en allait combattre l'Iran, il lui apporta son soutien. Cependant, il envoya dans les rangs de son armée des espions chargés d'empêcher Sohrâb de reconnaître son père. Père et fils se surveillèrent réciproquement de loin sans savoir qui ils étaient l'un pour l'autre. Après maintes ruses et trahisons et divers caprices du sort, le légendaire guerrier Rostam et son fils Sohrâb en vinrent à se confronter sur le champ de bataille. Mais tous deux étaient bien sûr revêtus de leur armure et, de même qu'Œdipe et son père, ils ne purent se reconnaître. D'ailleurs, Rostam prenait soin dans les combats de dissimuler son identité afin que son adversaire ne rassemble pas toutes ses forces contre lui. Quant à Sohrâb, dont le cœur d'enfant n'aspirait à rien d'autre qu'à asseoir son père sur le trône d'Iran, il ne se souciait pas de savoir quel était l'adversaire qu'on lui opposait. C'est ainsi que, sous le regard de leurs armées postées derrière eux, ces deux grands guerriers au cœur magnanime s'élancèrent et brandirent leur glaive.

Ferdowsi décrit longuement l'affrontement entre le père et le fils roulant l'un sur l'autre, la durée de leur lutte se prolongeant des jours et des jours et la mort du fils occis à la fin par son père. Le sentiment d'avoir déjà vécu ce que je lisais m'éprouvait bien plus que la violence ou l'émotion qui pouvaient émaner du texte. Mais ce sentiment, je le recherchais. En tournant les pages de cette vieille édition, je me laissais happer par l'histoire et me remémorais le théâtre sous chapiteau d'Öngören. Lire à présent la poignante histoire de Rostam et Sohrâb, c'était comme revivre mes souvenirs.

28

En réfléchissant avec calme et distance à la question, je pouvais immédiatement énumérer les éléments qui rapprochaient tant l'histoire de Rostam et Sohrâb de celle d'Œdipe. Ces deux récits présentaient d'étonnantes similitudes. Mais il y avait avant tout une différence : Œdipe tuait son père ; Sohrâb était tué par son père. Dans un cas, le fils était meurtrier du père. Dans l'autre, le père était meurtrier du fils.

Cette différence de taille ne faisait pourtant que souligner plus fortement les ressemblances. De même que dans l'histoire d'Œdipe, il était plusieurs fois rappelé au lecteur que Sohrâb ne connaissait pas son père et qu'il ne l'avait jamais vu. S'il ignore que celui qu'il va tuer est son père, pensait le lecteur, Sohrâb n'est donc pas fautif. Mais cette mort annoncée tardait à venir.

L'affrontement entre père et fils se prolongeait, s'éternisait, à l'instar de l'enquête d'Œdipe qui traînait en longueur et tardait à aboutir à la découverte de l'assassin. Le premier jour, Rostam et son fils Sohrâb s'entreprenaient d'abord avec leur pique ; alors que leurs lames se brisaient contre leur armure, ils tiraient tous deux leur épée indienne et poursuivaient le combat. Tandis que leurs épées s'entrechoquaient, les soldats de chaque armée en voyaient jaillir les étincelles.

Ensuite, les épées finissant aussi par se briser, ils saisissaient leur masse d'armes. Leurs boucliers et leurs armes se tordaient et se déformaient sous la violence des coups, les chevaux fatiguaient et ralentissaient. À Öngören, sous le chapiteau de la Femme aux Cheveux roux, seul un résumé de la fin de cette bataille avait été représenté.

Le premier jour, Sohrâb parvenait à blesser son père en lui portant un coup de masse sur l'épaule. Le deuxième jour, la bataille se concluait plus rapidement. Le jeune Sohrâb attrapait son père par la ceinture, il le plaquait subitement au sol et, au moment où il s'asseyait sur lui, je sursautai. Sohrâb s'apprêtait à trancher la tête de son père avec la dague à lame moirée qu'il avait sortie de son fourreau quand, dans un sursaut désespéré, Rostam parla au jeune guerrier et le dupa.

« Ne me tue pas dès la première fois, terrasse-moi une seconde fois, dit Rostam le père à son fils Sohrâb. Dès lors, tu auras le droit de me tuer. C'est la tradition chez nous. Si tu t'y conformes, tu seras considéré comme vraiment très valeureux. »

Obéissant à sa voix intérieure, Sohrâb fit grâce au vieil adversaire qui lui faisait face. Ce soir-là, ses amis eurent beau lui dire qu'il avait commis une erreur, qu'il ne fallait jamais sous-estimer un ennemi, le jeune et puissant guerrier ne prêta guère l'oreille à ces propos.

Au troisième jour du combat, Rostam plaqua d'entrée de jeu son fils au sol. Avant que je n'aie eu, en tant que lecteur, le temps de comprendre quoi que ce soit, aussi rapide que l'éclair, Rostam planta son épée dans le corps de Sohrâb et lui transperça la poitrine, tuant son fils. Je restai saisi de stupeur, de la même façon que cela m'était déjà arrivé sous le chapiteau d'Öngören bien des années auparavant.

C'est aussi à une vitesse inattendue que, à une croisée de chemins, sous le coup d'un absurde accès de rage, Œdipe tuait son père qu'il n'avait pas reconnu. En cet instant fatidique, Œdipe et Rostam semblaient tous deux hors d'eux-mêmes. Comme si Dieu ôtait toute présence d'esprit aux pères et aux fils pour qu'ils puissent sans encombre s'arracher mutuellement la vie et que son grand ordonnancement puisse ainsi se perpétuer.

L'argument selon lequel ils étaient hors d'eux-mêmes permettait-il pour autant de considérer Œdipe et Rostam, qui avaient respectivement tué père et fils, comme des innocents ? Les antiques spectateurs grecs de la pièce de Sophocle pensaient que le péché d'Œdipe résidait non pas dans le meurtre de son père mais dans sa tentative d'échapper au destin que les dieux avaient taillé pour lui ; Maître Mahmut m'avait fait la même remarque des années plus tôt. De manière similaire, le péché de Rostam consistait non point en ce qu'il avait tué son fils mais en ce qu'il n'avait pu jouer le rôle de père auprès du fils qui lui était né à l'issue d'une seule nuit d'amour.

C'est sans doute poussé par la culpabilité qu'Œdipe s'était puni en s'aveuglant de ses propres mains. Mais les anciens spectateurs grecs trouvaient du réconfort à penser que c'était un châtiment des dieux parce qu'il s'était rebellé contre le destin qui lui était dévolu. En appliquant symétriquement cette même logique à Rostam qui avait tué son fils, il m'apparaissait que lui aussi devait être châtié. Mais dans cette histoire venue d'Orient, le père restait impuni et les lecteurs en ressortaient simplement chagrinés. N'y aurait-il donc personne pour condamner le père oriental ?

Je m'éveillais quelquefois en pleine nuit et, au côté de

ma femme, je réfléchissais à tout cela. La lumière des néons qui filtrait depuis la rue par l'entrebâillement des rideaux tombait sur le joli front d'Ayşe, sur ses lèvres expressives et, bien que nous n'ayons pas d'enfant, je ressentais combien j'étais heureux avec elle. Je me levais et, tout en regardant par la fenêtre, je me demandais pourquoi j'en revenais toujours à ces sujets. Une nuit neigeuse et humide fondait sur Istanbul, les gouttières du vieil immeuble que nous habitions bruissaient tristement, une voiture de police passait en trombe dans la rue, perçant l'obscurité de la lueur bleue et intermittente de son gyrophare. Nous étions à l'époque où défenseurs de l'adhésion à l'Union européenne, nationalistes et islamistes s'affrontaient en Turquie. Les partisans de tous bords se dressaient les uns contre les autres en utilisant le drapeau national comme un étendard et une arme de guerre si bien que d'immenses drapeaux turcs flottaient au-dessus des garnisons militaires et aux quatre coins d'Istanbul.

Certaines nuits, le bruit d'un avion survolant la métropole rappelait Maître Mahmut à mon souvenir. Comme toute la ville était endormie, j'avais l'impression que cet avion tournant au-dessus de ma tête entre les nuages envoyait un signe qui m'était spécialement destiné. Si je m'étais trouvé dans cet avion au matin, j'aurais cherché des yeux le puits de Maître Mahmut, mais je ne l'aurais probablement pas trouvé. Car à force de s'étendre, Istanbul avait avalé Öngören, Maître Mahmut et son puits avaient disparu dans la jungle urbaine. J'aurais une nouvelle fois pensé que pour savoir si j'étais coupable ou non, pour échapper à l'inquiétude et au malaise, il me fallait retourner à Öngören. Mais je résistais à cette envie et me contentais de relire le *Shâhnâmeh* et *Œdipe roi*, je comparais l'histoire de Rostam et Sohrâb ainsi que celle d'Œdipe à d'autres récits.

29

C'est à cette période-là que, dans le cours de la vie ordinaire, je pris l'habitude de comparer les pères et les fils que je rencontrais avec Œdipe et Rostam. Après le travail, alors que je rentrais en flânant, je devinais que le patron de la buvette qui accablait son apprenti d'invectives ne serait jamais un Rostam, mais que l'apprenti aux yeux verts et remplis de colère était fugacement traversé par l'envie de saisir le long couteau à *döner* et d'en frapper son patron. Alors que nous étions en visite chez la meilleure amie d'Ayşe et son mari pour la fête d'anniversaire de leur garçon, je me disais en voyant ce père dur et intransigeant qu'il était assez sot pour faire un bon postulant au rôle de Rostam.

À un moment, je lisais assez souvent dans la presse les affaires de scandale et de crimes car je trouvais beaucoup de points communs entre ces faits divers et l'histoire d'Œdipe ou de Rostam. À Istanbul, les histoires tant appréciées des lecteurs qui faisaient régulièrement la une des journaux à sensation relevaient de deux catégories. La première concernait des affaires où le père profitait de l'éloignement de son fils (au service militaire ou en prison), pour coucher avec sa jeune et jolie belle-fille et se faisait tuer par le fils qui découvrait le pot aux roses. La deuxième catégorie, qui englobait des crimes aussi divers que nombreux, touchait quant à elle à des affaires où le fils, dans une situation de misère sexuelle, forçait sa mère à coucher avec lui dans un accès de folie. Certains d'entre eux tuaient leur père alors qu'il tentait de s'interposer ou de les punir. Ces fils-là étaient ceux qui s'attiraient le plus la haine de la société : mais si la société les exécrait et souhaitait effacer jusqu'à leur nom, c'était moins parce qu'ils avaient tué leur père que parce qu'ils avaient forcé leur mère à coucher avec eux. Certains de ces fils parricides se faisaient descendre par des chefs de gang, des caïds de prison ou des aspirants au métier de tueur à gages désireux de gagner en notoriété en liquidant de tels dégénérés. État, direction de l'administration pénitentiaire, presse ou société, nul ne s'élevait contre ces crimes.

Vingt ans après que Maître Mahmut et moi avions creusé le puits, je commençai à m'ouvrir à mon épouse de mon intérêt pour Œdipe et pour Sohrâb. Jamais je ne lui avais soufflé mot de Maître Mahmut mais l'intérêt que je portais à la pièce de Sophocle et à la légende narrée par Ferdowsi n'était pas pour déplaire à Ayşe, qui y voyait une rêverie autour du fils que nous n'avions pas eu et, se prenant au jeu, elle joignit son enthousiasme au mien. Parfois, nous nous amusions à cataloguer les gens selon le type rostamien ou œdipien. Nous accolions le nom de Rostam aux pères qui, malgré toute leur bonne volonté et leur affection, suscitaient la peur chez leur fils, à la différence cependant que Rostam était parti en abandonnant le sien. Les fils en colère et révoltés contre leur père étaient peut-être des Œdipe, mais qui étaient dans ce cas les Sohrâb délaissés ? Nous parlions parfois de ce que nous devions faire pour éviter à notre fils rêvé le complexe d'Œdipe ou de Sohrâb. Lorsque nous rendions visite à nos amis et que nous voyions leurs enfants, nous aimions discuter ensuite à leur sujet.

C'étaient des réflexions basiques du style « père autoritaire et enfant rebelle, enfant effacé et père tranquille ». Ces comparaisons transformaient notre souffrance de ne pas avoir d'enfant en quelque chose de plus profond et nous rapprochaient l'un de l'autre dans notre vie de couple.

La société pour laquelle je travaillais entretenait de bons rapports avec la municipalité et le parti au pouvoir, si bien qu'elle acquérait des terrains dans les zones où s'appliquerait le plan de développement, prévoyant des modifications de la hauteur de construction autorisée et le passage de nouvelles routes, ce qui nous permettait un accès facilité aux crédits dédiés à l'édification de grands ensembles. Je n'avais pas le sentiment de faire quelque chose d'immoral. Mais quelquefois, je me demandais ce que dirait mon père s'il savait que son fils était comme cul et chemise avec les dirigeants du parti au pouvoir, qu'il gérait leurs affaires, qu'il prenait part à leurs activités institutionnelles et culturelles médiocres, à leurs cérémonies aux discours ronflants. J'avais nourri des années durant une profonde colère contre mon père à qui je reprochais sa disparition. Mais ce n'était plus un motif de plainte à présent, car je sentais que mon père n'aimerait pas ce que je faisais.

Nous voulons un père fort, ferme et constant, qui nous dise ce qu'il convient de faire ou pas. Pourquoi ? Est-ce parce qu'il est difficile de distinguer ce qu'il faut faire de ce qu'il ne faut pas faire, de discerner un acte juste et moral de l'erreur et du péché ? Ou est-ce parce que nous avons sans cesse besoin d'entendre que nous ne sommes ni coupables ni pécheurs ? Existe-t-il un besoin permanent du père, ou bien recherchons-nous le père dans les moments où nous sommes en proie à l'incertitude, où notre monde s'écroule et où nous sombrons dans la dépression ?

30

Passé la quarantaine, je commençai à souffrir de légère insomnie, comme mon père. En me réveillant chaque fois au milieu de la nuit, je passais dans mon bureau en me disant « bon, autant travailler », et je me plongeais dans les dossiers, les catalogues de matériaux de construction et les détails des contrats que j'avais rapportés à la maison. Toutes ces heures de travail finissaient par me déprimer, j'en perdais encore plus le sommeil. C'est ainsi que j'ai découvert que chaque fois que je reprenais le *Livre des Rois* ou *Œdipe*, que je lisais comme un ancien conte, mon esprit se purifiait des chiffres, des montants financiers, et je dormais mieux. Même si ces histoires traitaient essentiellement de la culpabilité, les lire et les relire des années après me lavait de ce sentiment.

Relire le même texte comme je l'eus fait d'une prière avait sur moi un effet bienfaisant mais, au fil du temps, je découvris que je n'arrivais à m'intéresser qu'à un seul aspect de ce que je lisais. Pendant que je revenais sans cesse à ces histoires nées l'une en Grèce, l'autre en Iran, et qui avaient toutes deux acquis une telle importance en Occident et en Orient, seule une part infime des tourments, des grands problèmes moraux et humains exprimés par les héros parvenait à prendre corps devant mes yeux. Les relations sexuelles entre Œdipe et sa mère Jocaste, par exemple : j'étais incapable de me représenter la scène, j'arrivais tout juste à me dire mentalement qu'il s'agissait d'un grand crime ; en d'autres termes, je n'arrivais pas à penser à la chose en la visualisant.

L'absence du père et l'ardeur à en trouver un nouveau, qui faisaient qu'Œdipe et Sohrâb se ressemblaient comme des frères, en étaient un autre exemple. Je ne m'étais pas suffisamment arrêté sur le fait que l'un comme l'autre vivaient loin de leur vrai père. Probablement parce que je désirais aussi me cacher à moi-même que j'étais en quête d'un autre père, pensai-je. Quand, à l'instar de Rostam envers son fils, mon père m'avait laissé, d'abord pour séjourner en prison puis pour commencer une nouvelle vie, je m'étais cherché des pères de substitution et j'avais suivi leurs conseils. Je pensais encore souvent à Maître Mahmut. Dans un coin de ma tête, un homme rapetissant de plus en plus creusait un puits en traversant la Terre de part en part ; dans mes rêves, il m'apparaissait parfois vêtu différemment et il me racontait des histoires.

La quête désespérée d'un père avait d'autres conséquences qui ne me venaient pas à l'esprit, c'est ce que me déclara Fikriye Hanım, la directrice de la bibliothèque du palais de Topkapı, un sombre soir d'automne alors que nous discutions dans le pavillon d'Abdülmecid Ier, dans la quatrième cour du palais. Sachant mon intérêt pour l'histoire de Rostam et Sohrâb, le professeur de littérature Haşim Hodja, que j'avais rencontré à la librairie Deniz, avait parlé de moi à Fikriye Hanım qui lui avait alors dit : « Qu'il vienne, je lui montrerai d'anciennes éditions richement enluminées du *Shâhnâmeh.* » (Il existe encore beaucoup de braves gens à Istanbul.)

Les conservateurs du musée ne les exposent jamais au public mais la collection de manuscrits persans ornés d'enluminures et de broderies est une des plus belles au monde, et concernant les XVe et XVIe siècles, elle est aussi riche que celle du Musée royal du palais du Golestan à Téhéran. Le premier noyau de la collection est constitué par les livres que le sultan Sélim Ier rapporta à Istanbul suite au pillage de Tabriz survenu après la défaite du shah Ismaël en 1514 lors de la bataille de Çaldıran au sud du lac de Van. Dans le trésor du shah Ismaël figuraient des *Shâhnâmeh* illustrés et ornés, d'une extraordinaire beauté, en provenance du trésor des Akkoyunlular et du Han ouzbek Şeybani qu'il avait précédemment vaincus. Au cours des deux siècles suivants, les Safavides et les Ottomans combattirent à plusieurs reprises et Tabriz passa dix fois des mains des Safavides à celles des Ottomans. Quand, après les batailles, les Safavides envoyèrent des ambassadeurs de paix chez les Ottomans, ils aimaient à offrir des copies manuscrites illustrées et ornées du *Shâhnâmeh* dont la beauté était pour eux un motif de fierté, et les livres s'entassaient en nombre dans le trésor de Topkapı.

Fikriye Hanım m'ouvrait généreusement les plus belles pages de ces ouvrages vieux de quatre ou cinq siècles et, ensemble, nous examinions minutieusement les images représentant Rostam en pleurs et s'arrachant les cheveux devant le cadavre ensanglanté de son fils Sohrâb qu'il venait de tuer. L'immense sentiment de remords que j'avais déjà éprouvé sous le chapiteau d'Öngören était immédiatement perceptible. C'était le remords d'un père ayant tué son fils. Une culpabilité et une honte du même ordre que celles que nous pourrions ressentir après avoir abîmé sans le savoir un objet très précieux d'une grande beauté. Sur les meilleures images, on lisait dans le regard du père l'impuissance et le désespoir de ne pouvoir revenir en arrière de quelques minutes.

Fikriye Hanım me montra beaucoup d'images ce jour-là.

« Je vous remercie d'être venu, dit-elle alors que l'obscurité tombait. Ici, nous sommes toujours seuls. Personne ne s'intéresse à ces vieilles histoires. Cela me fait plaisir que vous portiez un tel intérêt à Rostam et Sohrâb. Que trouvez-vous dans ce conte ?

— Ce qui me bouleverse, c'est ce père pris de remords après avoir tué son fils, répondis-je. Il y a des années de cela, j'ai vu une scène similaire sous le chapiteau d'un théâtre, en dehors d'Istanbul.

— Vous avez de mauvaises relations avec votre père ? » demanda Fikriye Hanım. Voyant que je ne répondais pas, elle poursuivit : « Nous, les Turcs, nous avons mis le *Shâhnâmeh* de côté. Le monde dans lequel nous vivons ne prend plus plaisir à lire d'anciennes histoires peuplées de Rostam et d'héroïques guerriers. Le livre de Ferdowsi a sans doute été oublié, mais pas les histoires qu'il contient. Ces histoires sont vivantes. Elles continuent à circuler parmi nous, de manière éparse, sous d'autres formes.

— Comment cela ?

— Pas plus tard qu'hier soir, mon assistante et moi avons regardé un vieux film d'İbrahim Tatlıses sur Kanal 7, dit la directrice de la bibliothèque. Une adaptation de l'histoire d'amour entre Ardashir et la servante Gülnar tirée du *Shâhnâmeh.* Mon assistante Tuğba et moi visionnons les vieux films de Yeşilçam pour nous remémorer l'ancienne Istanbul et sa beauté d'antan, mais aussi pour repérer les antiques histoires empruntées à cette épopée iranienne ou à d'autres ouvrages. Istanbul a tellement changé, n'est-ce pas, Cem Bey ? Mais l'œil reconnaît quand même les rues et les places historiques. C'est la même chose pour les récits tirés du *Shâhnâmeh.* Récemment, dans un film qui se déroulait pourtant entièrement à notre époque, nous avons repéré un à un des éléments empruntés à l'histoire de Khosrow et Shirin. Il m'est avis que même si ces livres tombent dans l'oubli, les histoires continuent à se raconter et se transmettent ainsi jusqu'à nos jours. À regarder les mélodrames de Yeşilçam, les histoires du passé se rappellent à notre souvenir. Peut-être y a-t-il des gens comme vous qui potassent sans trêve ce *Livre des Rois* et qui écrivent ensuite des scénarios pour le cinéma turc et iranien. Au Pakistan, en Inde, en Asie centrale, ces histoires plaisent beaucoup et sont adaptées en films comme chez nous à Yeşilçam. »

J'expliquai à Fikriye Hanım que j'étais non pas scénariste mais ingénieur géologue, et que mon intérêt pour ces anciens récits était né lors d'un voyage en Iran. On racontait que le gouvernement iranien actuel réclamait une image où Rostam pleurait amèrement son fils Sohrâb, en avait-elle entendu parler ? J'expliquai que pour récupérer cette image conservée au Metropolitan Museum de New York, l'Iran recourait à l'intercession d'habiles commerçants et proposait des sommes astronomiques.

« Cem Bey, c'est le professeur Haşim Hodja qui vous rapporte ces ragots colportés par les collectionneurs de livres islamiques ? dit Fikriye Hanım. Le livre mondialement connu dont vous parlez se trouvait ici, chez nous à Topkapı. Lorsque les sultans ont délaissé ce palais, ce livre y a été volé et est parti en Occident. Il est d'abord devenu la propriété des Rothschild, puis il a été vendu aux États-Unis. Comme ses héros malheureux, ce livre a toujours été en exil, dans d'autres pays, et possédé par d'autres ; il est constamment instrumentalisé à des fins nationalistes et politiques.

— Par exemple ?

— N'avez-vous jamais réfléchi au fait que ceux qui suscitent souvent le mépris et dont on parle en termes hostiles dans le *Shâhnâmeh*, parce qu'ils sont grecs ou du Touran, ce sont les Turcs ? Or notre trésor regorge de copies de cette œuvre.

— En l'an 1000 où elle fut rédigée, les Turcs n'étaient pas encore sortis d'Asie et arrivés jusqu'ici, dis-je en souriant.

— Vous êtes plus curieux et plus savant que beaucoup de professeurs mais vous restez un amateur », rétorqua Fikriye Hanım en me remettant poliment à ma place ; puis, me montrant d'autres livres et d'autres images, elle m'en relata les histoires.

Le terme d'amateur ne me vexa pas. Mais il me rappela l'aspect sentimental de mes recherches. Toutes ces images montraient des femmes regardant le combat entre le fils et le père, des femmes qui pleuraient en voyant le corps ensanglanté de leur fils dans les bras de son père. À force de croiser ces figures, je colorais parfois imaginairement leurs cheveux en roux – de même que je le faisais dans mon album de coloriage quand j'étais petit. Le poids de ce que j'avais vécu à l'époque où je creusais un puits avec mon maître s'était atténué au cours des vingt-cinq années qui s'étaient écoulées, le malaise résiduel s'était substitué à mon désir de devenir écrivain et me procurait un sentiment de profondeur que je ne parvenais pas à trouver dans ma vie professionnelle.

Je remerciai plusieurs fois la chevronnée Fikriye Hanım qui avait eu la gentillesse de me recevoir au musée et de m'accorder plusieurs heures à la seule fin de me renseigner. Nous étions restés dans son bureau jusqu'à la tombée de la nuit automnale. Il n'y avait aucun touriste alentour, le lieu était fermé aux visiteurs. Ce que je ressentais en traversant les cours ombreuses jonchées de feuilles jaunes de marronniers, de platanes, et en passant sous les portiques, je le mettais sur le compte d'une chose que j'imaginais être un sens de l'histoire susceptible de ramener à un seuil supportable la culpabilité dont je n'arrivais à me défaire, et de donner de la consistance au passe-temps littéraire d'un ingénieur. En rapprochant le sort des plus beaux manuscrits du *Shâhnâmeh* de la politique nationaliste, Fikriye Hanım, qui ne s'occupait absolument pas de politique au quotidien, me rappela également un point commun entre Œdipe et Sohrâb auquel je n'avais pas pensé auparavant : l'exil politique, l'éloignement de la patrie… Un aspect auquel mon père s'était toujours intéressé, de façon sentimentale. Après le coup d'État militaire, comprenant d'emblée ce qui risquait de leur arriver, certains de ses amis appartenant à la même organisation politique avaient aussitôt fui en Allemagne. Quant à d'autres, comme mon père, ils étaient finalement tombés aux mains de la police et avaient subi la torture, soit parce qu'ils n'avaient pas pu s'échapper, soit parce qu'ils ne se sentaient pas assez coupables pour devoir fuir, soit parce qu'ils n'imaginaient pas qu'on puisse les arrêter.

Tandis qu'Œdipe et Sohrâb recherchaient leur père disparu, ils s'éloignaient de leur ville, de leurs terres d'origine et, dans les lieux où ils étaient accueillis, chacun des deux se retrouvait dans la posture du traître utilisé par les ennemis de leur pays. Dans aucune des deux histoires ce dilemme n'était souligné, vu que la fibre nationale n'était guère prééminente et que le lien à la famille, au roi, au père, à la dynastie était plus important que celui à la nation. Mais en recherchant leur père, le prince Œdipe et Sohrâb collaboraient finalement tous deux avec les ennemis de leur pays.

31

Quand Ayşe eut trente-huit ans et moi quarante, nous commençâmes à admettre – mon épouse d'abord puis moi, sous son influence – que notre rêve d'avoir un enfant ne pourrait se réaliser. Après avoir été confrontés à l'incompréhension obtuse des médecins turcs et à maintes tentatives aussi éprouvantes que chronophages à l'hôpital américain et à l'hôpital allemand d'Istanbul, on peut même dire que nous avions « jeté l'éponge ».

Notre fatigue et notre déception nous rapprochèrent, et ce fut là notre plus grand profit. Nous devînmes encore meilleurs amis. Notre résignation à l'idée que nous n'aurions pas d'enfant creusa une distance entre nous et les autres familles, nous poussant vers des préoccupations plus intellectuelles. Ayşe ne supportait plus d'être prise en pitié par ses amies mères au foyer, si ce n'était d'être prise pour cible de leurs méchancetés volontaires. Elle avait cessé de les fréquenter et s'était mise à la recherche d'un emploi. Au bout de quelque temps, je lui proposai de prendre la tête de l'entreprise que j'avais décidé de monter pour réaliser des ouvrages de petite taille sans intérêt pour la société qui m'employait. Elle apprendrait vite à diriger les ingénieurs et à parler avec les contremaîtres. De toute façon, je serais derrière pour assurer la gestion. Nous donnâmes le nom de Sohrâb à cette société. Ce serait notre fils désormais.

Nous commençâmes à partir en voyage comme un jeune couple en lune de miel. Chaque fois que l'avion décollait d'Istanbul, je me penchais sur les genoux de ma femme pour regarder par le hublot (un mouvement qu'Ayşe trouvait toujours touchant) et j'essayais d'apercevoir Öngören. Au cours de cette première année de voyages, je constatai que notre haut plateau s'était couvert d'immeubles et d'usines et, étrangement, cela me rasséréna.

Au début de l'été, nous déménageâmes dans un coûteux appartement de quatre pièces à Gümüşsuyu avec vue sur la mer. Pendant nos voyages, nous séjournions dans les meilleurs hôtels, nous nous baladions, nous visitions des musées et, de temps à autre, nos dossiers en main, nous allions consulter un spécialiste de la fertilité à Londres ou à Vienne. Ces visites, qui commençaient toujours par susciter en nous un regain d'espoir, se soldaient systématiquement par une déception toujours plus amère.

Sur les conseils de Fikriye Hanım, nous nous rendions dans les bibliothèques qui disposaient d'un fonds d'anciens manuscrits persans comme la Chester Beatty de Dublin où nous fûmes introduits grâce à l'appui d'un ami diplomate, ou celle du British Museum de Londres l'année suivante, et nous goutâmes au plaisir de contempler les miniatures ornant des exemplaires du *Shâhnâmeh*. Ces esquisses et ces peintures étant très peu exposées, le public a rarement l'occasion de les voir dans un musée. À mesure que j'en repaissais mon regard, le souvenir de la Femme aux Cheveux roux et de mes difficiles années de jeunesse éveillait en moi un sentiment de remords. La présence des jeunes assistants de conservation très érudits et d'une extrême délicatesse, les gants blancs qu'ils enfilaient quelquefois, l'odeur de bois et de poussière qui imprégnait ces salles baignées d'un éclairage jaune citron nous rappelaient combien ce que nous observions dans les pages de ces manuscrits était ancien, humain et fragile.

Toutefois, ces visites privées ne nous permirent pas de sentir ni d'embrasser dans toute leur ampleur ces ambitieux sujets que sont l'art islamique, les récits constitutifs du *Shâhnâmeh* ou l'opposition entre l'Orient et l'Occident. Les miniatures aux détails finement ouvragés et conçues pour orner des manuscrits nous interpellaient d'emblée sur la fugacité des êtres ayant vécu dans le passé, sur l'oubli dans lequel tout ce monde avait depuis longtemps sombré et sur la vaine fierté de croire tirer des conclusions significatives sur la vie et l'histoire au gré de quelques détails. Lorsque nous quittions les ténébreux corridors des bibliothèques des musées pour nous retrouver dans les rues d'une capitale européenne, nous avions tous deux le sentiment d'avoir gagné en profondeur grâce aux images que nous venions d'admirer.

Comme tous les Turcs éduqués de la génération de mon père, ce que j'espérais vraiment trouver dans ces voyages, en parcourant les vitrines, les cinémas, les musées du monde occidental, c'était une idée, un objet ou une image qui puisse bouleverser et éclairer toute ma vie. Ce fut le cas d'une peinture à l'huile d'Ilia Répine intitulée *Ivan le Terrible tue son fils*. Cette toile qu'Ayşe et moi avons contemplée avec stupeur à la galerie Tretyakov de Moscou montrait un père éploré qui, comme Rostam, tenait contre lui le cadavre ensanglanté de son fils. Elle semblait être l'œuvre d'un artiste iranien ayant une connaissance exhaustive des meilleures miniatures persanes représentant la scène où Rostam tue Sohrâb ainsi qu'une parfaite maîtrise des techniques de la perspective et du clair-obscur telles que formalisées à la Renaissance. La façon dont le père – le roi – serrait dans ses bras la dépouille de son fils qu'il avait tué dans un accès de fureur aveugle ; l'abandon avec lequel son fils – le prince – gisait contre la poitrine de son père comme s'il abdiquait ; l'expression d'effroi et de remords qui se peignait sur le visage du père… tout y était. Ce père meurtrier était l'impitoyable et cruel tsar Ivan IV, fondateur de l'État russe, sujet d'un film d'Eisenstein (*Ivan le Terrible*) et personnage fétiche de Staline. La violence et le remords émanant de ce tableau de même que la simplicité de sa composition monothématique m'évoquaient étrangement la puissance implacable de l'État.

Cette peur – à la fois familière et atterrante – de l'État, je l'éprouvai à nouveau en regardant le ciel obscur et sans étoiles de Moscou ce soir-là. On sentait chez Ivan le Terrible un regret dévorant en même temps qu'un amour et une affection sans bornes pour son fils. Cette ambivalence me rappela l'effrayant aphorisme que mon père avait soumis à ma réflexion, très souvent employé par l'élite politico-administrative à propos des artistes et écrivains de talent mais par trop critiques :

« Le poète, commence d'abord par le pendre, puis pleure-le au pied de la potence. »

Il fut une époque où, dès qu'ils montaient sur le trône, les sultans ottomans faisaient exécuter tous les princes rivaux (dont ils déploraient ensuite la perte car c'étaient leurs frères). Une pratique que légitimait le concept de cruauté nécessaire à la sauvegarde de l'État. Mon père me manquait, j'avais envie d'aborder ces sujets et d'en débattre avec lui, mais à l'idée qu'il puisse se montrer critique envers moi, je m'abstenais.

Nos visites des musées d'Europe avaient pour but de dissiper, à force de voyages, notre chagrin de ne pas avoir d'enfant et, comme nous aimions à nous le répéter, de trouver « des représentations picturales d'Œdipe ». Mais nous ne trouvâmes rien d'autre que deux tableaux académiques à thème historique puisant leur sujet dans la pièce de Sophocle. L'*Œdipe explique l'énigme du Sphinx* d'Ingres exposé au Louvre n'avait qu'un faible impact sur le spectateur. La seule empreinte qu'il m'ait laissée, c'est mon questionnement concernant le degré de réalisme avec lequel était représentée la ville de Thèbes, apparaissant sous la forme d'une pâle colline à l'arrière-plan, derrière les personnages à l'entrée de la grotte.

Toujours à Paris, nous vîmes une autre version de ce tableau au musée Gustave Moreau, qui réalisa son *Œdipe et le Sphinx* une quarantaine d'années après celui d'Ingres. Il dépeignait lui aussi non pas les crimes et les péchés d'Œdipe, mais sa victoire, c'est-à-dire sa résolution de l'énigme du Sphinx. Nous en découvrîmes également une copie au Metropolitan Museum of Art de New York. Et quand, au bout d'une quarantaine de pas, nous nous retrouvâmes devant la scène où Rostam tuait son fils, cela nous causa un certain trouble. Les deux œuvres étaient exposées au même étage, dans le secteur dédié à l'art islamique. Il n'y avait personne dans ces salles plongées dans la pénombre et peu fréquentées par les visiteurs du musée, ce qui nous donna l'impression de nous intéresser à des vieilleries tombées dans l'oubli. On pouvait apprécier l'œuvre de Gustave Moreau même en ignorant le sujet qui l'avait inspirée mais, si cette page du *Shâhnâmeh* nous touchait, c'est seulement parce que l'histoire nous était connue ; le plaisir esthétique qu'elle offrait était bien moindre.

Mais en Europe, où la culture et la tradition picturales étaient beaucoup plus étendues et plus riches, la question essentielle était celle de l'absence de représentation des scènes fondamentales de l'histoire d'Œdipe, à savoir celles où il tuait son père et couchait avec sa mère. Les peintres européens étaient capables d'envisager ces scènes avec des mots, ils en comprenaient la signification. Mais ce que les mots leur permettaient de concevoir, ils ne parvenaient pas à le visualiser ni à le mettre en images. C'est pourquoi ils s'étaient cantonnés à la scène où Œdipe résout l'énigme du Sphinx. Or, dans les pays musulmans où l'on créait ou regardait très peu d'images, où elles étaient proscrites la plupart du temps, les artistes avaient représenté avec ferveur et des centaines de fois l'instant précis où Rostam tuait son fils Sohrâb.

Seul le romancier, peintre et réalisateur italien Pier Paolo Pasolini avait brisé cette règle tacite avec son film *Œdipe roi*. J'avais vu cette dérangeante adaptation de l'histoire d'Œdipe lors de sa projection dans le cadre d'une semaine consacrée aux films de Pasolini, organisée avec le soutien du consulat italien d'Istanbul. Le jeune acteur qui jouait le personnage éponyme enlaçait sa mère – jouée par Silvana Mangano, plus âgée que lui mais très belle –, il l'embrassait et faisait l'amour avec elle. Durant cette scène charnelle entre mère et fils, le public de cinéphiles et d'intellectuels stambouliotes qui emplissait la salle aux murs couverts de boiseries de la Casa d'Italia sombra dans un profond silence.

Pasolini avait tourné son film au Maroc, tirant parti du paysage local, de la terre rougeâtre et d'un ancien fort fantomatique de couleur ocre.

« J'aimerais bien revoir ce film rouge, dis-je. Penses-tu que nous puissions le trouver en DVD ou en cassette ?

— Même les cheveux de la belle et séduisante Silvana Mangano sont roux dans ce film », dit ma femme.

32

Il serait erroné de la part du lecteur de nous imaginer comme un couple de pâles intellectuels ne faisant rien d'autre qu'aller voir des films d'art et essai, le nez constamment plongé dans des livres ou des miniatures. Ayşe sortait en même temps que moi chaque matin et occupait son poste à la direction de notre entreprise de construction, Sohrâb, qui grandissait à une vitesse impressionnante. Le soir, après le travail, je passais dans nos bureaux de plus en plus animés dans le quartier de Nişantaşı. Nous travaillions avec nos ingénieurs jusqu'à une heure tardive, nous dînions quelque part et nous rentrions à la maison.

Vers la fin 2011, un an après avoir vu l'*Œdipe roi* de Pasolini, je démissionnai de la société où j'étais salarié pour me consacrer entièrement à Sohrâb. Je passais toujours mes journées à superviser des sites de construction un peu partout dans Istanbul, mais cette fois, c'était pour mon propre compte ; tandis que notre chauffeur (originaire de Samsun) essayait de se frayer un chemin dans les bouchons, je gérais les affaires depuis mon portable. La plupart des fournisseurs, responsables de chantier et agents immobiliers avec qui je m'entretenais pendant ces ralentissements étaient coincés comme moi dans un embouteillage, à un autre endroit de la ville. Parfois, ils interrompaient notre discussion portant sur les règles de l'immobilier et les marges de profit pour débattre avec leur chauffeur, ou arrêter des passants afin de leur demander comment s'appelait le coin où ils étaient. J'en déduisais que mon interlocuteur avait dû se perdre dans un nouveau secteur dont personne n'avait encore entendu parler mais déjà grouillant de gens. Tout le monde construisait, achetait, spéculait, et la ville s'étendait à une vitesse déconcertante.

Quand parfois mon regard s'attardait sur les pauvres, les jeunes, les vendeurs ou les gardiens de parking massés tout au long des rues, je devais bien reconnaître que j'étais maintenant un homme riche d'âge moyen et, surtout, que je m'étais parfaitement habitué à cette condition. « Qu'y a-t-il de plus beau dans ma vie que ma relation d'amitié avec ma femme et ma passion pour d'antiques histoires ? » me demandais-je ensuite. Je repensais à mon père, je téléphonais à ma femme, je tentais de me persuader que j'étais heureux dans la foule urbaine. Le fait de ne pas avoir d'enfant m'avait appris l'humilité et la mélancolie. Quelquefois, je me disais que si j'avais eu un enfant, il ou elle aurait vingt ans aujourd'hui.

Ayşe et moi connûmes une période où nous dépensions tout l'argent que nous gagnions dans des vêtements de marque, des bibelots, des antiquités ottomanes, d'anciens actes de sultans manuscrits, des tapis, des meubles importés d'Italie, mais, loin de nous rendre heureux, cette consommation ostentatoire nous laissait seulement la sensation de vivre dans le superficiel et le faux-semblant. De plus, une part de moi était fortement encline à détester ces amis devant qui nous souhaitions justement faire étalage de nos acquisitions, du fait même que c'est eux qui nous y poussaient. Cela tenait peut-être à l'influence des idées gauchistes de mon père. Ainsi, alors que notre fortune augmentait rapidement, nous continuions à circuler avec notre simple Renault Megane.

L'essentiel de nos fonds passait dans l'achat de terrains ou de vieux immeubles dans des zones vouées à prendre de la valeur, soit pour investir, soit pour obtenir de nouveaux chantiers. Et lorsque j'achetais des parcelles vides en banlieue, j'avais le sentiment d'être comme ces sultans qui tâchent de tromper leur douleur de ne pas avoir d'héritier en annexant de nouvelles provinces à leur empire. Comme Istanbul, Sohrâb connaissait une croissance vertigineuse.

Nous fîmes équiper notre voiture d'un GPS. Les yeux fixés sur cet écran nous indiquant l'itinéraire, ma femme et moi nous rendions dans de nouveaux quartiers d'Istanbul qui nous étaient totalement inconnus, sur les collines d'où l'on apercevait les îles des Princes à l'horizon. Nous étions impressionnés par le rythme effréné de la croissance urbaine, mais au lieu de nous lamenter comme tant d'autres sur la destruction et la disparition de la vieille ville, nous accueillions ces nouveaux lieux comme d'heureuses opportunités d'affaires. Au bureau, Ayşe scrutait quotidiennement les annonces de ventes aux enchères judiciaires parues dans le *Journal officiel* ; elle suivait également la page « immobilier » du journal *Hürriyet* et d'autres sites.

Un jour, elle posa devant moi une annonce de vente aux enchères qui lui semblait parfaitement convenir à ce qu'on cherchait. Avant même que je n'aie le temps de me concentrer sur le texte, elle avait déjà repéré la localité sur Google Maps et zoomait dans l'image. En voyant apparaître le nom d'Öngören, mon cœur s'accéléra. Mais tel un assassin chevronné, je gardai un impeccable sang-froid. Je manœuvrai la souris pour déplacer la flèche et, lentement, je l'approchai de la ville la plus importante de ma vie.

Le nom Öngören était écrit au-dessus de la place de la Gare. Je réussis à repérer certaines rues des environs mais je ne reconnus que très peu d'endroits, car la carte Google désignait les rues par leur nom officiel et non par leur appellation d'usage (la rue des Restaurants, par exemple) comme le faisaient les habitants d'Öngören trente ans plus tôt. Je retrouvai d'abord la gare, le cimetière, je devinai l'emplacement de notre plateau sur la carte, mais je ne pus lire un à un le nom des voies. Oui, tout n'était plus que rues.

« Murat dit qu'une nouvelle route va passer par là, que le coin est propice à l'implantation de cités résidentielles avec vue. Et si on passait jeter un coup d'œil avant d'aller chez ta mère dimanche matin ? »

Murat était cet ancien camarade d'université qui m'avait invité à Téhéran. Le boom immobilier l'avait lui aussi amené à délaisser ses autres affaires pour se lancer dans le bâtiment et les travaux publics et, grâce à ses amis conservateurs du parti au pouvoir, il décrochait des marchés bien plus gros que nous. Mais il se comportait toujours en ami avec nous, nous informant des secteurs où le prix du terrain allait augmenter.

« J'ai le sentiment qu'il y a quelque chose de maléfique dans cette bourgade d'Öngören, comme dans les contes de mon enfance, dis-je à Ayşe. Oublions ce secteur pour l'instant. En plus, je doute qu'il y ait de très belles vues là-bas, la meilleure qu'on puisse y trouver, c'est sûrement le ciel nocturne scintillant d'étoiles. »

33

Istanbul subit une sévère sécheresse cet été-là. Le printemps ayant été particulièrement sec, les barrages n'avaient pu reconstituer leurs réserves et la quantité d'eau distribuée en ville par le réseau de canalisations vieillissant fut moitié moindre qu'à l'accoutumée. Dans certains quartiers, les pères et les mères de famille passaient une bonne partie de la nuit l'oreille tendue vers les tuyaux vides, à guetter l'arrivée de l'eau pour en remplir des cuvettes avec lesquelles la toilette se ferait à l'ancienne. La question du rationnement de l'eau alimentait prises de bec et virulents débats politiques.

La fin de l'été connut des épisodes orageux violents qui provoquèrent des inondations dans certains secteurs d'Istanbul. Après cette période d'intempéries, mon père nous invita un soir à dîner. Sa nouvelle épouse avait envoyé un message par internet à Ayşe. « Mon père est-il si mal en point qu'il est incapable de nous écrire lui-même ? » m'étonnai-je.

Il louait un appartement sur les hauteurs de Sarıyer, dans l'une des nouvelles cités résidentielles construites sur les collines donnant vers la mer Noire. Il nous fallut deux heures en voiture pour y arriver. La mer Noire n'était qu'une tache au loin et, bien que leur petit appartement soit récent, il paraissait déjà très décati. Il était de plus encombré par les vieilles affaires de mon père dont certaines m'étaient connues depuis l'enfance. Les plafonds présentaient des traces d'infiltrations. Après les premières civilités et les plaisanteries d'usage, je fus frappé par l'état de décrépitude et d'indigence de mon père.

Je l'idolâtrais quand j'étais petit, j'aurais tout fait pour qu'il passe plus de temps avec moi, me taquine, me prenne dans ses bras, pour qu'il soit un ami, un complice. Mais à présent, il avait perdu de son éclat ; il s'était voûté, il fonctionnait au ralenti et, le pire, c'est qu'il semblait avoir admis sa défaite face à la vie. Cet homme séducteur et toujours tiré à quatre épingles à une époque négligeait désormais sa mise et sa santé, un état de fait qu'il faisait mine d'assumer en répondant par une pirouette : « Les gens de gauche s'intéressent à l'être, pas au paraître. »

Cependant, il ne cessait de roucouler avec sa femme à la poitrine plantureuse, au rire clair et aux dents de lapin, il faisait sans cesse des blagues et des plaisanteries à double sens, laissant deviner une vie sexuelle très dense. Ayşe se joignit à leur humeur badine et s'ensuivit bientôt une discussion portant sur l'amour, le mariage et la jeunesse à travers nos expériences, nos souvenirs et les films que nous avions vus. Incapable de m'engager dans ce genre de sujets en présence de mon père, je restai dans mon coin, près de la bibliothèque, un verre de raki à la main, à lire ce qui était écrit au dos de ses anciens livres politiques qu'il possédait depuis que j'étais enfant. Ce faisant, je prêtais l'oreille à la conversation autour de la table et, lorsque la femme de mon père parla des nombreuses coupures d'eau qu'ils avaient subies cet été-là, je repensai à Maître Mahmut.

« On pourrait très bien creuser un puits à l'ancienne ici,

sur les hauteurs de Sarıyer, lançai-je. Il suffit d'un coffrage en bois et d'un toboggan pour couler le béton.

— Tu t'y connais dans ces choses-là, toi ? demanda mon père.

— En 1986, l'été où tu nous as quittés, j'avais besoin d'argent pour payer le cours préparatoire à l'examen d'entrée à l'université, alors j'ai travaillé un mois comme apprenti auprès d'un ancien maître puisatier, dis-je. Je n'en ai jamais parlé à personne, pas même à Ayşe.

— Pourquoi ? Tu avais honte de te frotter à la vie de prolétaire ? » rétorqua mon père.

J'étais content que mon père sache enfin que j'avais travaillé un temps comme manœuvre avec des puisatiers même si, dans le fond, il se réjouissait plutôt de notre aisance matérielle. Au lieu d'en rester là, mon erreur fut de me laisser emporter et de lui parler d'Œdipe, de Rostam et Sohrâb, des lectures que j'avais faites à ce sujet, des musées qu'Ayşe et moi avions visités en Europe, tout cela pour lui prouver que je m'y entendais en histoire culturelle et sociale.

« Celui qui fait vraiment autorité en la matière, c'est Wittfogel, m'interrompit mon père avec dédain. J'avais son livre ici, quelque part. Plus personne ne le lit à présent, il est tombé dans l'oubli... Que dirait-il s'il savait qu'une traduction française d'un de ses livres trône encore dans la bibliothèque d'un vieux gauchiste à Istanbul ? »

Il avait formulé sa question sur le modèle que j'employais souvent moi aussi à son sujet (« Que dirait mon père s'il savait ça ? »), si bien que cela piqua ma curiosité. Je parcourus des yeux les volumes poussérieux alignés sur les vieilles étagères.

Plus tard, je me resservis un verre de raki. Nos épouses discutaient entre elles et mon père était assis, silencieux, au bout de la table.

« Papa, parmi les groupes politiques de ton époque, demandai-je… les maoïstes révolutionnaires patriotes, ils étaient comment ?

— Je connais beaucoup de gars de ce mouvement. Et beaucoup de filles aussi, ajouta-t-il ensuite, tel un lycéen égrillard et un peu ivre.

— Et les filles, elles étaient comment ? » demanda l'épouse de mon père, l'air de vanter les anciennes frasques de son mari.

L'hypothèse insidieuse que j'avais habilement réussi à me cacher à moi-même durant toutes ces années fit soudain surface : il était fort probable que, à l'époque de son engagement militant, mon père ait connu les membres de la compagnie du Théâtre des Légendes édifiantes et vu sur scène la Femme aux Cheveux roux interpréter une de ses pièces politiques. Que pensait mon père de la première femme avait qui j'avais couché ?

Mais mon père avait commencé à se dégriser et son regard avait retrouvé cette expression prudente et distante que je lui voyais à l'époque où il voulait me dissimuler les détails de sa vie privée et de ses activités politiques. Profitant d'un moment où nous étions seuls, l'air grave, il me demanda des nouvelles de ma mère. Je répondis que je lui avais acheté une maison à Gebze – elle n'avait aucune envie de déménager à Istanbul – et qu'Ayşe et moi allions la voir en voiture un dimanche sur deux. « Je suis content de savoir que ta mère va bien ! » dit mon père pour clore le sujet.

Comme j'avais beaucoup bu, c'est Ayşe qui prit le volant au retour. « Pourquoi m'as-tu caché que tu avais travaillé comme apprenti auprès d'un maître puisatier ? » demanda-t-elle sur le ton d'une mère qui réprimande gentiment son fils. Il était plus de minuit et, tandis que la voiture traversait la forêt de Belgrad, en passant sous les arcades des barrages, je m'assoupis sur le siège passager, au milieu du chant des grillons et des effluves de thym charriés par la brise.

Je tenais dans mes bras l'un des livres désormais démodés de Wittfogel : *Le despotisme oriental.* Mais une fois à la maison, au lieu d'ouvrir cet ouvrage, j'allumai l'ordinateur. Depuis Google Maps, je cliquai et zoomai doucement sur Öngören. Je vis des annonces publicitaires pour une pâtisserie et une banque sur la place de la Gare, et pour une station-service située sur la route d'Istanbul. J'essayai de me remémorer chacun de ces endroits et je me revis en train de marcher sur les talons de la Femme aux Cheveux roux.

Si elle ne m'avait pas menti sur son âge lorsque nous étions à Öngören, elle devait avoir soixante ans à présent. La nouvelle épouse de mon père devait elle aussi avoir dans ces eaux-là, et je pouvais parfaitement imaginer mon père vivant avec la Femme aux Cheveux roux dans ce petit appartement donnant sur la mer Noire.

Comme je m'étais interdit de chercher à savoir où elle était et ce qu'elle faisait, j'avais complètement perdu sa trace ces trente dernières années. Mais dès qu'une actrice de sa génération ou une comédienne de leur troupe du théâtre populaire, désormais en âge d'être retraitée, apparaissait dans le rôle d'une heureuse mère de famille, voire d'une grand-mère pour vanter les mérites d'une lessive, d'une carte bancaire ou d'une retraite complémentaire dans des spots publicitaires télévisés, je me surprenais à me demander ce qu'elle devenait. Quelquefois, je regardais des séries historiques pleines de Mehmet le Conquérant, de Soliman le Magnifique, de Roxelane et autres grands personnages ottomans. La tête embuée de raki, je plissais les yeux et fixais mon attention sur l'écran : cette grande femme aux lèvres charnues qui enseignait à la nouvelle et jeune amante du souverain comment intriguer dans le harem et conserver sa place de favorite, était-ce Elle ou bien étais-je incapable de reconnaître la première femme de ma vie ? D'autres fois, l'une des voix féminines assurant le doublage en turc d'une série étrangère me paraissait être la sienne ; j'essayais de me rappeler le véhément monologue qu'elle avait déclamé trente ans plus tôt sous la toile jaune d'un chapiteau, d'entendre à nouveau les inflexions de sa voix à laquelle j'étais suspendu tandis que nous déambulions ensemble, un soir, sur la place de la Gare.

Notre entreprise était florissante mais j'étais surmené et une nuit, quand le stress me tira du sommeil, je considérai avec étonnement l'annonce que m'avait envoyée par mail l'ingénieur expérimenté qui était en charge des investissements immobiliers de Sohrâb. Un ancien entrepôt et un atelier étaient en vente à Öngören, à proximité du terrain où Maître Mahmut et moi avions creusé un puits. L'annonce mettait l'accent non pas sur le bâti existant, vieux de trente ans et désormais inutilisable, mais sur les potentialités de développement qu'offrait ce terrain. Sans consulter Ayşe, qui dormait encore, j'écrivis à notre collaborateur de répondre que nous étions intéressés.

34

Ayşe et moi nous plongeâmes avec curiosité dans *Le despotisme oriental* de Karl A. Wittfogel sans comprendre, de prime abord, pour quelle raison mon père nous l'avait conseillé. Rien n'avait trait aux pères et aux fils dans ce livre. Mon père ne l'avait à l'évidence pas lu entièrement, mais comme cet épais ouvrage était un important texte de gauche sur les sociétés de type asiatique, il l'avait sans doute feuilleté avant de l'oublier dans un coin. Pourquoi s'en était-il souvenu alors que je parlais d'Œdipe et de Sohrâb ?

Dans ce livre publié en 1957, au plus fort de la guerre froide, il était beaucoup question de sécheresse et d'inondations. Au fil des pages, Wittfogel expliquait longuement que les installations hydrauliques, canaux, barrages et autres réseaux d'adduction d'eau indispensables à l'agriculture en Asie, dans des pays aux conditions géographiques difficiles comme la Chine, nécessitaient une grande bureaucratie et une organisation centralisée. Il démontrait que ce n'est qu'avec des souverains et des dirigeants durs et autoritaires que cette organisation pouvait fonctionner. Les membres de la classe dirigeante ne toléraient aucune résistance, aucune opposition. C'est la raison pour laquelle ils désiraient s'entourer, dans leurs administrations et leurs harems, non pas d'individus évolués mais d'esclaves qui leur soient totalement dévoués, et Wittfogel concluait son ouvrage en expliquant que c'est là que tout le système du despotisme oriental trouvait son fondement.

« Les souverains qui traitent leurs femmes et leurs fonctionnaires de la sorte finissent aussi par tuer leurs propres fils, dit Ayşe. Il n'y a là rien d'étonnant. Ces personnages, nous les connaissons. Mais pourquoi leurs artistes officiels étaient-ils si enclins à peindre ce moment fatidique ?

— Parce qu'on y voit le souverain pleurer, répondis-je. Le sens apparent de l'image, c'est le remords et la douleur… Mais le but essentiel, au fond, c'est de souligner le pouvoir absolu du sultan. De toute façon, c'est lui qui commande et finance la réalisation de ces œuvres, pas les stupides et pathétiques Sohrâb.

— Sohrâb est stupide, mais Œdipe est-il intelligent ? » dit Ayşe.

Après avoir poussé notre lecture quelque temps, notre intérêt pour le livre de Wittfogel s'émoussa. Mais grâce à cet ouvrage suggéré par mon père, nous avions établi un lien entre les civilisations, à partir de leur conception des notions de parricide et de filicide.

Cet hiver-là, je décidai d'acheter la parcelle de terrain à Öngören. La population d'Istanbul débordait jusqu'ici par vagues. Murat nous avait depuis longtemps déclaré que le troisième pont sur le Bosphore qui serait bientôt construit du côté de la mer Noire ainsi que le réseau routier qui y était raccordé draineraient beaucoup de monde. Il fallait que j'arrête d'inventer des prétextes en me cachant derrière d'anciens contes, des rumeurs funestes ou de vieux souvenirs et que je me concentre en priorité sur le développement de Sohrâb.

Nous consacrions toute notre énergie à la société mais

chaque fois que je pensais à l'avenir de Sohrâb, je me désolais de ne pas avoir d'héritier à qui je pourrais tout léguer. Si j'avais eu un fils, il aurait probablement préféré ne pas marcher dans les pas de son père et choisir une tout autre vie, comme moi. Il n'empêche qu'il aurait été mon fils ! Il aurait même pu devenir écrivain. Comparé à cela, les histoires d'Œdipe et de Sohrâb me semblaient complètement futiles.

Un soir, la femme de mon père appela Ayşe sur son portable pour nous dire qu'il ne se sentait pas bien. Nous partîmes aussitôt en voiture mais le trajet de nos bureaux jusqu'à chez eux nous prit exactement trois heures et quinze minutes. Ne voyant aucune lumière aux fenêtres, je fus surpris, voire fortement irrité, et lorsque la femme de mon père ouvrit la porte en pleurant, ma première pensée fut qu'ils s'étaient disputés. Mais dès que j'eus franchi le seuil, je compris que mon père était mort. Quelqu'un appuya sur l'interrupteur et je vis, avec un sentiment de remords, ce que j'aurais voulu ne pas voir : mon père gisait sur ce même canapé où il nous régalait de ses histoires la dernière fois que nous étions venus.

Quand était-il mort ? Si c'était pendant que nous étions coincés dans les bouchons, c'était comme si la faute, d'une façon ou d'une autre, m'en incombait. Mais peut-être était-il déjà mort au moment où nous avions reçu le premier appel téléphonique. Incapable de regarder mon père, je posai plusieurs fois la question, avec l'insistance d'un détective, à sa veuve en larmes, mais sans obtenir la moindre réponse.

Quand il devint évident que nous passerions la nuit ici, avec elle, je me servis un verre de la bouteille de raki que j'avais trouvée dans le réfrigérateur. Un médecin arriva, et lorsqu'il écrivit sur un papier la conclusion que nous connaissions déjà, nous apprîmes qu'une insuffisance cardiaque était à l'origine du décès. À la lecture de ce document puis après, lorsque nous transportâmes à nous trois la dépouille de mon père sur le lit propre dans sa chambre, je crus que j'allais pleurer. Peut-être même que j'ai versé des larmes, mais sa femme sanglotait si bruyamment que les sons que j'avais pu émettre étaient restés inaudibles.

Longtemps après minuit, quand Ayşe s'assoupit sur le canapé et la femme de mon père dans l'autre lit de l'appartement, je m'approchai de la couche où nous avions déposé le défunt et m'allongeai à son côté. Ses cheveux, ses joues, ses bras, sa chemise froissée et même son odeur étaient semblables au souvenir que j'en avais dans mon enfance.

Mon regard s'arrêta un moment sur son cou, sur sa peau ; une fois, quand j'avais sept ans, ma mère, mon père et moi étions allés nous baigner sur la plage de Heybeli. Pour m'apprendre à nager, ma mère me soutenait par le ventre afin que je m'allonge dans l'eau. Battant des mains et des pieds comme je pouvais, j'avançais vers mon père qui se tenait debout, trois pas plus loin. Juste au moment où je m'approchais, il reculait d'un pas pour que je nage encore un peu, si bien que, dans ma frustration de ne pouvoir l'atteindre, je criais : « Papa, ne pars pas !» Me voyant hurler et paniquer, mon père souriait ; de ses bras puissants, il m'attrapait comme un chaton, il me sortait de l'eau et posait ma tête entre son torse et son cou, dans ce creux à l'odeur si particulière même dans l'eau de mer (une odeur de biscuit et de savon), à l'endroit précis que je regardais à présent. Puis, fronçant chaque fois les sourcils, il disait :

« Mon fils, il n'y a pas de raison d'avoir peur. Regarde, je suis là, d'accord ?

— D'accord », disais-je hors d'haleine, confiant et heureux d'être dans ses bras.

35

Mon père fut inhumé au cimetière de Feriköy. Les personnes réunies devant sa tombe pouvaient être divisées en trois types. Aux premiers rangs, des membres de la famille proche et lointaine, dont nous et sa larmoyante épouse. Derrière, un groupe d'entrepreneurs, d'ingénieurs et d'hommes d'affaires venus davantage pour moi que pour le défunt ; enfin, rassemblés au fond par groupes de deux ou trois, d'anciens amis militants de mon père, fumant leur cigarette en attendant la fin des prières.

J'aurais aimé décrire longuement cette scène de funérailles mais, cela nous éloignant de notre sujet, je n'entrerai pas plus dans les détails. Alors que la foule présente dans le cimetière de Feriköy se dispersait, un homme costaud au visage jovial me serra de toutes ses forces contre lui. « Tu ne sais pas qui je suis, mais moi, je te connais depuis des années, Cem Bey », dit-il.

Voyant que je ne le remettais pas, il s'excusa et glissa sa carte de visite dans ma poche.

Ce n'est que deux semaines plus tard, quand nos affaires reprirent leur cours quotidien, que je pus enfin jeter un œil sur sa carte de visite. Tâchant de me souvenir des gens et des visages que j'avais vus à Öngören pendant l'été de mes seize ans, je me creusai la tête pour savoir qui pouvait bien être ce Sırrı Siyahoğlu qui disait me connaître depuis ma jeunesse et dont l'activité actuelle était décrite ainsi : « Travaux de reproduction et d'impression, cartes de visite, faire-part, publicité et communication ». Le visage d'Ali, l'autre apprenti puisatier, me revenait sans cesse à l'esprit. Après la Femme aux Cheveux roux et Maître Mahmut, c'est surtout vers lui qu'allait ma curiosité.

Incapable de me rappeler qui était ce Sırrı, j'envoyai un mail à l'adresse figurant sur la carte de visite imprimée par ses soins. Je pensais que, de la sorte, je pourrais lui demander des nouvelles des anciens d'Öngören et me renseigner sur le fameux terrain. Par ailleurs, revenir après plusieurs années sur la scène du crime sous l'apparence d'un entrepreneur, n'était-ce pas la meilleure façon de faire comme si rien ne s'était passé ?

L'entretien que nous eûmes dix jours plus tard chez le pâtissier-traiteur Saray à Nişantaşı fut aussi bref que bouleversant. Nous ne parlâmes nullement de la pluie et du beau temps, ce fut peut-être une erreur de ma part. Mais je devinais que, à n'importe quel moment de la conversation, je pourrais le questionner et apprendre tout ce que je désirais savoir, quand bien même je pressentais que j'aurais peur de le faire.

Sırrı était beaucoup plus corpulent qu'il ne m'avait paru à l'enterrement. Parmi tous les visages que je me rappelais avoir vus durant le mois que j'avais passé à Öngören, le sien ne m'évoquait toujours rien. Mais je n'eus pas à me tourmenter trop longtemps à ce sujet. D'entrée de jeu, il me déclara que, même s'il me connaissait de loin, la première fois que nous nous étions rencontrés, c'était le jour de l'enterrement.

Il avait bien connu mon père pour qui il avait le plus

grand respect. Il était très heureux d'avoir pu venir exprimer les sentiments qu'il nourrissait à son égard. À l'enterrement, il m'avait tout de suite reconnu. Parce que j'étais le portrait craché de mon père. J'étais aussi bel homme que lui, j'avais le même visage ouvert, rayonnant de bienveillance. Mon père était un grand patriote, très dévoué. Il s'était sacrifié pour son pays. Il l'avait fait de bonne foi. En retour, il avait subi la torture ; il n'avait jamais rien lâché. Il avait séjourné en prison mais il n'avait pas retourné sa veste comme certains. Malheureusement, mon père avait été en butte à la calomnie, il s'était fait étriller par ses propres amis.

« Quel genre de calomnie, Sırrı Bey ?

— Cem Bey, je ne voudrais pas abuser de votre précieux temps avec de vieilles rumeurs politiques et des sottises affligeantes. J'ai une demande à vous faire. Sohrâb s'intéresse à mon modeste terrain, mais l'agent immobilier et les ingénieurs de votre société commettent une injustice envers moi. Vous êtes le fils d'un homme qui ne supportait pas l'injustice, et j'ai jugé que vous deviez en être informé. »

On ne lui avait pas proposé le même prix au mètre carré que celui habituellement pratiqué car d'autres personnes se proclamant elles aussi propriétaires du terrain s'étaient manifestées. Or, ce bien lui appartenait en propre.

« Sırrı Bey, votre terrain, il a un numéro de cadastre ?

— J'ai apporté une photocopie de mon titre de propriété. Mais ne vous laissez pas abuser par les autres parties. »

Saisissant le titre de propriété qu'il me tendait, j'essayai de repérer l'emplacement du terrain et, avec une feinte indifférence, je lui dis : « Vous savez, j'ai passé quelque temps à Öngören, il y a longtemps de cela. Je connais un peu le coin.

— Je le sais, évidemment, Cem Bey. L'été 1986, vous étiez venu voir les nôtres sous le chapiteau. Ce mois-là, Turgay Bey et sa femme habitaient chez moi, en fond de cour, et les parents de Turgay Bey logeaient dans l'appartement du dessus, avec les fenêtres qui donnaient sur la gare. »

C'était le peintre d'enseignes chez qui j'avais passé la nuit avec la Femme aux Cheveux roux. Et c'était son épouse qui m'avait ouvert la porte et annoncé que les comédiens étaient partis. Comment n'y avais-je pas pensé plus tôt ?

« Maître Mahmut et vous creusiez un puits sur le haut plateau. Le petit terrain que je possède se trouve juste devant celui où vous foriez le puits, dit-il en me montrant le titre de propriété. Quand Maître Mahmut a trouvé l'eau, les propriétaires d'usine ont rapidement mis la main sur le terrain. Moi, je ne gagnais pas grand-chose avec mon commerce de peintre d'enseignes... Mais avec ma femme, on a grappillé un peu d'argent à droite à gauche et, au bout de deux ans, on a aussi acheté une parcelle à cet endroit. Ce terrain représente tout pour ma famille. »

Je venais d'apprendre ce qu'une partie de moi – non, ce que tout mon être – savait depuis des années, c'est-à-dire que rien de grave n'était arrivé à Maître Mahmut, et qu'il avait même continué à creuser jusqu'à trouver de l'eau. Afin de pouvoir digérer ces informations, je promenai distraitement mon regard sur les étudiants venus grignoter quelque chose, les femmes sorties faire des courses, les hommes en cravate qui constituaient la nombreuse clientèle de la pâtisserie, mais je pensais au passé.

Pourquoi avais-je nourri trente ans durant la conviction que j'avais tué Maître Mahmut accidentellement ?

Probablement parce que je lisais *Œdipe* et que je j'accordais du crédit à cette histoire. Je désirais y croire. C'est aussi de Maître Mahmut que j'avais appris à croire en la force des vieilles histoires. Et à présent, comme Œdipe, j'en étais encore à enquêter sur mon crime passé.

« Comment avez-vous connu Maître Mahmut, Sırrı Bey ? »

Quand Maître Mahmut avait trouvé l'eau après mon départ, Hayri Bey l'avait généreusement rétribué et lui avait confié de nouveaux travaux. On lui avait témoigné beaucoup de respect du fait que le seau qui lui était tombé sur l'épaule au moment de l'accident l'avait laissé estropié. Hayri Bey lui avait commandé deux nouveaux puits qu'il lui avait fait relier à des tunnels souterrains et à des réservoirs de stockage. Par la suite, les autres patrons de laveries et de teintureries avaient demandé à Maître Mahmut de se charger de la construction de leurs dépôts d'eau ainsi que de toutes les opérations de forage, de coffrage et de coulage de béton. Comme le métier de puisatier tombait en désuétude et qu'il était de toute façon handicapé de l'épaule, le regretté Maître Mahmut s'était par conséquent installé à Öngören.

« Quand Maître Mahmut est-il mort ?

— Cela fait plus de cinq ans, répondit Sırrı Bey. Il a été enterré dans le cimetière en haut de la côte. Les apprentis, les autres artisans et les patrons d'usines d'Öngören sont tous venus à ses obsèques.

— Maître Mahmut était comme un père pour moi », dis-je en écarquillant les yeux.

Je compris à son regard que Sırrı Bey était au courant que je m'étais rendu coupable de quelque méfait envers Maître Mahmut, et que ce dernier était mort avec de la peine et de la colère contre moi. Mais je pressentais aussi que, vu qu'il sollicitait mon aide, Sırrı Bey ne tenait pas à amplifier cet événement. Savait-il que, trente ans plus tôt, j'avais été pris de panique en croyant avoir tué mon maître et que c'est pour cela que je l'avais abandonné au fond du puits ?

Comment Maître Mahmut en était-il ressorti ? Je brûlais

d'envie de lui poser ces questions et de m'enquérir de la Femme aux Cheveux roux, mais je me retenais de le faire.

« Maître Mahmut parlait de toi comme de son apprenti le plus instruit », reprit Sırrı Bey, s'efforçant de dire quelque chose de positif.

Maître Mahmut devait sans doute dire bien d'autres choses encore à mon sujet. Je l'imaginais facilement compléter ses propos avec une phrase du genre « Méfie-toi surtout de celui qui est instruit ». Et à raison, hélas. C'était moi le responsable de son épaule estropiée.

Sırrı Bey ignorait que c'est chez lui que j'avais couché avec une femme pour la première fois de ma vie. Sans poser de façon directe les questions qui me brûlaient les lèvres et en noyant un peu le poisson, je réussis à obtenir de lui les informations suivantes : Sırrı Bey et sa femme avaient quitté l'immeuble donnant sur la place de la Gare. Cet affreux bâtiment aux grandes fenêtres avait été démoli et remplacé par un centre commercial. C'est là désormais que les jeunes se rassemblaient. Si jamais je venais à Öngören pour régler sur place cette histoire de terrain, il m'y conduirait et me montrerait l'endroit et, le soir, il m'inviterait à dîner chez lui. Il avait quitté le mouvement, mais il n'était pas en froid avec ses anciens camarades. Il achetait de temps à autre le journal *Patrie révolutionnaire* mais, étant donné les positions extrémistes qu'ils adoptaient, il ne le lisait plus aussi souvent qu'avant. « Au lieu de s'occuper de l'impérialisme américain, dit-il, ils feraient mieux d'écrire sur les injustices et les fraudes qui existent dans le secteur du BTP. »

Ces dernières paroles renfermaient-elles une menace ?

« Sırrı Bey, je vais parler à nos équipes, ils s'assureront qu'on vous traite en toute équité. Mais j'ai à mon tour quelque chose à vous demander. Parlez-moi de ces calomnies lancées contre mon père… »

Mon père n'était pas un cas isolé. À cette époque, la Turquie était un pays arriéré. Les militants marxistes même bien intentionnés avaient une mentalité très féodale, surtout ceux qui venaient des régions du sud-est. Ils n'aimaient pas la mixité hommes-femmes, la drague ouverte et les histoires d'amour au sein de l'organisation. Sachant que de telles choses provoquaient jalousies et disputes, les cadres du parti ne les toléraient pas. L'histoire d'amour de mon père au sein du groupe révolutionnaire avait déclenché un tollé.

« La fille était très belle, mais quelqu'un au sommet du parti Patrie révolutionnaire avait des vues sur elle », dit Sırrı Bey.

C'est la raison pour laquelle cette histoire avait pris une telle ampleur. Finalement, mon père avait quitté le groupe et en avait intégré un autre. Le dirigeant qui convoitait la fille s'était marié avec elle et quand il s'était fait abattre par les gendarmes, la fille, qui n'avait pu quitter le groupe, avait épousé le frère de son mari. Il n'osait qualifier l'histoire d'amour passionnelle entre elle et mon père de gâchis car ce dernier avait ensuite fait acte de sagesse : il s'était marié avec quelqu'un d'extérieur au mouvement, et puis j'étais né. Maintenant que mon père n'était plus, il ne fallait pas que je me laisse affecter par ces vieilles histoires.

« Le passé est révolu, Sırrı Bey, il n'y a pas de quoi se chagriner. Ce n'est rien d'autre que de vieilles histoires d'amour.

— En fait, vous les connaissez, Cem Bey.

— Qui cela ?

— Le frère que la fille a épousé en secondes noces, c'est Turgay Bey. La comédienne qui logeait chez moi, eh bien c'était elle l'amour de votre père.

— Comment ?

— Cette Gülcihan aux cheveux roux. Elle était châtain à l'époque. C'était elle la jeune amante de votre défunt père.

— Ah bon ? Et que sont-ils devenus maintenant ?

— Ils sont partis… Ils sont encore venus deux étés planter leur chapiteau pour jouer devant les soldats, ensuite ils ne m'ont pas rappelé. De mon côté, j'ai coupé les ponts avec le mouvement. Comme ceux qui changent de ville et de travail dès qu'ils ont des enfants… Son fils est comptable, il s'occupe aussi de mon activité. Comme certains des anciens d'Öngören, nous vivons toujours là-bas. Nous attendons votre visite. »

Jusqu'à ce que nous prenions mutuellement congé, je ne posai aucune autre question sur la Femme aux Cheveux roux. Pour éviter que mon cœur ne se brise, Sırrı Bey avait un peu arrangé et enjolivé l'histoire, il avait situé les événements sept ans plus tôt, avant que mes parents ne se rencontrent et ne se marient. Or, je devais avoir huit ou neuf ans quand mon père avait disparu deux années durant. Pendant cette absence, j'avais senti que ma mère éprouvait beaucoup moins de respect et plus de colère envers mon père. Nous savions pertinemment qu'il y avait une dimension politique à cette disparition mais on eût dit qu'elle comportait aussi un aspect caché. Cela, je le comprenais au fait que la colère de ma mère prenait pour cible non pas l'État mais les amis politiques de mon père, je le comprenais aussi aux chuchotements qui entouraient cette affaire.

Sırrı Bey et moi sortîmes ensemble de chez le pâtissier. Tout ce que je venais d'apprendre m'avait étourdi. Je déployai des efforts considérables pour éviter que l'ancien peintre d'enseignes ne remarquât à quel point j'étais bouleversé. J'errai longtemps dans les rues, tel un fantôme sans père et sans fils.

36

Ce soir-là, je racontai à Ayşe que mes démarches pour nos achats de terrain m'avaient amené à rencontrer quelqu'un qui m'avait relaté des tas d'histoires sur l'ancien Öngören. Le sentiment qui m'habitait tenait moins du remords ou de la culpabilité que de l'impression de m'être fait rouler comme un gamin. Qu'aurait dit mon père de tout cela ? Qu'aurait-il pensé s'il avait su que nous avions tous deux couché avec la même femme à sept ou huit ans d'intervalle ? J'essayai ne pas trop m'appesantir sur ce point. J'avais envie de me confier à ma femme. Mais je ne voulais pas lui montrer combien j'étais affecté par ce que j'avais découvert. La Femme aux Cheveux roux me faisait peur.

Je brûlais d'en savoir davantage mais je redoutais ce que je pourrais apprendre. Malgré tous mes efforts pour être quelqu'un de bien, j'étais envahi par un sombre et inépuisable sentiment de remords. Une sorte de terreur semblable à celle d'être accusé de quelque chose alors qu'on n'a rien fait, de ces peurs qui ne se manifestent qu'en rêve. Cette angoisse m'étreignait souvent.

Le carnet de commandes de Sohrâb s'emplissait rapidement, si bien que nous n'arrivions plus à tout gérer par nous-mêmes. Les opérations immobilières d'achat et de vente étaient désormais traitées par un service à la tête duquel nous avions placé le cousin paternel d'Ayşe. Nous aimions bien, comme Murat, tenir des propos du style : « Oh, nous avons acheté pas mal de terrains sur les hauteurs de Beykoz et, vous savez quoi, nous n'avons même pas encore eu le temps d'y aller. » Lorsque nous confiions à nos amis que nous n'avions aucune idée de ce à quoi ressemblait le secteur derrière Şile mais que Sohrâb y avait pourtant acheté quantité d'hectares, nous étions heureux et fiers comme des parents, car Sohrâb était notre fils. Il grandissait plus vite que beaucoup d'enfants, réussissait mieux que ses pairs et ses décisions pertinentes attiraient toute l'attention sur lui.

Parfois, je m'interrogeais naïvement sur le sens de ma vie et j'étais assailli par le découragement. Était-ce parce que nous n'avions pas d'enfant, personne à qui léguer tout cela après ma mort ? Plus j'étais démoralisé, plus je me réfugiais dans l'amitié d'Ayşe. Elle avait compris que mon attachement pour elle relevait d'un profond besoin d'être proche d'une femme forte et intelligente. Elle savait que jamais je ne la tromperais, que jamais je n'aurais de secret pour elle, de vie affective ou d'aventure à son insu. Certains jours, si nous avions passé plus d'une heure sans pouvoir nous voir dans les bureaux de Sohrâb, l'un de nous deux appelait l'autre sur son portable pour lui demander où il était. L'estime de soi et l'espèce d'autosatisfaction secrète que nous procurait cette intimité nous conduisirent à commettre une erreur qui causa un grand préjudice à Sohrâb.

C'était début 2013. Les autres grandes entreprises du bâtiment à forte croissance qui réalisaient de grands ensembles résidentiels et qui, comme nous, tiraient avantage des évolutions du Code de la construction et de l'habitation faisaient d'importantes campagnes publicitaires dans la presse et sur les chaînes de télévision pour promouvoir leurs produits. Cédant à la tentation, nous signâmes un contrat avec l'une des clinquantes agences de publicité spécialisées dans le domaine et nous nous conformâmes à leurs avis.

Dans ces publicités, les grands entrepreneurs apparaissaient souvent en personne pour attester la qualité de leurs logements et de la fiabilité de leur firme. Ce procédé remontait à l'apparition des premiers grands immeubles d'habitation : le constructeur, eh bien vous l'aviez devant vous ; ce monsieur aux cheveux blancs et en costume-cravate n'était clairement pas homme à vous tromper sur la marchandise, à rogner sur les matériaux pour construire des maisons risquant de s'écrouler au premier tremblement de terre.

D'après les agents publicitaires, l'image que nous donnions était celle de gens jeunes, instruits et modernes, une image qui contrastait avec celle que renvoyaient ces entrepreneurs « à la papa » ; une campagne commerciale dans laquelle nous apparaîtrions tous les deux permettrait aussitôt à Sohrâb de se démarquer de ses rivales à caractère provincial et de décoller. Même si notre premier mouvement fut de protester contre l'idée de nous montrer dans ces publicités, nous cédâmes finalement au charme qu'exerçait sur nous l'accolement de ces deux mots : « moderne » et « Sohrâb ».

Dès le tournage, nous pressentîmes que nous faisions fausse route. On nous demanda pour les besoins du clip de prendre des airs artificiels, des manières affectées pour imiter le mode de vie élégant et européanisé d'un couple riche – une vie qui n'était pas la nôtre. À leur diffusion télévisée, ces publicités qui se déclinaient également sous d'autres formats pour la presse et les panneaux d'affichage connurent d'emblée un grand succès et nous valurent dans le même temps de devenir la risée de notre entourage, comme nous l'avions présagé. Alors que les appartements relativement chers et encore inachevés des trois lots résidentiels que Sohrâb avait développés dans trois secteurs différents d'Istanbul (Kavacık, Kartal et Öngören) se vendaient comme des petits pains, nous commençâmes à essuyer les railleries de nos amis au sujet des tenues vestimentaires et du snobisme que nous arborions dans les publicités. Par des phrases comme « Était-ce bien sage de vous exposer autant ? », les mieux intentionnés essayèrent de nous mettre en garde. Sous l'Empire ottoman, en Russie, en Iran ou en Chine, les riches évitaient toujours de faire étalage de leur fortune, par peur de la rudesse de l'État.

C'est ainsi que nous restâmes enfermés chez nous, télévision éteinte, à attendre que ce cauchemar médiatique retombe. Avec le sentiment parfois que Sohrâb était non plus notre fils mais notre geôlier.

Pendant ce temps, nous commençâmes à recevoir des lettres, d'une ironie acerbe pour certaines. Nous n'en recevions pas plus d'une dizaine par semaine et j'en jetais la plupart dès que je les avais lues. Mais il y en a une que je conservai :

Cem Bey,
Je souhaite avoir du respect pour toi, tu es mon père.
Ce que fait Sohrâb à Öngören n'est pas bien.
En tant que fils, je tenais à t'en avertir.
Si tu m'écris à cette adresse, je t'expliquerai tout.
N'aie pas peur de ton fils.
Enver

Au bas de la lettre figurait une adresse mail. Je pensai qu'il devait s'agir d'un habitant d'Öngören cherchant à extorquer quelque chose à l'entreprise avec des menaces et des rumeurs, comme Sırrı Siyahoğlu. Le respect qu'il souhaitait me témoigner en écrivant « tu es mon père » m'avait plu. Mais je me demandais ce qu'il voulait dire par « Ce que fait Sohrâb n'est pas bien », et je consultai Necati Bey, notre avocat.

« Tout le monde sait que vous étiez apprenti auprès d'un maître puisatier il y a près de trente ans, quand Öngören n'était qu'une insignifiante bourgade militaire, m'expliqua-t-il. Mais après la dernière campagne publicitaire, ce qui n'était qu'une rumeur a pris un tour légendaire. Les habitants d'Öngören sont flattés de voir que le jeune homme qui travaillait autrefois parmi eux comme manœuvre au forage d'un puits est maintenant ce riche entrepreneur vantant son style de vie moderne avec sa femme à la télévision. Cependant, cette même fierté les mène à des attentes déraisonnables quant à la valeur de leurs terrains, si bien que, dès les premières négociations, leur affection vire à la haine. Cette haine tient en partie à l'image que vous donnez de vous à la télévision, celle d'un snob doublé d'un athée, mais elle est surtout attisée par leur conviction que, des années plus tôt, quelque chose de grave s'est passé entre vous et Maître Mahmut, adoré de tous. Parce qu'il a trouvé de l'eau à Öngören, Maître Mahmut fait quasiment figure de saint. C'est cette perception que vous devez vous atteler à changer. Si vous pouviez prendre un moment pour vous rendre sur place et expliquer aux gens d'Öngören comment vous avez passé tout un été voilà une trentaine d'années à chercher de l'eau au côté de Maître Mahmut, ils se rendraient compte que vous êtes des leurs et ils épargneraient à Sohrâb des peines inutiles. »

37

Cependant, j'hésitais encore à me rendre à Öngören. Peut-être à cause de toutes ces années passées à ruminer les histoires d'Œdipe et de Sohrâb. À force, mon cœur s'était empli de peur.

Cinq semaines plus tard, Necati Bey demanda à me parler en privé au bureau.

« Cem Bey, il y a quelqu'un qui prétend être votre fils.

— Qui est-ce ?

— Enver. Celui qui vous a envoyé une lettre.

— Cet homme existe réellement ?

— Apparemment. Il a vingt-six ans. Il affirme que vous avez couché avec sa mère à Öngören en 1986. »

Des nuages bas et plombés pesaient sur Istanbul. Nous étions dans mon bureau, au siège social de Sohrâb, qui occupait les trois derniers étages du grand centre d'affaires et de commerce au bout de l'avenue Valikonağı à Nişantaşı.

« Vous deviez avoir seize ans à l'époque, dit Necati Bey, voyant que je gardais le silence. Cela remonte à près de trente ans. Autrefois, un juge n'aurait même pas donné suite à une telle requête vu le délai écoulé. Jusqu'à récemment, les actions en reconnaissance de paternité ne pouvaient se faire que dans un laps de temps limité par la législation. Un an après la naissance de l'enfant… Et si cela n'avait pas été effectué dans ce délai, un an après les dix-huit ans révolus de l'enfant. Mais lui a eu dix-huit ans il y a huit ans.

— Et s'il avait raison ?

— D'après mes recherches, il apparaît que la mère était mariée à un comédien au moment où l'enfant a été conçu. Pour protéger l'institution de la famille, pour ne pas porter atteinte à l'autorité et à l'image du père, la loi turque prévoit que l'enfant d'une femme mariée est reconnu comme étant celui de son mari, et ce quels que soient les dires des uns ou des autres. Il est d'ailleurs impossible de faire autrement. Sous l'ancienne loi, une femme qui aurait osé déclarer : "J'ai couché avec un autre homme alors que j'étais mariée, c'est lui le père de mon enfant, pas mon mari" aurait été jetée en prison pour adultère, si tant est que le mari ou la famille de son mari ne lui aient pas déjà fait la peau.

— Ces lois ont changé ?

— C'est la science médicale qui a changé en premier, Cem Bey. Dans le passé, un juge zélé et consciencieux devait convoquer les présumés père et fils au tribunal, les mettre côte à côte, les observer pour trouver d'éventuelles ressemblances entre eux, il devait leur poser des questions : "Connaissez-vous la mère de cette personne ?", "Avez-vous des photos, des témoignages ?" Désormais, pour établir sans conteste possible un lien de filiation, il suffit de faire pratiquer une prise de sang et un test ADN. Ce qui était inacceptable autrefois ; recourir à un tel procédé revenait à saper les fondements de la société.

— En quoi le fait qu'un enfant reconnaisse que son père est un autre peut-il ébranler la société ?

— J'ai un ami avocat qui a une grande expérience des

procès en paternité et, croyez-moi, Cem Bey, j'ai été atterré par tout ce que j'ai appris. Il y a des hommes qui prennent du bon temps avec des filles indigentes et, s'il arrive qu'elles tombent enceintes, ils se servent de leur connaissance de la loi pour les faire lanterner pendant un an, avec des promesses de mariage qu'ils repoussent toujours au lendemain puis, comme avaient coutume de le faire les anciens pachas ottomans, ils obligent un de leurs subalternes à épouser la fille qu'ils ont eux-même engrossée... J'ai aussi entendu les cas de ces familles nombreuses au sein desquelles le neveu séduisait la jeune épouse de son oncle et la mettait enceinte, où un membre de la parentèle venu en visite au village mettait enceinte la femme du voisin, celle de son propre frère aîné ou même sa propre sœur... Et pour protéger la famille, éviter le scandale et le carnage, on balayait tout cela sous le tapis. Mais les gens n'oublient pas facilement ce genre de choses... Cem Bey, est-ce vrai que vous avez eu une relation avec la mère de ce garçon, Gülcihan Hanım, en 1986, alors que vous aviez seize ans ?

— Juste une fois. Mais il m'est difficile de croire que cela ait suffit à faire un enfant.

— L'avocat qu'ils ont trouvé est implacable, il ne lâchera rien. Il est jeune, c'est un bosseur, et comme il a passé son enfance à penser que son vrai père était quelqu'un d'autre, il n'accepte ce genre d'affaires que s'il a l'intime conviction que son client a raison.

— Peut-on jamais savoir avec certitude qui a raison ? dis-je. Gülcihan Hanım est-elle en vie ?

— Oui.

— Elle était rousse quand j'avais seize ans.

— Elle l'est encore, et encore très belle. Son mariage avec Turgay Bey n'était pas heureux mais elle est toujours pleine de vie et de passion pour le théâtre. Son mari est mort après leur séparation. Il est donc évident qu'elle ne fait pas cette assignation en justice pour humilier son mari mais plutôt pour assurer des subsides à son fils, qui vit dans des conditions difficiles. Elle doit aussi être au courant pour les tests ADN et pour l'abrogation de l'ancien délai de prescription.

— Et le garçon, qu'est-ce qu'il fait dans la vie ?

— Cet Enver qui prétend être votre fils a fait des études de comptabilité dans une université dont j'ai oublié le nom. Il vit seul. Il tient un petit cabinet d'expertise comptable à Öngören... Il fréquente les organisations nationalistes de jeunesse. Il hait les Kurdes et les gauchistes. Il en veut à son père et à la vie.

— Quand vous dites son père, vous parlez de Turgay Bey ?

— Oui.

— Necati Bey, que feriez-vous à ma place ?

— Vous savez mieux que moi ce qui s'est passé il y a trente ans, je peux donc difficilement me glisser dans votre peau, Cem Bey. Mais vu que vous avez souvenir d'avoir eu une liaison avec la dame en question, le mieux serait de vous soumettre à un test sanguin. J'en ferai la requête dès la première audience, inutile de perdre du temps. Je demanderai aussi au juge d'imposer le secret de l'instruction pour éviter que la presse ne s'empare de l'affaire et n'étrille Sohrâb et son patron.

— Il vaut mieux qu'Ayşe n'en sache rien pour l'instant, cela lui ferait beaucoup de peine. Et si vous essayiez d'abord de rencontrer Enver pour qu'on tente de régler le litige à l'amiable en dehors de tout procès ?

— Son avocat dit que son client ne souhaite pas vous rencontrer. »

Je fus surpris de constater combien ces mots m'avaient

blessé et combien j'étais curieux au fond d'en apprendre davantage sur « mon fils ».

Est-ce que nous nous ressemblions ? Avait-il la même démarche que moi ? Que ressentirais-je si nous nous rencontrions ? S'était-il vraiment acoquiné à des nationalistes fascisants ? Pourquoi s'était-il établi à Öngören ? Que pensait de tout cela la Femme aux Cheveux roux ?

38

Deux mois plus tard, je fis effectuer une prise de sang au centre hospitalier de la faculté de médecine de Çapa. Necati Bey, qui avait pris connaissance du rapport d'analyse destiné au tribunal avant même que le juge ne l'ait lu, m'appela pour me communiquer le résultat. Une semaine après, le juge ordonna qu'Enver soit officiellement enregistré à l'état civil comme mon fils. À chaque étape de ces procédures, de l'audience initiale aux tests médicaux, puis lors du verdict et dans les bureaux de l'état civil, j'espérais secrètement pouvoir croiser mon fils au détour d'un couloir. Quelle serait notre première réaction en nous voyant ?

D'après Necati Bey, le refus de mon fils de me voir était plutôt bon signe. Quel que soit leur âge, les fils qui se trouvaient dans de semblables situations étaient inévitablement en colère contre leur père. Le lien de filiation une fois modifié à l'état civil, mère et fils étaient en droit d'assigner le père en justice pour demander des compensations en réparation de longues années de pénurie. La bonne nouvelle, c'était que, pour l'heure, aucun des deux n'avait entamé une telle démarche. Peut-être n'était-il pas dans leurs intentions de nous obliger à leur verser de l'argent. Voyant que ces propos m'inclinaient à trop d'optimisme, l'avocat me mit toutefois en garde : tous les procès de reconnaissance en paternité étaient au bout du compte des procès économiques. On n'avait jamais vu dans l'histoire un fils venir au tribunal pour faire reconnaître que son vrai père était ce pauvre type sans le sou, et non cet homme riche et important. Necati Bey, qui s'occupait également des investissements de Sohrâb, réitéra sa conviction qu'il serait bon de mettre ce contexte à profit pour organiser sans tarder une réunion de présentation de la société à Öngören.

Je devais d'abord informer Ayşe de la situation. « Il faut que je te parle de quelque chose, lui dis-je un jour. C'est un sujet important, qui nécessite qu'on prenne le temps de s'asseoir et d'en parler tranquillement.

— De quoi s'agit-il ? » demanda-t-elle en redoutant déjà le pire. Je voyais clairement que cette fois, je ne pourrais dissimuler mon secret aux autres et à moi-même comme je l'avais fait des années durant avec Maître Mahmut abandonné au fond d'un puits.

« J'ai un fils », lançai-je enfin après deux verres de raki. Je racontai tout, sans rien cacher ni rien déguiser. Le soulagement immédiat que m'apporta cet aveu était à la hauteur du malaise qu'il provoqua chez Ayşe.

« Je suppose que tu as des responsabilités envers cet enfant, dit-elle après un long silence. Mais sache que cela me rend malheureuse. Tu souhaites le rencontrer ? »

Face à mon mutisme, ma femme enchaîna les questions : avais-je envie de revoir la Femme aux Cheveux roux, de nouer une amitié avec mon fils, attendais-je d'Ayşe qu'elle en fasse autant ? Est-ce pour cette raison que nous courions le monde depuis des années à la recherche des œuvres diversement inspirées d'*Œdipe roi* et de l'histoire de Rostam et Sohrâb ?

Ce soir-là, nous bûmes au point d'être complètement

ivres et nous en vînmes à parler d'un sujet crucial que nous ne pouvions éviter : comme nous n'avions pas d'autre enfant et qu'un testament n'avait aucune valeur juridique dans le droit turc, ce fils hériterait automatiquement de Sohrâb aux deux tiers à ma mort. Si Ayşe mourait avant moi (une probabilité sérieuse au regard de notre faible différence d'âge), cet enfant que nous n'avions jamais vu hériterait alors de la totalité de Sohrâb après ma mort.

« Cette nuit, j'ai rêvé que ton fils s'était fait assassiner », dit Ayşe le lendemain.

Après une autre soirée passée à discuter héritage, droit, avocat et donations à des fondations, elle alla plus loin dans sa pensée : « J'ai honte de le dire mais, parfois, j'ai envie de le tuer. Imagine si ce bâtard s'était appelé Sohrâb, le tableau aurait été complet.

— N'emploie pas ce vilain mot, dis-je à ma femme. Ce n'est pas sa faute à ce gamin. Et puis on sait qui est son vrai père maintenant. »

Sentant que je prenais parti pour l'enfant, ma femme fut piquée au vif et se retrancha dans le silence. Elle essaya quelque temps de me tirer les vers du nez pour savoir si j'avais rencontré mon fils à son insu. « De toute façon, il ne veut pas me voir, lui répondis-je pour la rassurer. Je crois que c'est quelqu'un d'un peu étrange.

— Te demandes-tu à quoi il ressemble, as-tu envie de le voir ?

— Non », mentis-je. Et je décidai que je ne pourrais pas dire la vérité à mon épouse sur ce point, car ce fils commençait à susciter en moi un intérêt et une sympathie irrépressibles.

Trois mois s'étaient écoulés quand, un jour, Murat me téléphona d'Athènes. Après m'avoir rappelé que je n'avais jamais regretté de l'avoir accompagné à Téhéran lorsqu'il me l'avait proposé des années plus tôt, il déclara qu'il m'attendait de pied ferme à l'hôtel Grande-Bretagne. Quand, deux jours plus tard, nous nous retrouvâmes à Athènes dans le luxueux lobby de cet hôtel où les Britanniques avaient installé leur quartier général durant la guerre civile qui avait éclaté après la Seconde Guerre mondiale, il m'annonça fébrilement que l'État grec était au bord de la faillite. Les prix de l'immobilier avaient chuté de moitié, la plupart des gens assis autour de nous étaient des hommes d'affaires étrangers – en majorité des Allemands – venus acheter des biens au rabais, et il se mit à sortir de belles photos couleur d'immeubles en vente dans le cœur de la capitale.

Je passai les deux jours suivants à visiter des biens avec Murat et son agent immobilier. Un après-midi, je pris un taxi pour emmener mon ami à Thèbes, à une heure d'Athènes. Là-bas aussi, nous vîmes des voies de chemin de fer abandonnées, d'anciens wagons envahis de plantes grimpantes et d'araignées, des usines et des hangars déserts. La ville où avait vécu le roi Œdipe était en haut d'une colline escarpée, exactement comme l'avaient représentée Ingres et Gustave Moreau. Autour d'un café, Murat confessa qu'il avait besoin d'argent et proposa de me vendre les terrains qu'il avait achetés à Öngören.

À Istanbul, mes avocats, qui réfléchissaient à tout, plus vite et plus en détail que moi, me confirmèrent que la transaction était possible, que le prix réclamé par Murat Bey était raisonnable et que ce serait une opération très rentable pour Sohrâb. Mais avant toute chose, il était désormais grand temps d'organiser la fameuse réunion dont nous avions déjà parlé pour rappeler aux habitants d'Öngören que j'avais séjourné là-bas à une époque, pour les rassurer sur les intentions de notre entreprise et leur prouver combien moi aussi je respectais et chérissais Maître Mahmut.

À l'insu d'Ayşe, je demandai à Necati Bey de se renseigner et de faire appel si besoin aux services d'un détective pour savoir comment Gülcihan Hanım et Enver Bey seraient susceptibles de réagir et de se comporter si nous organisions cette réunion à Öngören.

Deux semaines plus tard, Necati Bey m'apporta toutes les informations qu'il avait recueillies : la Femme aux Cheveux roux et son fils étaient très proches l'un de l'autre, ils avaient d'excellentes relations. Cependant, ils se voyaient moins depuis la procédure en reconnaissance de paternité. À la proposition d'entrevue de Necati Bey, la rousse Gülcihan avait d'abord opposé un refus, elle avait ensuite accepté à condition qu'il n'en parle à personne et, finalement, elle avait décidé de ne pas venir à cet entretien. Elle vivait dans le quartier de Bakırköy en périphérie d'Istanbul, dans l'appartement qu'elle avait hérité de son défunt mari Turgay Bey, et gagnait modestement sa vie en faisant du doublage de séries télévisées.

D'après Necati Bey, mon fils Enver ne devait pas assister à cette réunion d'information, d'une part parce qu'il était rebuté par notre campagne publicitaire et, d'autre part, parce qu'il ne voulait pas qu'on sache que j'étais son père. Enver n'était peut-être pas un comptable très éminent mais il avait gagné la confiance des commerçants d'Öngören qu'il aidait à tenir leurs registres, à payer leurs taxes et leurs impôts. Certains pensaient qu'il ne s'était toujours pas marié à cause de son trop grand attachement à sa mère tandis que d'autres mettaient cela sur le compte de son sale caractère. Il fréquentait une compagnie de jeunes gens qui partageaient la passion de sa mère pour le théâtre et il publiait des poèmes dans des revues littéraires de tendance conservatrice modérée comme *Le Croissant* ou *La Source* dont Necati Bey m'avait apporté des exemplaires. En lisant ces poèmes chez moi en cachette d'Ayşe, je me demandais ce que mon père aurait pensé d'un petit-fils écrivant des poèmes pour des magazines religieux.

Je chargeai le département marketing de Sohrâb d'organiser la réunion à Öngören. Je précisai à Ayşe que je ne participerais pas à l'événement. J'appréhendais de retourner à Öngören et je ne voulais pas blesser Ayşe qui répugnait de toute façon à la tenue d'une telle réunion.

J'avais prévu un voyage à Ankara pour le jour de la présentation. Mais vers midi ce samedi-là, alors que je passais dans les locaux de la société, je décidai soudain d'annuler mon déplacement. L'enthousiasme effervescent de l'équipe de Sohrâb qui devait se rendre à Öngören s'était révélé contagieux et je décidai de me joindre à eux. Je priai Necati Bey de ne rien en dire à Ayşe. J'expliquai ensuite à mes employés que je désirais faire ce voyage en train – comme j'en avais souvent rêvé depuis trente ans. Avant de quitter les bureaux, je me munis de mon revolver Kırıkkale et du permis de port d'arme que l'État fournissait sur demande aux prospecteurs miniers et aux magnats de la construction. Quelques jours auparavant, j'avais testé mon arme sur un terrain à bâtir appartenant à Sohrâb, en tirant sur des bouteilles que j'avais disposées sur des sacs de ciment. Je craignais bien sûr qu'il ne se produise un incident.

39

Le train pour Öngören roulait en sinuant le long des remparts et de la mer de Marmara, entre des bâtisses séculaires toutes de guingois, de récents hôtels en béton, des parcs, des restaurants, des bateaux, des véhicules et, au fil du trajet, j'avais de plus en plus la boule au ventre. Cet après-midi-là, Necati Bey m'avait une nouvelle fois répété qu'Enver Bey n'assisterait pas à la réunion, qu'il ne serait pas à Öngören ce jour-là mais, fébrile, je ne pouvais m'empêcher de penser qu'il pourrait quand même venir pour voir son père. En trente ans, ma peur de me confronter à mon crime contre Maître Mahmut s'était muée en l'émoi de rencontrer mon fils. Alors que le train ralentissait à l'approche d'Öngören, je ne pus distinguer notre plateau entre les immeubles en béton mais j'avais la claire sensation d'avoir un rendez-vous avec quelqu'un.

Dès que je sortis de la gare, je constatai que l'ancien Öngören n'était plus. L'immeuble dont je lorgnais les fenêtres pour savoir à quel étage habitait la Femme aux Cheveux roux avait été démoli, remplacé par un centre commercial animé, drainant sur la place une foule de jeunes, grands consommateurs de bière, d'*ayran* et de hamburgers. Banques, restaurants de kebab et sandwicheries avaient fleuri au pied des immeubles donnant sur la place. Empruntant le chemin que je suivais si souvent dans mes souvenirs, je pris automatiquement la direction du café Roumélie et marchai vers le trottoir où se trouvait la terrasse sur laquelle Maître Mahmut et moi nous installions jadis, mais je ne vis rien qui me rappelât toutes ces soirées passées là à boire du thé. L'ancienne population s'en était allée au gré des démolitions des vieilles bâtisses ; s'y était substituée une joyeuse foule de gens bruyants, avides d'amusements et de distractions qui déferlaient les samedis après-midi de leurs nouveaux immeubles d'habitation.

En passant dans la rue des Restaurants, je n'aperçus aucun militaire, ni aucun des gendarmes habituellement postés dans les parages pour les surveiller, alors même que c'était le week-end. La quincaillerie, l'échoppe du ferronnier et l'épicerie où Maître Mahmut achetait chaque soir ses cigarettes n'étaient pas à l'endroit où elles étaient censées se trouver, mais du fait que toutes les anciennes constructions de deux ou trois niveaux sises dans les jardins avaient été détruites et remplacées par des immeubles de cinq ou six étages tous sur le même modèle, je n'étais même pas certain de traquer mes souvenirs au bon endroit.

J'en vins rapidement à penser que j'avais beaucoup trop appréhendé ce retour à Öngören. L'ancienne bourgade s'était désormais transformée en un banal quartier neuf d'Istanbul, hérissé de hauts immeubles en béton comme partout. Je réussis tout de même à reconnaître quelques personnes d'autrefois. Je serrai la main à Ali, mon ami apprenti qui me gratifia d'un sourire amical. Je rendis visite à Sırrı Siyahoğlu, je bus un thé avec lui et sa femme, aussi grassouillets l'un que l'autre, avant d'être rejoint par Necati Bey et les autres directeurs de Sohrâb. On me fit entrer dans une pâtisserie dont le patron disait être un proche de Maître Mahmut et, sous la pression intimidante de la foule qui nous entourait, nous échangeâmes une poignée de main gênée. En gravissant la côte qui longeait le cimetière où Maître Mahmut était enterré, j'en étais arrivé à la conclusion que, à part ceux qui étaient impliqués dans les affaires immobilières locales, plus personne à Öngören ne savait qui j'étais et qu'il n'y avait pas grand-chose à redouter.

« Notre » plateau au sommet de la côte était lui aussi devenu méconnaissable. Ce terrain totalement vide il y a trente ans s'était transformé en une forêt de béton couverte d'immeubles de six ou sept étages, d'entrepôts, d'ateliers, de stations-service ainsi que de restaurants et de supermarchés. Ces hautes structures masquant désormais les lacets de la route que nous avions l'habitude d'emprunter en coupant à travers champs trente ans auparavant, je peinais à repérer l'endroit où nous avions foré le puits.

La diligente équipe marketing de Sohrâb me conduisit à travers un lacis de petites rues jusqu'à la salle des mariages qu'ils avaient louée pour la réunion d'information et le banquet qui suivrait. Par les grandes baies vitrées, j'essayai de déterminer à quel niveau du plateau nous nous trouvions, vers quel endroit regarder pour apercevoir la caserne militaire et les montagnes bleues dans le lointain. Notre puits devait être quelque part à un demi-kilomètre dans cette direction. Je n'avais qu'une envie, c'était de tout laisser en plan et de m'y rendre.

Comme la route asphaltée à quatre voies qui relierait à l'avenir le nouvel aéroport et le périphérique du pont du Bosphore au vieil Öngören arrivait par le secteur où était notre puits et non par le quartier de la gare, les prix du terrain et des appartements sur notre plateau avaient grimpé en flèche. Les personnes présentes à cette réunion d'information étaient pour la plupart non pas des habitants d'Öngören mais de nouveaux riches possédant une voiture et projetant d'acheter un appartement dans cette zone qui se développait rapidement. L'anxiété qui m'habitait m'empêchait de me rendre compte du grand intérêt qu'elles portaient aux diverses maquettes que leur montraient les dirigeants de Sohrâb, à la qualité du panorama qu'offraient les étages supérieurs, aux grandes dimensions des piscines et des aires de jeux. Nos employés avaient invité deux ou trois couples à venir témoigner, à dire combien ils étaient heureux dans l'appartement neuf qu'ils avaient acheté à Beykoz, Kartal ou d'autres secteurs. Leurs explications sur ce qu'on appelait « le style de vie Sohrâb » provoquèrent des remous dans les rangs du fond, occupés par un public qui semblait davantage en quête de divertissement que d'un terrain ou d'un logement à acheter. J'entendis fuser une ou deux questions railleuses. L'assistance dans le fond de la salle s'était peut-être concertée dans le but de me mettre dans l'embarras, voire de m'humilier et de saboter les ventes de Sohrâb.

Bien que ma présence n'ait pas été annoncée, les anciens d'Öngören m'attendaient. Je pris brièvement la parole. Je racontai que, trente ans auparavant, j'étais venu dans ce joli coin d'Istanbul pour y creuser un puits avec mon maître. J'évoquai avec respect le souvenir de Maître Mahmut. En trouvant de l'eau à cet endroit trente ans plus tôt, il avait permis à ces terrains d'être vivifiés, à l'industrie et à de nombreux habitants de s'implanter dans ces lieux. Les immeubles neufs dont les maquettes étaient exposées s'inscrivaient dans la continuité de l'élan de civilisation entamé depuis trente ans.

L'assistance était composée de cent, cent vingt personnes. Puisque les jeunes perturbateurs du fond ne faisaient rien pour dissimuler leur totale indifférence et leur envie de s'amuser, je jugeai qu'ils n'étaient pas dangereux. Je supposai qu'un individu réellement mal intentionné risquait davantage de surgir parmi ceux qui se tenaient silencieux au milieu de la foule.

Comme ceux de mes collaborateurs qui avaient pris la parole avant moi, je fus pressé de questions avant même d'avoir eu le temps de demander s'il y en avait. Ce fut le responsable marketing qui répondit à l'une d'elles, portant sur les conditions de paiement. Ensuite, alors qu'il se chargeait également de renseigner un couple qui demandait quel était le délai escompté entre le paiement d'un appartement et sa livraison, je sentis les battements de mon cœur se précipiter à la vue d'une femme d'un certain âge qui levait le doigt avec insistance au milieu de la salle.

Je ne sais pour quelle raison mais ma tête était à la traîne par rapport à mes yeux qui l'avaient depuis longtemps remarquée : avec cette chevelure, la dame assise là-bas était de toute évidence la Femme aux Cheveux roux. Nos regards se croisèrent. Et tandis qu'elle gardait la main levée dans le brouhaha qui s'élevait de la foule, elle arborait un sourire doux et amical. Je lui donnai la parole.

« Nous vous félicitons pour la réussite de Sohrâb, Cem Bey, dit-elle. Nous espérons que vous aurez aussi à cœur de construire une salle de théâtre dans un de ces bâtiments. »

Quelques-uns autour d'elle applaudirent poliment. Mais je ne vis personne suivre notre échange avec un intérêt particulier ni chercher des allusions ou des sous-entendus dans ses propos.

Après la séance des questions-réponses, tandis que la foule commençait à se disperser et à s'avancer vers les maquettes, nous nous approchâmes l'un de l'autre.

C'était la première fois que je la voyais depuis trente ans.

Le temps ne lui avait pas infligé ses outrages ; il avait accentué la belle et énigmatique expression de son visage, rendu plus net le tracé de son nez et de sa bouche, de ses lèvres rondes et pleines si caractéristiques. Elle semblait non pas lasse et hostile, mais tranquille et enjouée. Du moins est-ce ainsi qu'elle voulait paraître.

« Vous devez être surpris de me voir, Cem Bey. Nous montons une compagnie de théâtre ici, avec des jeunes dont certains sont des amis de mon fils. Je voulais vous les présenter. Votre présence n'était pas annoncée, mais j'étais certaine que vous viendriez aujourd'hui.

— Enver est-il là ?

— Non. »

Les jeunes qu'elle avait désignés s'étaient rassemblés dans un coin. Necati Bey m'entraîna discrètement avec la Femme aux Cheveux roux vers un endroit en retrait, à l'abri des regards, puis il nous invita à nous asseoir, commanda du thé et nous laissa seuls.

« Cem Bey, j'ai passé des années sans savoir avec certitude qui de vous ou de Turgay était le père de mon fils Enver. J'ai préféré ne pas trop m'y attarder, mais j'ai toujours eu un doute au fond de moi. Même si j'étais allée au tribunal, je n'aurais pas été en mesure de prouver quoi que ce soit, j'aurais juste créé des problèmes à tout le monde et attiré le déshonneur sur vous comme sur moi. Vous savez, j'en suis certaine, que telle n'est pas mon intention. »

J'écoutais la Femme aux Cheveux roux en buvant chacune de ses paroles et, dans le même temps, je gardais un œil sur les nombreuses personnes présentes dans la salle afin de m'assurer que nous n'étions pas l'objet de l'attention de quelque curieux. Tout ce qu'elle disait m'étonnait. J'étais ébahi qu'elle soit assise en face de moi, que ses mains graciles se meuvent avec rapidité, que sa tenue soit du même bleu nuit que la jupe longue qu'elle portait lorsqu'elle déambulait avec moi sur la place de la Gare trente ans plus tôt, que son visage et ses ongles soient si bien soignés…

« Je n'ai jamais rien laissé transparaître du doute qui me rongeait concernant l'identité de son vrai père, continua-t-elle. De toute façon, Turgay se comportait mal avec moi et mon fils, peut-être parce que j'avais été mariée avec son frère aîné. Il est mort quelque temps après notre séparation. Cela n'a pas été facile d'expliquer à Enver que son père biologique était probablement quelqu'un d'autre, quelqu'un de brillant et qui a réussi dans la vie, et de le convaincre ensuite d'intenter une action en justice. Il a fini par le faire, mais au prix de très nombreuses disputes. Notre fils Enver n'a pas encore fait ses preuves dans la vie, mais c'est un garçon fier, sensible et très créatif. Il écrit des poèmes.

— Necati Bey me l'a dit, certains ont été publiés, j'en ai trouvé dans des revues et je les ai lus. Ce sont de bons poèmes. Mais j'ai des réserves sur ses idées et sur les journaux dans lesquels il les fait paraître. Ils n'ont même pas publié de photos du jeune poète.

— Oh, je vous enverrai bien sûr une photographie de notre fils, dit la Femme aux Cheveux roux. Quant à ses idées politiques, je ne m'y fie pas. Aujourd'hui, il envoie ses poèmes à des revues religieuses. Demain, il composera des odes à l'armée et au drapeau… Il est obstiné et n'en fait qu'à sa tête, mais tout cela, ce ne sont que des bravades. Ce dont il a besoin, c'est d'une solide figure paternelle qui lui montre le chemin. » Plusieurs personnes se détachaient de la foule et avançaient vers nous. « Il faut qu'Enver connaisse et aime son père, dit-elle. Je lui ai demandé de venir aujourd'hui, mais il a refusé. C'est moi qui ai inculqué l'amour du théâtre aux jeunes gens venus à cette réunion. Nous nous retrouvons les dimanches, et nous allons voir des pièces à Istanbul. Certains sont des amis d'Enver. »

Tandis que la foule se rapprochait, la Femme aux Cheveux roux adopta l'attitude plus formelle d'une potentielle cliente s'informant en détail sur les biens proposés et continua à siroter son thé avec des gestes distingués. Je me levai et déambulai quelque temps au milieu de la foule avant de trouver Necati Bey. Je lui demandai d'inviter la Femme aux Cheveux roux et son groupe de jeunes amateurs de théâtre au dîner qui se tiendrait le soir même.

« Tout s'est bien passé, dit l'avocat d'un ton euphorique, comme soulagé d'un fardeau. Désormais, Sohrâb ne devrait plus avoir trop de problèmes à Öngören.

— On ne sait jamais, dis-je. Car ce n'est plus Öngören ici, c'est Istanbul. »

40

Faire suivre la réunion de présentation d'un dîner avec boissons alcoolisées dans la salle des mariages était une idée du service marketing. Le restaurant de l'Indépendance, toujours établi dans la rue des Restaurants, était chargé de l'organisation. En discutant avec le vieux patron de Samsun, je me rappelai comment je m'étais retrouvé un soir assis à la même table que la Femme aux Cheveux roux dans son établissement. Je décidai de garder mes distances avec elle et sa troupe de jeunes comédiens puis de rentrer à Istanbul séance tenante après le dîner. Tout ce que je désirais avant de rentrer, c'était voir le puits que Maître Mahmut et moi avions creusé. Necati Bey jugea ma requête facile à satisfaire, mais au lieu de s'organiser avec un ancien d'Öngören pour me servir de guide, mon ami apprenti Ali par exemple, il alla s'adresser à la Femme aux Cheveux roux, ce qui ne manqua pas de me contrarier.

« Serhat est le plus intelligent de mes jeunes acteurs, le plus mûr aussi, dit la Femme aux Cheveux roux en avançant dans ma direction. Il rêve de jouer Sophocle un jour à Öngören.

— Comment savez-vous où se trouve le puits ? demandai-je à Serhat Bey.

— Ce puits est devenu célèbre dès que l'eau en a jailli, répondit notre passionné de théâtre. Quand nous étions petits, Maître Mahmut aimait nous raconter des histoires de puisatier, de même que d'anciens contes.

— Vous rappelez-vous encore ces contes ?

— Je me souviens de la plupart d'entre eux.

— Venez vous asseoir près de moi, Serhat Bey, dis-je. Nous aurons peut-être à nous éclipser pendant le dîner pour faire un saut jusqu'au puits.

— Bien sûr... »

Il y avait un verre de raki devant moi, du fromage frais, des mezzés, et la Femme aux Cheveux roux assise à l'autre bout de la table, de même qu'une nuit il y a trente ans. Dans ce laps de temps, j'avais appris à aimer le raki comme mon père. Je remplissais le verre du jeune homme assis près de moi, je vidais rapidement le mien et évitais soigneusement de regarder vers la Femme aux Cheveux roux et sa troupe d'acteurs.

À un moment, je demandai à l'affable Serhat Bey également amateur de raki de quels contes il se souvenait le plus parmi ceux qu'il avait entendus dans son enfance de la bouche de Maître Mahmut.

« L'histoire dont j'ai gardé le souvenir le plus vif, c'est celle d'un guerrier du nom de Rostam qui tue son fils sans le reconnaître », répondit le sensible jeune homme.

D'où Maître Mahmut tenait-il ce récit ? Lui aussi s'était rendu sous le chapiteau jaune, il m'y avait même précédé, certes, mais cette scène composée comme un patchwork n'était pas des plus intelligibles. Ce devait être la Femme aux Cheveux roux qui la lui avait expliquée. Ou peut-être connaissait-il cette histoire depuis le berceau.

« Comment se fait-il que cette histoire de Rostam vous soit restée en mémoire ? Parce qu'elle vous faisait peur ?

— Maître Mahmut n'était pas mon père, rétorqua le judicieux Serhat Bey. Pourquoi aurais-je dû avoir peur ?

— Je l'avais pris pour mon père, un été, il y a trente ans... dis-je. Mon père nous avait quittés. Et en creusant le puits, j'ai trouvé en Maître Mahmut une autre figure paternelle. Et vous, quelle relation avez-vous avec votre père ?

— Distante », dit Serhat Bey en regardant devant lui.

Peut-être avait-il envie de retourner auprès de la Femme aux Cheveux roux et de ses camarades comédiens, peut-être m'étais-je montré intrusif envers ce taciturne jeune homme... L'alcool aidant, une gaieté communicative avait gagné les convives. La salle résonnait d'un bourdonnement incessant, comme dans une réunion bien arrosée de compatriotes d'une même région ou dans un bar bondé de supporters au sortir d'un match de foot. Quant à moi, je passai du vouvoiement au tutoiement.

« Comment as-tu connu Maître Mahmut ?

— Il rassemblait les enfants autour de lui et leur racontait des histoires. Un jour, j'étais allé chez lui comme ça, spontanément. J'ai eu très peur la première fois que j'ai vu son épaule estropiée...

— Tu me montrerais la maison de Maître Mahmut après le puits ?

— Bien sûr... Il a déménagé plusieurs fois, certains des lieux où il a habité ont été démolis. Lequel aimeriez-vous voir ?

— Les histoires de Maître Mahmut me faisaient peur, dis-je... Parce que les histoires finissent par se vérifier.

— Finissent par se vérifier ? C'est-à-dire ?

— C'est-à-dire que les choses racontées dans ces histoires ont fini par m'arriver dans la vraie vie. De plus, j'avais peur du puits de Maître Mahmut. J'étais tellement terrifié que, un jour, je me suis enfui en le laissant là. Tu connaissais cette histoire ?

— Oui, répondit-il en détournant les yeux.

— D'où la connais-tu ?

— C'est Enver, le fils de Gülcihan Hanım, qui me l'a racontée. Il travaille ici comme comptable. En fait, c'est *pour lui* que Maître Mahmut était comme un père. Ils étaient très proches. »

Il n'y avait aucun signe de malice ou de duplicité sur son visage. Il ne semblait au courant de rien. Je me tus. Je sentais mon esprit s'imprégner de la profondeur de la nuit qui sentait le raki et la fumée de cigarette.

Après un long silence, je demandai soudain : « Cet Enver Bey est-il là ce soir ?

— Pardon ? » Serhat me regarda avec étonnement comme si ma question était incompréhensible, voire déplacée. En réalité, je n'avais vu personne, ni à la réunion ni au banquet, que j'aurais aimé avoir pour fils.

« Enver n'est pas venu, dit le jeune homme. Vous a-t-il dit qu'il viendrait ? »

Je ne répondis pas, mais le jeune homme sentit le malaise qui m'habitait.

« Il ne viendra jamais, dit-il.

— Pourquoi ? »

Cette fois, ce fut Serhat qui ne répondit pas.

41

Je réfléchis un long moment aux raisons pour lesquelles mon fils ne viendrait pas. Probablement parce que son père ne lui plaisait pas. Cette idée m'indigna. Mais reconnaissant que ma colère risquait d'être injustifiée, je désirais le voir malgré tout, tout en sentant qu'il serait mieux de quitter au plus tôt Öngören, avant qu'il ne m'arrive des ennuis.

« Il se fait tard, Serhat Bey, allons-y, montre-moi ce fameux puits.

— Bien sûr.

— Inutile d'attirer l'attention. Sors en premier et attends-moi en bas de la côte. Je te retrouve là-bas dans cinq minutes. »

Il partit aussitôt sa dernière bouchée avalée. La Femme aux Cheveux roux m'observait depuis l'autre bout de la table. Je pris encore quelques gorgées de raki, mangeai un morceau de fromage puis sortis rejoindre Serhat en bas de la côte plongée dans l'obscurité.

Mon guide et moi marchâmes en silence au milieu des ombres, des ténèbres et des souvenirs. Je n'arrivais pas à déterminer à quel endroit de notre ancien plateau débouchait cette côte ni où était situé le puits. Au lieu d'en rejeter la faute sur les constructions en béton, les murs et les entrepôts qui avaient poussé entre-temps comme des champignons, je mettais cela sur le compte du raki qui m'embrumait l'esprit. Mais si mon esprit était si embrumé, c'était bien sûr à cause de mon fils qui refusait de me voir.

Nous longeâmes un mur sans couleur, nous passâmes devant un dépôt et une cour en béton dont les arbres étaient rosis par les éclairages au néon. Dans la sombre vitrine d'une échoppe de coiffeur-barbier fermée à cette heure, j'aperçus ma silhouette et celle de mon guide, et je remarquai que nous étions de la même taille.

« Depuis combien de temps connais-tu Enver Bey ? demandai-je à Serhat, le jeune théâtreux.

— Depuis aussi longtemps que je me souvienne. Je suis un ancien d'Öngören.

— Comment est-il ?

— Pourquoi le demandez-vous ?

— Je connaissais son père, Turgay Bey, répondis-je. Il était ici, il y a trente ans.

— Le problème d'Enver, c'est moins son père que son manque de père, dit l'intelligent Serhat. Enver est colérique, renfermé sur lui-même, c'est quelqu'un de particulier.

— Moi aussi j'ai souffert de l'absence d'un père mais je ne suis pas devenu colérique, ni replié sur moi-même, ni différent des autres, répondis-je avec la sagesse octroyée par le raki.

— Bien sûr que vous êtes différent, vous êtes riche, répondit du tac au tac le vif Serhat. C'est peut-être cela qui pose problème à Enver. »

Je gardai le silence. Que voulait dire exactement ce pédant Serhat par ces mots ? Qu'Enver souffrait de la pauvreté ? Ou qu'il désapprouvait les gens comme moi qui pensaient uniquement à gagner de l'argent, et que c'est pour cela qu'il n'était pas venu à la réunion ?

Taraudé par l'idée qu'il s'agissait plutôt de la seconde hypothèse, je remarquai bientôt que le terrain était redevenu plat et j'en déduisis que nous approchions peu à peu de l'endroit où nous avions foré notre puits. J'aperçus en bordure des trottoirs, sur les terrains vagues, ces mêmes ronces et herbes folles qui prospéraient déjà il y a trente ans. Je fus traversé par l'envie de croiser à nouveau la tortue au cou tout fripé de rides, de rester à la contempler et à méditer sur l'essence de la vie et du temps. « Regarde tout ce qui s'est passé en trente ans, dirait la tortue. Toute une absurde existence pour toi. L'espace d'un instant pour moi. »

La Femme aux Cheveux roux avait-elle raconté à notre fils, Enver, que son grand-père paternel était un idéaliste romantique qui avait fait de la prison pour ses convictions politiques ? J'étais mortifié d'imaginer que mon fils puisse se représenter son père comme un être plus superficiel et moralement moins élevé que son grand-père. Je sentais monter en moi de la colère contre ce Monsieur Serhat-Je-Sais-Tout qui me plongeait dans ces états d'âme, quand la route marqua un infléchissement qui m'était familier.

« Voilà, m'exclamai-je, c'était le dernier virage avant notre puits.

— Vraiment ? dit le vigilant Serhat. Quelle coïncidence. Maître Mahmut habitait juste ici à un moment.

— Où cela ? »

De sa main qui n'était plus qu'une forme noire aux contours flous dans la nuit, il me montra un entrepôt, une usine et un groupe de maisons qu'on distinguait à peine. Je reconnus le noyer sous lequel j'allais faire la sieste autrefois. En trente ans, il avait grandi mais était désormais enclos par les murs d'une usine. Juste dans la direction où je regardais, je vis s'allumer les lumières falotes d'une vieille maison.

« Maître Mahmut a longtemps vécu ici. Enver et sa mère, Gülcihan Hanım, avaient l'habitude de venir le voir pour les fêtes religieuses. C'est dans cette cour, chez Maître Mahmut, que j'ai connu Enver. »

Cela me fit tiquer d'entendre Serhat faire à nouveau mention d'Enver dans la discussion, mais j'avais tellement de mal à réaliser que le terrain vide et aride sur lequel j'étais venu voici trente ans se soit ainsi couvert de murs, de béton, et empli de tant d'habitants et d'animaux (à cet instant un chien au pelage brun vint nous renifler d'un air menaçant), qu'il me fallait déployer un grand effort de volonté pour digérer cet état de fait et considérer cette réalité comme parfaitement banale. Me serait-il donné de voir une pierre, une fenêtre susceptibles de ressusciter en moi un souvenir vieux de trente ans, ou de humer une odeur familière ?

« C'est dans cette maison que Maître Mahmut nous a raconté pour la première fois cette histoire tirée du saint Coran, celle d'un prince qui avait abandonné son père à la mort au fond d'un puits, dit l'insistant Serhat.

— Il n'y a pas de telle histoire dans le Coran ni même dans le *Shâhnâmeh*, répondis-je.

— Qu'en savez-vous ? Vous êtes croyant, vous lisez le Coran ? »

Je gardai le silence face à son comportement agressif, que j'attribuai à l'influence de mon fils Enver. J'avais le cœur brisé et jugeai qu'il était risqué de venir jusqu'ici.

« J'aimais beaucoup Maître Mahmut. Cet été-là, il a été comme un père pour moi.

— Je peux vous montrer la maison d'Enver si vous voulez, dit mon guide.

— C'est proche ? »

J'emboîtai le pas à Serhat qui bifurquait dans une rue adjacente : en passant devant ces immeubles où ne brillait aucune lumière aux portes d'entrée, devant des camions et minibus stationnés de manière désordonnée, une pharmacie et un centre médical d'urgence, un garage et des entrepôts à l'entrée desquels des gardiens patibulaires fumaient leur cigarette, j'étais sidéré qu'autant de choses puissent tenir, même bien tassées, sur notre plateau.

« Enver habite là, dit Serhat. Deuxième étage, les fenêtres de gauche. »

Mon cœur se mit à palpiter de façon erratique. Je sentais qu'il me serait impossible de brider mon désir de voir mon fils et de nouer une relation d'amitié avec lui.

« C'est allumé chez Enver Bey, dis-je avec la décontraction de l'ivresse. Si on allait toquer à sa porte ?

— Ce n'est pas parce que ses lumières sont allumées qu'il est forcément à son domicile, dit Serhat qui avait toujours réponse à tout. Enver a choisi la solitude dans la vie. Lorsqu'il sort faire un tour, le soir, il laisse les lampes allumées, à la fois pour faire croire qu'il y a quelqu'un, au cas où des voleurs ou des gens mal intentionnés chercheraient à s'introduire chez lui, et pour éviter à son retour que sa grande solitude ne lui saute au visage.

— De toute évidence, tu connais très bien ton ami. Enver ne serait donc pas surpris de te trouver devant lui.

— On ne sait jamais, avec lui. »

Devais-je en déduire que mon fils était intrépide et m'en féliciter ? Je marchai en direction de la porte. « Et pourquoi devrait-il être seul ? Alors qu'il a une mère qui l'adore, des amis proches tels que toi…

— Il n'est proche de personne…

— Parce qu'il a grandi sans père ?

— Peut-être, n'empêche que vous feriez mieux de réfléchir à deux fois avant de sonner à sa porte », dit le précautionneux ami de mon fils.

Mais, sans me soucier de lui, je passai en revue la liste des noms, tous écrits à la main avec des lettres de tailles différentes, qui s'affichaient sur l'interphone quand soudain, je me figeai, comme fasciné.

6 : ENVER YENİER
Comptable indépendant

Je pressai trois fois la sonnette.

« La porte d'Enver est toujours ouverte pour les visiteurs qui surgissent inopinément au milieu de la nuit, dit Serhat. S'il est à la maison, il ouvre. »

Mais la porte ne s'ouvrit pas. J'étais persuadé que mon fils était là, qu'il savait que je venais le voir mais qu'il s'obstinait à garder porte close. Je me sentis énervé contre lui et contre ce Serhat qui tenait un double langage.

« Pourquoi êtes-vous si désireux de voir Enver Bey ? » demanda l'intrusif et exaspérant Serhat. Il avait probablement eu vent de certaines rumeurs.

« Montre-moi ce puits, que je puisse rentrer chez moi sans tarder davantage », dis-je. Je projetais dans le même temps de revenir un jour à l'improviste et d'aller voir mon fils à l'insu de tous.

« Quand tu grandis sans père, tu ne comprends pas que le monde a un centre et des limites, tu crois que tu peux faire tout ce que tu veux, reprit Serhat. Mais au bout d'un moment, tu ne sais plus ce que tu veux, tu te mets à chercher un sens à ta vie, un point d'ancrage dans le monde, quelqu'un qui te dira non. »

Je ne répondais pas. Je sentais que nous approchions de notre puits et que j'arrivais au terme de la quête qui m'avait pris toute une vie.

42

« Voilà, votre puits est là, à l'intérieur, dit Serhat en scrutant mon visage, tandis que nous nous tenions devant le portail en fer rouillé d'une usine abandonnée.

« Après la mort de Hayri Bey, son fils a délocalisé tous les ateliers de blanchisserie, de teinturerie et de confection au Bangladesh, et la production ici s'est totalement arrêtée. Depuis cinq ans, ce site leur sert d'entrepôt mais leur projet, c'est évidemment de s'entendre avec des entrepreneurs comme vous pour tout raser et construire de hauts immeubles à la place.

— Si je suis venu ici, ce n'est pas pour prospecter de nouveaux chantiers, mais pour mes souvenirs », dis-je.

Pendant que Serhat se dirigeait vers le bureau du gardien, je posai les yeux sur le panneau en plexiglas AZİM TEKSTİL S.A. fixé sur les murs sans peinture, et sur tout ce qui accrochait mon attention, en essayant de me remémorer un passé vieux de trente ans. Le seul indice susceptible de me prouver que ce lieu était bien le terrain de Hayri Bey, c'était la perspective des murs de l'usine qui s'étiraient à l'infini et cette impression déjà éprouvée à seize ans que le ciel était tout proche de moi.

J'entendis les aboiements furieux d'un chien. Serhat revint.

« Je connais le gardien, mais il n'est pas là pour l'instant, dit-il. Il n'a pas encore détaché le chien, il ne devrait pas tarder.

— Il se fait tard.

— Il y avait un passage dans le mur par là-bas, je vais voir », déclara Serhat avant de lentement disparaître dans l'obscurité.

Il ne faisait pas totalement noir de l'autre côté du mur. La lumière au néon qui se reflétait sur les toits et les poteaux situés à l'arrière me rassurait quelque peu malgré les aboiements retentissants du chien, et je me disais que je repartirais dès que j'aurais jeté un coup d'œil sur le puits. Mais Serhat semblait s'être volatilisé. L'impatience me gagnait tandis que j'attendais mon jeune guide quand mon téléphone portable sonna dans ma poche. C'était Ayşe.

« Tu es à Öngören à ce qu'il paraît, dit-elle. C'est à Sohrâb qu'on me l'a dit.

— En effet.

— Tu t'es joué de moi, Cem, tu m'as blessée. Tu files un mauvais coton.

— Il n'y a rien à craindre. Tout s'est très bien passé.

— Il y a fort à craindre. Où es-tu maintenant ?

— Mon jeune guide et moi sommes arrivés au puits que j'avais creusé avec Maître Mahmut.

— Qui est-ce ?

— C'est un jeune homme d'Öngören. Un peu pédant mais très serviable.

— Qui te l'a recommandé ?

— La Femme aux Cheveux roux, dis-je et, un instant, je pus réfléchir en émergeant des vapeurs du raki.

— Tu es en sa compagnie en ce moment ? murmura Ayşe.

— De qui, de la Femme aux Cheveux roux ?

— Non, du jeune homme qu'elle t'a présenté.

— Non, il n'est pas à côté de moi. Il cherche un passage dans le mur. Il va m'introduire dans une usine déserte.

— Cem... repars immédiatement.

— Pourquoi ?

— Tiens-toi loin de ce garçon, et fais en sorte qu'il ne te suive pas.

— Pourquoi es-tu si effrayée ? demandai-je, mais la peur exprimée par sa voix commençait à me gagner.

— As-tu oublié toutes les histoires que nous avons lues ensemble toutes ces années ? dit Ayşe. Naturellement, tu es allé à Öngören pour voir ton fils. C'est pour cela que tu ne voulais pas que je vienne. Ce guide, qui te l'a présenté ? La Femme aux Cheveux roux ! Tu as compris maintenant qui c'était ?

— Qui ? Serhat ?

— C'est probablement ton fils, Enver ! Fuis immédiatement, Cem.

— Calme-toi. Les gens sont tranquilles ici. Ils ont très peu fait mention de Maître Mahmut.

— Écoute-moi bien, dit Ayşe. Que se passera-t-il s'ils envoient quelqu'un te poignarder pour des raisons politiques ou te tirer dessus sous pretexte d'une bagarre d'ivrognes ?

— Alors, je mourrai, dis-je en riant.

— Alors, Sohrâb reviendra en totalité à la Femme aux Cheveux roux et à son fils, dit Ayşe. Ces gens-là n'hésiteraient pas à tuer un homme pour cela.

— Tu veux dire que ce soir, quelqu'un pourrait me tuer pour mettre la main sur l'héritage ? Mais personne ne savait que je viendrais, même pas moi.

— Ce jeune homme est-il près de toi ?

— Non, je te l'ai dit.

— Je t'en supplie, cache-toi immédiatement dans un endroit où il ne pourra pas te trouver. »

Je lui obéis. J'allai m'abriter sur le seuil obscur d'une boutique de l'autre côté de la rue.

« Écoute-moi maintenant, dit Ayşe. Si ce que nous avons pensé à la lecture d'*Œdipe* ou de l'histoire de Rostam et Sohrâb est juste... Si ce jeune homme est ton fils, il te tuera ! Car c'est un individu occidentalisé et rebelle...

— S'il tentait quoi que ce soit, alors je ferais comme Rostam. En bon père oriental et autoritaire, je prendrais les devants et c'est moi qui tuerais ce gosse effronté, dis-je en riant.

— Tu ne pourrais jamais faire une chose pareille, dit Ayşe, prenant au sérieux les propos avinés de son mari. Reste où tu es. Je prends la voiture et j'arrive. »

Dans la nuit noire et lugubre d'Öngören, vieux livres, légendes, images anciennes et antiques civilisations luisaient d'un éclat si lointain que je ne compris pas l'affolement de mon épouse. Mais je restai néanmoins un long moment où j'étais. N'entendant toujours rien venir du côté de mon guide Serhat, je commençai à prendre peur. Se pouvait-il que Serhat soit réellement mon fils ? Le silence se prolongeait, je sentais monter la colère contre ce jeune homme qui m'avait oublié ici.

« Cem Bey, Cem Bey », m'appela-t-il enfin de l'autre côté du mur.

J'eus un moment de panique et ne soufflai mot. Le jeune homme continua à m'appeler.

Il réapparut peu après à l'autre bout du mur, à l'endroit précis où il avait disparu. Lentement, il commença à se rapprocher. Oui, il avait la même taille que moi et dans sa démarche, le balancement de ses bras et le mouvement de ses mains, je retrouvai quelque chose qui me rappelait mon père. Cela m'effraya.

« Cem Bey ! » lança-t-il encore deux fois en arrivant à hauteur de l'endroit où il m'avait laissé.

Je ne voyais pas ses traits et je brûlais d'envie de le regarder une nouvelle fois de près. Il y avait quelque chose d'onirique dans cette façon de me cacher et d'avoir peur de ce jeune homme surgi du fond des années sous l'identité d'un fils. M'en remettant finalement à l'arme qui était dans ma poche, je quittai mon repaire et m'avançai vers lui.

« Où étiez-vous ? dit-il. Suivez-moi si vous voulez entrer. »

Il tourna les talons et se mit à longer le mur. La rue s'était passablement assombrie. L'idée qu'il m'entraînait dans un coupe-gorge m'effleura l'esprit. Si seulement j'avais pu voir de près son visage. Je le suivis grâce au bruit de ses pas et m'enfonçai dans l'obscurité.

Arrivé à l'endroit où le mur était plus bas, Serhat s'éclipsa d'un bond comme un chat. Saisissant ensuite la main moite qu'il me tendait (cette main était-elle réellement celle de mon fils ? me demandai-je un instant), je passai à mon tour de l'autre côté. Il s'agissait bien de l'emplacement de notre plateau. Le chien de garde de l'usine déserte tirait sur sa chaîne en aboyant comme un fou.

Déterminé à l'abattre s'il rompait ses liens, je marchai entre les bâtiments de l'usine sans me préoccuper du molosse. Dès que l'eau avait jailli du puits, Hayri Bey et son fils – qui portait des chaussures de sport neuves la première fois que je l'avais rencontré – avaient apparemment construit des ateliers de blanchisserie-teinturerie encore plus grands qu'initialement prévu. D'autres bâtiments, plus rudimentaires, avaient également été érigés, avant que l'industrie textile ne soit délocalisée en Chine, au Bangladesh et en Extrême-Orient au cours des dix dernières années.

Nombre de ces structures, comme le bâtiment administratif au perron en marbre, étaient désormais à l'abandon ; elles servaient à entreposer de vieux matériaux devenus inutilisables, des caisses vides, des objets mangés par la rouille et couverts de poussière. Certaines tombaient en ruine.

Notre puits s'était retrouvé à l'intérieur du réfectoire que Hayri Bey avait toujours dit vouloir réaliser. Cette bâtisse aux vitres cassées n'avait même pas été recyclée en entrepôt. Je suivis mon guide dans la lueur diffuse émise par les néons d'un bâtiment situé de l'autre côté du mur. Après avoir circulé entre toiles d'araignées, ferrailles rouillées, tuyauteries et objets aux silhouettes spectrales, nous arrivâmes devant la bouche en béton de notre puits.

« En fait, cette serrure est cassée, dit mon guide en se penchant pour triturer le cadenas fixé à la trappe du puits.

— Tu connais bien ces lieux, dis-moi.

— Enver m'a souvent amené ici.

— Pourquoi ?

— Je ne sais pas, dit-il, bataillant toujours avec le cadenas. Et vous, pourquoi vouliez-vous venir ?

— Je n'ai jamais oublié le travail que Maître Mahmut et moi avons réalisé ici.

— Lui non plus, soyez-en certain. »

Était-ce une allusion au fait que j'avais laissé Maître Mahmut estropié ?

Quand mon jeune guide se remit debout afin de jouer plus fortement sur le cadenas, son visage apparut dans un rai de lumière. Je l'observai attentivement en me disant que cette personne pouvait être mon fils. Et j'avais en moi un amour prêt à éclore et à s'épancher.

Mais j'éprouvai de la déception. Peut-être que par sa physionomie, sa morphologie, ce jeune homme me ressemblait en effet, mais je n'aimais pas sa personnalité – son tempérament, comme auraient dit nos anciens. Ayşe se trompait, ce ne pouvait être mon fils.

Mon guide à l'esprit pénétrant sentit aussitôt que, pour quelque raison, je ne l'aimais pas. Un silence se fit. Lui aussi me regardait maintenant avec hostilité.

« Laisse-moi jeter un coup d'œil sur cette serrure », dis-je en m'agenouillant dans la pénombre pour essayer de forcer le cadenas.

43

Le fait de m'agenouiller pour venir à bout de cette serrure soulagea un instant ma conscience du poids croissant de la culpabilité. Pourquoi étais-je venu ici ? Le cadenas céda d'un seul coup.

Je me relevai et tendis au jeune homme le corps du cadenas qui s'était dissocié de son anneau. « Ouvre le couvercle pour voir », dis-je, tel un touriste allemand désignant à un paysan le puits de l'époque byzantine sis dans sa maison. J'étais à la fois désenchanté et affecté par le dédain de mon guide.

Il s'acharna sans succès sur la plaque en fer rouillé qui obstruait l'entrée du puits. Je le regardai se démener encore quelque temps puis, n'y tenant plus, je vins à sa rescousse. Dès que nous empoignâmes ensemble le couvercle du puits, ce dernier s'ouvrit avec un grincement de porte de prison millénaire.

À la faveur de la lumière falote émanant d'un lointain néon, je vis une grosse toile d'araignée et l'éclat fugace d'un lézard qui se carapatait. Une forte odeur de moisi me prit à la gorge et les mots « Voyage au centre de la Terre » remontèrent des profondeurs de ma mémoire.

Le fond du puits était si loin qu'on ne parvenait même

pas à le distinguer. Après quelques instants cependant, mes yeux s'accoutumèrent à l'obscurité et je pus voir la lumière se refléter dans une flaque d'eau ou un amas de boue. Mais à une distance proprement stupéfiante.

Serhat et moi regardions vers le fond de l'abîme, dans un silence sidéré. La profondeur de ce puits éveillait non seulement de la peur mais aussi de l'admiration pour la personne qui avait eu le courage de le creuser. L'image de Maître Mahmut qui me tançait depuis le tréfonds du puits trente ans auparavant s'anima devant mes yeux.

« Ça me donne le vertige, dit mon jeune guide. On pourrait tomber dedans. Le vide, ça attire.

— Je ne sais pas pourquoi, mais cela me fait penser à Dieu, dis-je tout bas, l'air de confier un secret au jeune homme, pour qui j'éprouvai une fugace sympathie. Maître Mahmut n'était pas homme à faire ses prières cinq fois par jour. Mais il y a trente ans, à mesure qu'il creusait le puits, j'avais le sentiment que nous avancions moins vers le monde souterrain que vers la voûte céleste, et que nous déboucherions sur les sphères divines et angéliques.

— Dieu est partout, dit l'arrogant Serhat. En haut comme en bas, au nord comme au sud. Partout.

— Oui, en effet.

— Pourquoi n'y croyez-vous pas dans ce cas ?

— En quoi ?

— En Dieu le Très-Haut, en Dieu qui a tout créé.

— Comment sais-tu que je ne crois pas en Dieu ?

— C'est évident, rien qu'à vous regarder... »

Nous nous considérâmes en silence. À la colère qui émanait de lui, je sentis que le jeune qui me faisait face pouvait effectivement être mon fils. Et je me félicitai qu'il possédât un caractère intraitable et une forte personnalité. Mais je craignais aussi ce qui pourrait se passer devant cette bouche de puits s'il lui prenait l'envie de diriger sa colère contre moi.

« Les Turcs riches et européanisés défendent la laïcité afin que personne n'interfère dans leur relation personnelle à Dieu, continua Serhat. Ils revendiquent la laïcité pour être quittes de tout lien avec Dieu, pour assouvir tous leurs vices la conscience tranquille, en mettant cela sur le compte de la modernité.

— C'est quoi ton problème avec les gens modernes ?

— Je n'ai aucun problème avec qui ou quoi que ce soit, dit-il en recouvrant son calme. Moi, je veux simplement être moi-même, sans avoir à me définir comme de droite, de gauche, religieux ou moderne, en fonction d'ennemis ou d'étiquettes antinomiques. Alors j'écris des poèmes et j'évite de me mêler aux gens. On a sonné à ma porte tout à l'heure, j'écrivais, je n'ai pas ouvert. »

Je ne saisis pas très bien ce qu'il racontait. Mais je me dis qu'un débat plus académique servirait de dérivatif à sa colère. « La modernité, est-ce quelque chose de mauvais d'après toi ? lui demandai-je avec une candeur puérile due à l'alcool.

— L'homme moderne s'égare dans la jungle des villes. Ce qui implique aussi qu'il se retrouve sans père. Sa quête du père aussi se révèle totalement vaine, en réalité. Car s'il se perçoit comme un individu au sens moderne, il ne pourra jamais trouver de père dans le tumulte de la ville. Et si jamais il s'en trouve un, il ne pourra plus se vivre comme un individu. Jean-Jacques Rousseau, l'inventeur français de la modernité, l'avait bien compris ; c'est pourquoi il a sciemment abandonné ses quatres enfants, afin de s'assurer qu'ils soient modernes. Rousseau n'a jamais tenu son rôle de père auprès d'eux. Il n'a jamais témoigné le moindre intérêt pour aucun d'eux ni cherché une seule fois à les voir. Et toi ? Est-ce pour que je sois moderne que tu m'as abandonné ? Si c'est le cas, c'est gagné.

— Comment ?

— Pourquoi n'as-tu pas répondu à ma lettre ? demanda-t-il en s'avançant vers moi.

— Quelle lettre ?

— Tu sais très bien de quoi je parle.

— Excuse-moi mais, à cause du raki, j'ai du mal à me rappeler certaines choses. Et si nous retournions au dîner ? Tu me rafraîchirais la mémoire en chemin.

— Je t'ai envoyé une lettre signée "ton fils". Pourquoi n'as-tu pas répondu ? J'avais pourtant laissé mon adresse mail en bas.

— Que dites-vous avoir signé ?

— Pas la peine de faire des manières et de me vouvoyer tout à coup, dit Serhat. Tu as sûrement compris qui je suis.

— Je ne suis pas certain d'avoir bien compris, Serhat Bey.

— Je ne m'appelle pas Serhat. Je suis ton fils, Enver. »

Nous nous tûmes un long moment. Le chien à l'entrée de l'usine s'était tu lui aussi, et un profond silence s'installa. Je me remémorai la lointaine époque où mon père nous avait abandonnés et la façon dont son visage s'effaçait parfois de ma mémoire. La sensation était un peu semblable à une coupure d'électricité dans une pièce, ou à une privation momentanée de la vue.

Tandis que j'examinais ses traits, Enver me dévisageait également, en essayant de lire dans mes pensées. Je sentais peu à peu croître en moi la désillusion. Nos retrouvailles ne ressembleraient en rien aux scènes larmoyantes des mélodrames turcs dans lesquels père et fils se tombaient dans les bras en s'écriant : « Papa ! », « Mon fils ! »

« Il semble bien que le plus grand comédien ici, c'est

toi, finis-je par dire. Pour quelle raison mon fils Enver chercherait-il à se faire passer pour Serhat ?

— Pour voir s'il aimera son père... s'il aura des affinités avec lui. La paternité signifie beaucoup pour moi.

— Qu'est-ce qu'un père pour toi ?

— Un père est quelqu'un de fort et d'aimant, qui protège jusqu'à la fin de sa vie les enfants qu'il a engendrés et veille sur eux. Un père, c'est l'origine et le centre de l'univers. Il suffit de savoir que tu as un père pour te sentir bien, même si tu ne le vois pas, car tu sais qu'il est toujours là, prêt à t'aimer et à te protéger. Je n'ai pas eu de père comme cela.

— Moi non plus, malheureusement, dis-je placidement. Mais si j'en avais eu un, il aurait exigé de moi que je lui obéisse, il aurait écrasé mon individualité avec sa force et sa tendresse. »

Comprenant que son père avait réfléchi à ces questions auparavant, Enver ouvrait de grands yeux. Il semblait m'écouter avec attention, et même avec respect, et je m'en réjouis.

« Aurais-je été heureux si j'avais obéi à mon père ? continuai-je en réfléchissant tout haut. Peut-être aurais-je été un bon fils, mais j'aurais eu du mal à devenir un individu digne de ce nom. »

Il coupa court à mes réflexions. « Les classes aisées et européanisées sont tellement obsédées par l'individualisme qu'elles en sont arrivés à se perdre elles-mêmes, alors pour ce qui est des individus... Les Turcs occidentalisés ont une trop haute opinion d'eux-mêmes pour croire en Dieu. Ils accordent une telle importance à leur individualité qu'ils font tout pour se démarquer des autres, c'est pour cela que la plupart d'entre eux ne croient pas en Dieu. Pour ne pas faire comme tout le monde. Mais cela, ils sont incapables de l'avouer. Or, la foi est précisément ce qui nous amène à reconnaître que nous sommes tous semblables. La religion est le refuge et la consolation des humbles et des doux.

— J'en conviens.

— Tu es en train de dire que toi aussi tu crois en Dieu. La tâche doit être rude pour un Turc riche et occidentalisé.

— Oui.

— Si tu crois vraiment en Dieu et si tu lis le Coran, pourquoi as-tu laissé Maître Mahmut dans ce puits sans fond ? Comment as-tu pu l'abandonner ? Les vrais croyants ont une conscience.

— Je me suis beaucoup interrogé. Mais j'étais un gamin à cette époque.

— Non. Tu étais déjà assez grand pour coucher avec des femmes et les mettre enceintes. »

Je fus désarçonné par l'acuité de sa réponse. « Tu sais toujours tout, toi, grommelai-je.

— Oui, Maître Mahmut m'a tout raconté, dit Enver avec hostilité. Tu as laissé le maître au fond du puits parce que tu étais gonflé d'orgueil, parce que tu pensais que tu valais plus que lui comme individu. Tes études, ton université, ton existence comptaient plus à tes yeux que la vie de ce pauvre homme.

— Mais tout le monde pense comme cela.

— Pas tout le monde, non.

— Tu as raison », dis-je en m'éloignant du bord du puits.

Un long silence se fit. Le chien se remit à aboyer.

« Tu as peur ? demanda mon fils.

— Peur de quoi ?

— De tomber dans le puits.

— Je ne sais pas, dis-je. Les gens doivent se demander où on est. Il est temps d'y retourner. Et une telle impertinence n'est pas ce que j'attendrais d'un fils...

— Comment devrais-je vous parler, mon petit papa ? rétorqua-t-il avec ironie. Si j'étais un fils obéissant, je ne pourrais pas être un individu européanisé. Et si j'étais un individu européanisé, je ne pourrais pas être un fils obéissant. Aidez-moi.

— Mon fils pourrait obéir à son père de son plein gré et rester malgré tout un individu entier et évolué, dis-je. C'est non seulement nos libertés mais aussi les forces de l'histoire et de la mémoire qui forgent notre personnalité. Ce puits correspond pour moi à une histoire réelle, à un souvenir réel. Merci à toi, Enver Bey, de m'avoir amené jusqu'ici. Mais cette conversation touche désormais à sa fin.

— Pourquoi veux-tu repartir ? Tu as peur ?

— Peur de quoi, enfin ?

— Pas de glisser par inadvertance. Tu as peur que je ne t'attrape et ne te jette au fond du puits », dit-il en plantant ses yeux dans les miens.

Je soutins son regard. « Pourquoi ferais-tu une chose pareille à ton père ? demandai-je quelques instants après.

— Pour venger Maître Mahmut... Parce que tu m'as abandonné. Parce que tu as abusé de ma mère qui était mariée. Parce que des années et des années plus tard, tu n'as même pas daigné répondre à la lettre que je t'ai envoyée. Pour être l'individu que tu souhaites que je sois. Et bien sûr, pour hériter de ta fortune... »

La liste des raisons qu'il venait d'égrener m'avait effrayé par sa longueur. J'avais envie de river son clou à celui qui disait être mon fils. « On te traînera devant les tribunaux et on te laissera croupir en prison, le mis-je en garde avec une bienveillante attention. Tu passeras ta vie derrière les barreaux à attendre les visites de ta mère. Par ailleurs, si le parricide ou la révolte contre l'État est un acte honorable en Europe, ce n'est pas le cas chez nous... La seule personne qui t'aime, c'est ta mère. De plus, les parricides sont dépossédés de leur héritage par l'État.

— Celui qui se livre à un tel acte ne pense pas aux conséquences, dit mon fils. Il t'est impossible d'être libre si tu réfléchis aux conséquences. La liberté, c'est l'oubli de l'histoire et de la morale. Tu n'as pas lu Nietzsche ? »

Je pris le parti de ne pas répondre.

« Par ailleurs, si je t'attrapais par le bras et te précipitais dans le puits… et si je disais que mon père est tombé par accident, personne ne serait en mesure de prouver le contraire.

— En effet.

— Parfois, j'ai une telle colère contre toi que j'ai envie de te crever les yeux, ajouta mon fils. Le côté insupportable chez un père, c'est qu'il a constamment les yeux sur toi.

— Le regard d'un père est une chose chérissable.

— Si c'est un vrai père. Un vrai père doit être juste. Toi, tu n'es même pas un vrai père. Et la première envie qui me vient, c'est de te crever les yeux.

— Pourquoi cela ?

— Je suis poète et mon travail consiste à jouer avec les mots. En même temps, je sais qu'une pensée authentique naîtra davantage d'une image que des mots. Il m'est parfois impossible de traduire en mots le fond de ma pensée, ce n'est qu'en essayant de la visualiser que je parviens à l'exprimer. Et le seul moyen de devenir un individu à ta convenance, ce serait de te crever les yeux. Tu sais pourquoi ? Parce que dès lors, je serai vraiment devenu moi-même ; je pourrais écrire ma propre histoire et forger ma propre légende. »

J'étais blessé de le voir déverser tant de pédante arrogance et d'hostilité à mon égard. J'aurais dû le serrer dans mes bras, l'embrasser comme l'eût fait un vrai père. Mais, cédant à la déception et au remords, je laissai échapper des mots qu'il eût mieux valu ne pas dire :

« Toi non plus tu n'es pas un vrai fils, dis-je. Tu es à la fois trop plein de ressentiment et trop soumis.

— Soumis en quoi, dis-le-moi ! »

Il eut un mouvement brutal qui m'effraya et je reculai d'un pas. Il avança sur moi.

C'est alors que je commis une autre erreur : je sortis le pistolet Kırıkkale de ma poche et, mi-sérieux, mi-plaisantant, je déverrouillai la sûreté de façon ostensible.

« Mon fils, reste où tu es. Ne m'oblige pas à m'en servir, le coup pourrait partir.

— Je ne t'en laisserai pas l'occasion », dit-il, et il bondit sur moi pour essayer de m'arracher le pistolet des mains.

Nous roulâmes dans la pénombre et nous engageâmes dans une lutte entre père et fils aux abords du puits, sur la terre humide qui sentait le moisi. Nous roulâmes l'un sur l'autre plusieurs fois. D'abord, ce fut lui qui prit le dessus, puis ce fut moi, ensuite de nouveau lui… Pour m'arracher l'arme, il me saisit la main et se mit à la frapper contre le béton du puits…

TROISIÈME PARTIE

LA FEMME AUX CHEVEUX ROUX

Un soir, il y a un peu plus de trente ans, dans la première moitié des années 1980, les membres de notre troupe de théâtre dînaient et buvaient avec un groupe d'activistes politiques de la petite ville de province où nous nous produisions quand, à l'autre bout de la table, parut une femme aux cheveux roux comme les miens. Tout le monde se mit à commenter la coïncidence qui réunissait deux rousses à une même table, se demandant quelles étaient les probabilités d'une telle rencontre, si cela portait bonheur, si c'était le signe de quelque chose, lorsque la femme à l'autre extrémité de la table lança soudain : « C'est ma couleur naturelle ! » Elle semblait tout autant s'en excuser que s'en prévaloir. « Regardez, j'ai le visage et les bras couverts de taches de rousseur. J'ai la peau blanche et les yeux verts. »

Tout le monde se tourna vers moi pour voir ce que je répondrais.

« Vous êtes rousse de naissance, et moi, je le suis de ma propre initiative », rétorquai-je aussitôt.

Je n'ai pas toujours un tel sens de la repartie mais c'était un sujet auquel j'avais beaucoup réfléchi. « Pour vous, c'est un don de Dieu ; ce qui relève de la destinée dans votre cas est chez moi un choix conscient et volontaire. »

Et j'évitai d'épiloguer, afin de ne pas être jugée imbue de ma personne par cette nombreuse tablée. J'entendais déjà fuser les rires et les railleries. Mais si j'étais restée coite, c'eût été admettre que oui, j'avais les cheveux teints, et mon silence serait passé pour une reddition. Ils se seraient fait de fausses idées sur mon caractère et m'auraient vue comme une imitatrice mue par de banales aspirations.

Pour celles d'entre nous qui sont devenues rousses après coup, opter pour une couleur de cheveux équivaut à choisir une personnalité. Une fois teinte en rousse, je me suis appliquée à rester fidèle à mon choix pour le reste de ma vie.

Au milieu de la vingtaine, je m'employais à revisiter la tradition du théâtre populaire de rue, je n'étais pas encore cette comédienne qui cherche son inspiration dans les fables et mythes antiques pour y puiser des histoires morales et édifiantes. J'étais une militante de gauche, rebelle et en colère, mais heureuse. Mon amoureux de l'époque – un beau militant, marié et âgé de dix ans de plus que moi – venait de me quitter après une relation secrète qui avait duré trois ans. C'était si romantique pourtant, nous connaissions un tel bonheur lorsque nous lisions ensemble des livres exaltants ! Je lui en voulais terriblement et, en même temps, je n'arrivais pas à lui en tenir totalement rigueur ; notre relation avait été découverte et tous nos camarades s'en étaient mêlés, arguant que cela provoquerait des jalousies, que l'histoire finirait mal et que tout le monde en pâtirait... Nous étions en 1980 et il y eut un nouveau coup d'État militaire. Certains se terrèrent ; d'autres s'enfuirent en Grèce par bateau puis passèrent de là en Allemagne où ils vécurent comme réfugiés politiques. Certains autres furent arrêtés et torturés. Akın, mon amant, retourna dans son foyer rejoindre sa femme, son fils et sa pharmacie. Turhan m'agaçait, parce qu'il avait des vues sur moi et dénigrait celui que j'aimais, mais il comprenait mon chagrin et me témoignait une grande gentillesse. C'est ainsi que, de fil en aiguille, nous décidâmes de nous marier, pensant que ce serait également une bonne chose pour notre groupe, la Patrie révolutionnaire.

Mais le fait que j'aie eu une autre relation amoureuse avant lui tourna à l'obsession chez mon mari. Il était convaincu que cela l'empêchait d'asseoir son autorité dans les rangs de l'organisation, bien qu'il lui fût difficile de m'accuser de « légèreté ». Il était très différent d'Akın, mon amant marié aussi prompt à aimer qu'à oublier. C'est pourquoi il commença à avoir du mal à faire comme si cette histoire n'avait pas existé. Il croyait percevoir des allusions et des insinuations perfides dans les plus banals propos. Peu de temps après, il accusa ses camarades de Patrie révolutionnaire d'inaction et se rendit à Malatya pour organiser la lutte armée. Mais quand ceux mêmes que mon mari essayait de mobiliser dénoncèrent la présence d'un agitateur aux autorités, les gendarmes le serrèrent dans une ravine. Comment il fut abattu, je ne le raconterai pas.

Ayant subi une deuxième perte majeure dans un court laps de temps, je prenais de plus en plus mes distances avec la politique. Parfois, j'envisageais même de retourner vivre chez mes parents (mon père était un ancien préfet à la retraite), mais je n'arrivais pas à m'y résoudre. Un retour au bercail m'obligerait à la fois à admettre la défaite et à renoncer au théâtre – sans compter les difficultés qui risquaient de m'attendre pour trouver une nouvelle compagnie qui veuille bien m'engager. J'en étais arrivée à un stade où je souhaitais faire du théâtre uniquement pour le théâtre, pas pour la politique.

Je restai donc au sein de l'organisation et, au bout de quelque temps, je me mariai avec le frère cadet de mon défunt mari, telles ces veuves de soldats de la cavalerie ottomane partis sur le front iranien pour ne jamais en revenir. À la seule différence qu'ici, c'est moi qui avais eu l'idée d'épouser Turgay et de le pousser à monter un théâtre populaire ambulant. Si bien que, de façon imprévue, notre mariage se révéla très heureux les premiers temps. Après avoir aimé et perdu deux hommes, la jeunesse et le caractère enfantin de Turgay m'apparaissaient comme une sorte de garantie de longévité pour cette union. Nous passions l'hiver dans de grandes villes comme Istanbul et Ankara, jouant dans les lieux mis à disposition par des organisations gauchistes, dans des salles de réunion qu'il était difficile de qualifier de scènes de théâtre, et l'été, nous nous rendions dans les endroits où nous conviaient nos amis, plantant notre chapiteau dans des bourgades de province, des villages de vacances, aux abords des garnisons militaires, des usines et sites de production installés récemment. Lorsque s'est produite cette rencontre fortuite entre deux femmes rousses à la même table, c'était la troisième année que nous menions cette vie-là. Quant à ma décision de me teindre en roux, elle datait seulement d'un an.

Je n'avais pas eu besoin de longues tergiversations pour me décider. Ce jour-là, j'étais entrée dans un salon de quartier à Bakırköy et j'avais simplement dit au coiffeur, un homme d'âge moyen : « J'aimerais changer de couleur, sans même avoir d'idée en tête.

— Vous êtes châtain clair, le blond vous irait bien.

— Teignez-les plutôt en roux, dis-je sous le coup d'une subite impulsion. Ce sera très bien.»

Il composa une teinte entre l'orangé et le rouge camion de pompier. C'était vraiment tapageur comme couleur mais personne dans mon entourage, à commencer par mon mari, n'émit la moindre objection. Peut-être pensaient-ils que c'était pour un futur spectacle. Je savais qu'ils mettaient aussi cette chevelure rousse sur le compte des histoires d'amour malheureuses qui m'avaient affectée coup sur coup. Ils me témoignaient à cette période la même indulgence que celle que l'on accorde aux excentriques à l'esprit dérangé.

Aux réactions de mon entourage, je comprenais peu à peu le sens de mon acte : authenticité et imitation... un sujet dont raffolent les Turcs. Après les fières protestations de l'autre femme rousse assise à notre table, je cessai d'aller chez le coiffeur pour faire mes colorations chimiques et les réalisai moi-même à la maison, avec du henné acheté en vrac au marché. Ce fut la conséquence de ma rencontre avec une vraie rousse.

Sur scène, je prêtais une attention particulière aux jeunes gens, lycéens, étudiants, soldats esseulés qui venaient dans notre théâtre, ouvrant grand mon cœur à leurs émotions et leurs aspirations. Ils étaient bien plus prompts que les hommes mûrs à percevoir les nuances des couleurs, à faire la distinction entre l'authentique et l'artificiel, entre des émotions sincères et des simagrées. Si je n'avais moi-même teint mes cheveux au henné, je n'aurais peut-être jamais attiré l'attention de Cem.

C'est parce qu'il m'a remarquée que je l'ai remarqué moi aussi. Il ressemblait tellement à son père que j'aimais beaucoup le regarder. Ensuite, je me suis rendu compte qu'il s'était épris de moi, et qu'il lorgnait les fenêtres de l'immeuble où nous habitions. Il était très timide, c'est sans doute ce qui m'a touchée chez lui. Les fanfarons me font peur. Et il y en a beaucoup par chez nous. L'effronterie étant contagieuse, j'ai parfois l'impression d'étouffer dans ce pays. La plupart voudraient que vous soyez aussi dépravée qu'eux. Cem était poli et timide. Qui il était, je l'ai compris quand nous marchions sur la place de la Gare, le soir où il était venu voir le spectacle sous le chapiteau.

J'étais surprise, mais on eût dit qu'une part de moi le savait déjà. Le théâtre m'a appris à ne pas balayer d'un revers de main des choses qui peuvent apparaître comme de simples coïncidences, et à comprendre que ces choses ont un sens dans la vie. Ce n'était certainement pas une coïncidence que mon fils et son père aient tous deux le même rêve de devenir écrivain, que je croise le père de mon fils trente ans plus tard ici à Öngören, ou que mon fils souffre de l'absence d'un père comme son père en avait lui-même souffert. Et cela ne devait rien au hasard non plus si, après avoir passé des années à incarner des femmes éplorées sur des scènes de théâtre, la vie avait fait de moi une écorchée vive ayant maintes raisons de pleurer.

Après le coup d'État militaire de 1980, notre théâtre populaire infléchit sa position pour s'éviter des problèmes. Nous diluâmes quelque peu notre engagement. Afin d'attirer un plus large public sous notre chapiteau, je m'inspirais du *Mesnevi* de Rûmî, d'anciens récits soufis, d'histoires comme *Khosrow et Shirin* ou *Kerem et Aslı*, à qui j'empruntais parfois des scènes et des dialogues amoureux pour construire mes monologues. Mais celui qui eut sans conteste le plus de succès, ce fut le monologue de la femme aux yeux baignés de larmes que, sur les conseils d'un vieil ami scénariste qui écrivait des mélodrames pour Yeşilçam, j'avais adapté de l'histoire de Rostam et Sohrâb.

Dès que Tahminè, la mère de Sohrâb, paraissait sur scène et poussait son cri déchirant en voyant ce que son mari avait fait à son fils, tous ceux qui bavaient d'envie devant mes longues jambes et ma mini-jupe, alors que je me lançais dans une danse du ventre après les saynètes tournant en dérision de célèbres publicités télévisées, tous ces hommes qui s'excitaient et me lançaient des paroles scabreuses (« Enlève ça, enlève tout ! » criaient les plus dévergondés), qui tombaient raides dingues ou se perdaient dans leurs fantasmes sexuels, tous sombraient soudain dans un profond et impressionnant silence.

Je me mettais à pleurer, en sourdine d'abord puis de toutes mes forces. Je sentais ce faisant le pouvoir que j'exerçais sur l'assemblée et je me félicitais d'avoir consacré mon entière existence au théâtre. Debout dans ma longue robe-fourreau rouge agrémentée d'accessoires pour historiciser le costume – une épaisse ceinture militaire ceinte sur les reins, d'antiques bracelets autour des poignets –, tandis que je pleurais telle une mère de douleur devant ces hommes assis sur leur siège, je sentais leur âme frissonner, leurs yeux s'emplir de larmes et leur être accablé par la culpabilité. La plupart des jeunes provinciaux en colère s'identifiaient davantage à Sohrâb qu'à Rostam, son autoritaire et puissant père. Je le comprenais à la façon dont ils se ralliaient à lui dès le début du combat, et j'en déduisais que c'est sur leur propre mort qu'ils pleuraient. Mais pour qu'ils s'autorisent à laisser couler leurs larmes, il fallait d'abord que, sur scène, leur mère aux cheveux roux épanche les grands flots d'un chagrin inextinguible.

Cependant, même en proie à des émotions si torturantes, mes admirateurs ne pouvaient s'empêcher de laisser leurs yeux vagabonder sur mes lèvres, mon cou, mes seins, mes jambes et bien sûr mes cheveux roux, et je constatais à quel point la souffrance psychique et le désir sexuel étaient imbriqués, comme dans les récits antiques. Je connus des moments merveilleux où je parvenais, par chacun de mes regards, de mes gestes – une inclinaison de la tête, un déplacement de ma longue silhouette –, à toucher les spectateurs dans leur intelligence, leurs affects et leur jeune sensualité, mais ces instants de grâce étaient rares. Parfois, l'un d'eux se mettait à pleurer tout haut, provoquant les larmes autour de lui. Un autre se mettait à applaudir au milieu de la pièce et couvrait mes paroles, des bagarres éclataient entre eux. Plusieurs fois il m'arriva de voir les spectateurs du chapiteau pris d'une sorte de folie collective : ceux qui pleuraient tout haut et ceux qui pleuraient tout bas, ceux qui applaudissaient et ceux qui huaient, ceux qui vociféraient en se dressant sur leurs ergots et ceux qui suivaient gentiment le spectacle assis sur leur siège… tous s'apostrophaient et se rentraient dedans. J'aimais généralement l'énergie et l'exaltation de la scène, j'avais besoin du contact avec le public, mais la violence de la foule m'effrayait parfois.

Au bout de quelque temps, je cherchai quelque chose qui fasse l'équilibre avec la scène de la femme éplorée et je décidai d'adapter l'épisode où Abraham s'apprête à sacrifier son fils pour prouver sa soumission à Dieu. Je figurais d'abord une femme qui pleurait en arrière-plan puis l'ange qui intercède auprès d'Abraham en tenant un mouton (factice) dans les bras. Mais dans cette histoire, il n'y avait pas de place pour une femme. Ma présence n'avait aucun impact. Plus tard, pour les besoins de mon monologue, je retravaillai le dialogue entre Œdipe et sa mère, Jocaste. L'histoire d'un fils tuant son père par accident ne suscitait guère d'émoi mais, intellectuellement, elle était tout de même accueillie avec intérêt. J'aurais dû en rester là. Et ne pas m'aventurer à raconter que le fils couchait avec sa mère aux cheveux roux. Aujourd'hui, je peux dire que ce choix se révéla funeste. Turgay m'avait mise en garde. Mais je ne l'écoutai pas, pas plus que le garçon qui nous servait le thé pendant les répétitions et qui s'exclamait : « Mais qu'est-ce que c'est que ça ? » ou Yusuf, notre directeur, qui exprimait son scepticisme en disant « Pas sûr qu'elle me plaise, celle-là ».

En 1986, dans la petite ville de Güdül où j'interprétais une Jocaste aux cheveux roux et expliquais en pleurant à chaudes larmes que j'avais sans le savoir couché avec mon fils, nous reçûmes des menaces dès le premier soir. Le lendemain, notre chapiteau fut incendié au milieu de la nuit et nous eûmes le plus grand mal à le sauver des flammes. Un mois plus tard, à Samsun, au lendemain de la représentation où j'avais déclamé ce même monologue, notre chapiteau fut bombardé de cailloux par les gamins des bidonvilles qui s'étirent le long de la côte et à proximité desquels nous nous étions installés. À Erzurum, nous étions tellement harcelés et menacés par les jeunes nationalistes fanatiques nous reprochant de jouer « une pièce grecque » que je dus me cloîtrer dans un hôtel, et notre théâtre fut placé sous la protection d'honnêtes et vaillants policiers. Nous en venions à penser que la province n'était sans doute pas prête pour notre art trop explicite, mais même à Ankara, lorsque nous jouâmes dans l'Association des patriotes progressistes dont les petits locaux sentaient le café et le raki, notre pièce fut suspendue après deux représentations pour « offense au sens de la décence et outrage public à la pudeur ». Dans un pays où les insultes les plus proférées par les hommes entre eux commencent toutes par « ta mère… », la décision du procureur ne me parut pas injustifiée.

C'étaient des sujets dont nous discutions beaucoup avec Akın, le futur grand-père de mon fils, lorsque j'avais la vingtaine et que nous étions amoureux. Il se rappelait toujours avec un peu d'effarement les insultes que les garçons apprenaient à l'école, au lycée, à l'armée, des mots que je n'avais jamais entendus jusque-là, il me les répétait avec un sourire gêné en les qualifiant tout de suite après de « dégoûtants », puis il se lançait dans une tirade sur l'oppression des femmes qu'il concluait toujours en assurant que ces obscénités n'auraient plus droit de cité quand serait établi le pouvoir du prolétariat. Je devais seulement garder patience et rester derrière les hommes pour les soutenir pendant qu'ils préparaient la révolution. Ne comptez pas sur moi cependant pour m'engager ici dans un débat sur le sexisme au sein des mouvements de la gauche turque, ce n'est ni le lieu ni l'heure. Mes monologues finaux se devaient d'être empreints non seulement de fureur mais aussi de grâce poétique. J'espère que le livre de mon fils reflétera également cette dimension, et que les lecteurs éprouveront les mêmes émotions que les spectateurs qui me voyaient sur scène. C'est moi qui ai donné à Enver l'idée d'écrire un livre sur ce qui nous est arrivé, en commençant par son père et son grand-père.

Lorsque Enver fut en âge d'aller à l'école, je pensai l'instruire moi-même à domicile plutôt que de l'envoyer dans un endroit où il risquait de perdre sa bonté naturelle et son humanité pour s'imprégner de tous les côtés hideux inculqués aux garçons. Mais Turgay ne prit pas ces « élucubrations » au sérieux. Alors que notre fils était inscrit en primaire à Bakırköy, Turgay et moi avions tous deux arrêté le théâtre et commencé à travailler comme acteurs de doublage pour les adapatations en turc de séries télévisées étrangères, en plein essor. Si nous continuions à retourner à Öngören dans ces années-là, c'était pour Sırrı Siyahoğlu. Notre engagement gauchiste et marxiste avait perdu de son ardeur, mais nous restions encore en contact avec nos anciens amis. C'est Sırrı Siyahoğlu qui contribua après toutes ces années à nos retrouvailles avec Maître Mahmut.

Notre petit Enver adorait les histoires de Maître Mahmut. Nous allions le voir dans sa maison dont l'arrière-cour était agrémentée d'un très joli puits. Maître Mahmut avait gagné beaucoup d'argent en creusant des puits pour les projets de construction qui s'étaient succédé en cascade après qu'il eut trouvé de l'eau dans le premier puits, et comme la valeur des terrains qu'il avait achetés dès la première heure était montée en flèche, il menait une vie confortable. Les habitants d'Öngören l'avaient incité à se marier avec une jolie veuve – une femme qui vivait seule avec son enfant depuis le départ sans retour de son mari en Allemagne. Maître Mahmut avait adopté cet enfant comme le sien et fut un très bon père pour lui. Enver et ce garçon – il s'appelait Salih – devinrent bons amis. J'ai essayé, sans succès, de faire aimer le théâtre à Salih. Mais ma compagnie de théâtre recrutait essentiellement parmi les amis d'Enver et les adolescents d'Öngören. J'ai commencé à y passer plus de temps grâce à Enver. L'amour du théâtre est une passion contagieuse. La plupart de ces jeunes personnes se rendaient fréquemment chez Maître Mahmut. Il avait mis un verrou sur le couvercle en fer qui obstruait le puits pour éviter que les enfants qui jouaient dans son jardin embaumant le chèvrefeuille ne tombent dedans. Ce qui ne m'empêchait pas de sortir sur le balcon du premier étage pour les surveiller et les avertir régulièrement : « N'approchez pas du puits ! » Car les choses que vous entendez dans les contes populaires et les anciens mythes finissent toujours par arriver. Et plus vous lisez, plus vous accordez de crédit à ces légendes, et plus vous êtes susceptibles de le vérifier. C'est d'ailleurs la prescience que l'histoire qu'on écoute va nous arriver qui nous pousse à la qualifier de légende.

Mon rôle fut crucial pour sortir Maître Mahmut du puits. La veille au soir, après avoir bu un verre de raki et fait l'amour avec ce séduisant lycéen – maladroit amant d'une nuit qui me laisserait enceinte (une éventualité qu'aucun de nous n'était à même d'imaginer), il m'avait *tout raconté* (selon ses termes) : son maître lui mettait trop la pression, il en avait assez, il voulait rentrer à la maison et retrouver sa mère, il ne croyait pas que l'eau sortirait de ce puits, désormais il s'en fichait complètement et, s'il restait à Öngören, c'était uniquement pour moi.

Le lendemain, lorsque je l'aperçus vers midi qui traversait la place et courait vers la gare sa petite valise à la main, je restai perplexe. Les hommes qui tombaient (éphémèrement) amoureux de moi après m'avoir vue sur scène se contentaient rarement d'en rester là, ils devenaient aussi extrêmement jaloux.

Je fus triste à l'idée que je ne reverrais probablement plus jamais Cem. Il m'avait très peu parlé de son père. Peut-être avait-il deviné quelque chose dès le début. Nous devions partir nous aussi par le train suivant mais je n'arrivais pas à comprendre pourquoi Cem avait quitté Öngören en se sauvant comme un voleur. La gare grouillait d'une foule de familles et d'enfants, de villageois chargés de sacs et de paniers pour se rendre au marché. L'avant-veille, Turgay avait rallié Ali, l'apprenti puisatier, pour convaincre Maître Mahmut de venir jusqu'à notre chapiteau et il avait regardé le spectacle dans un silence respectueux. Les gens de notre compagnie avaient appris qu'Ali ne travaillait plus comme apprenti à ses côtés, que le propriétaire du terrain ayant ordonné le forage du puits avait coupé tous les financements. Saisis par l'inquiétude, nous envoyâmes Turgay sur le haut plateau pour voir ce qui se tramait et, pendant ce temps, le train arriva et repartit sans nous. Ensuite, tel un chœur antique, tout le reste du groupe gravit la colline et se pencha comme un seul homme au-dessus du puits. Nous y fîmes descendre Ali qui en ressortit un Maître Mahmut à moitié évanoui.

Ils le transportèrent à l'hôpital mais, comme nous l'apprîmes ultérieurement, Maître Mahmut repartit creuser son puits avant que sa clavicule fracturée n'ait eut le temps de se ressouder correctement. Avait-il pris un autre apprenti, qui l'avait aidé dans sa tâche... Nous n'eûmes pas vent de ces détails, car notre troupe de théâtre avait quitté Öngören. À vrai dire, je préférais oublier cet endroit où une nuit, emportée par la griserie du théâtre, j'avais couché avec un lycéen dont le père avait été un temps mon grand amour avant que cet amour ne se réduise en cendres. Je n'avais pas encore trente-cinq ans, mais j'en savais déjà beaucoup sur l'orgueil et la faiblesse des hommes, sur le farouche individualisme qui coulait dans leurs veines. Je savais que pères et fils étaient capables de s'entretuer. Que ce soient les pères qui tuent leur fils ou les fils qui tuent leur père, les hommes étaient marqués du sceau de l'héroïsme tandis qu'à moi, il ne restait que les larmes. Peut-être devais-je oublier tout ce que je savais et partir ailleurs.

J'étais moi-même très loin de soupçonner que Cem puisse être le père d'Enver, alors Turgay, vous pensez... Cette éventualité m'avait une ou deux fois effleuré l'esprit lorsque j'essayais de calculer la date probable de sa conception, mais je ne m'y étais pas arrêtée. À mesure qu'Enver grandissait cependant, il devenait évident que ses yeux, ses sourcils et surtout son nez ne ressemblaient en rien à ceux de Turgay, et je commençai de nouveau à penser que mon lycéen d'amant était effectivement le père de mon fils. Turgay se posait-il aussi la question ?

La relation entre Enver et Turgay était exécrable. On eût

dit que la vue de notre fils lui rappelait que j'étais initialement la femme de son frère Turhan et, comme ce dernier, il pensait qu'en vivant une histoire d'amour avec un homme marié auparavant j'avais été infidèle à son frère aîné. Il ne m'en disait rien mais je le sentais. Et même s'il ne l'admettait pas ouvertement, mes cheveux roux aussi lui tapaient sur les nerfs – car ils lui rappelaient mon passé.

Je donnai à lire à Turgay des pièces de théâtre et des romans traduits du français et de l'anglais pour lui montrer que, en Occident, les femmes rousses étaient vues comme des mégères intraitables, mais il n'en fit aucun cas. Dans une revue féminine, je lus un article intitulé : « Les types de femmes selon les hommes », emprunté tel quel à un journal européen. « Mystérieuse et rebelle », indiquait la légende sous la photo d'une belle rousse. Ses lèvres, son expression… elle me ressemblait. Je découpai soigneusement cette image et l'affichai sur le mur mais mon mari n'y prêta aucune attention. Il avait une vision des choses beaucoup plus étriquée que les postures gauchistes et internationalistes qu'il revendiquait. D'après lui, dans notre pays, femme aux cheveux roux signifiait femme de petite vertu. Et si elle teignait sciemment ses cheveux de cette couleur, c'est qu'elle faisait volontairement le choix de cette identité. Seule ma qualité de comédienne capable d'en jouer théâtralement sur scène allégeait un peu ma faute.

Durant ces années où nous travaillions comme acteurs de doublage, Turgay et moi nous sommes lentement éloignés l'un de l'autre. Nous vivions à Bakirköy, dans un appartement qu'il avait hérité de ses parents, mais Enver ne voyait guère son père. Turgay faisait des voix dans des publicités et acceptait d'autres boulots à côté, il rentrait très tard à la maison, quand il rentrait. Élever un enfant en attendant chaque soir le retour d'un père dont on ne savait jamais s'il sera là pour le dîner, plus tard ou pas du tout, je sais ce que c'est.

C'est ainsi qu'Enver et moi devînmes très proches. Je pus observer de près ses humeurs versatiles, l'évolution de son âme délicate et de sa grande sensibilité. Je ressentais ses colères, son sentiment de solitude, ses désespoirs aussi clairement que je percevais ses peurs, ses silences, ses petites anxiétés. J'aimais caresser les bras, les jambes, le cou de mon fils à la peau douce comme du velours, et de même que je prenais plaisir à voir grandir et se développer ses épaules, ses oreilles, son sexe, j'étais fière de l'enrichissement foisonnant de son esprit, de ses capacités intellectuelles et de son imagination débridée.

Certains jours, nous étions comme il le voulait d'excellents camarades, nous passions notre temps à parler, à plaisanter, à jouer à cache-cache dans la maison, à faire des mots croisés et nous sortions ensemble faire les courses. Parfois, un sentiment de tristesse et de solitude s'abattait sur nous ; nous nous retirions en nous-mêmes, effrayés par le vaste monde et las de la place que nous occupions en ce lieu. Je concevais dans ces moments-là combien il est difficile de vraiment comprendre l'autre, d'être en empathie avec lui et de mettre son âme au diapason de la sienne, quand bien même cette personne était mon fils Enver, l'être qui m'était le plus cher au monde. Je le prenais par la main et lui montrais alors les rues, les maisons, des tableaux, le parc, la mer, les bateaux, le monde entier. Je voulais qu'il joue avec ses camarades dans la rue à Bakırköy et à Öngören, qu'il apprenne à se protéger et se battre pour tenir debout sur ses deux pieds, mais je voulais tout autant qu'il garde ses distances avec ces racailles qui se traitent de tous les noms avec des phrases pleines de « ta mère », de peur qu'il ne devienne comme ces hommes qui se comportaient de façon obscène sous notre chapiteau.

Enver joua beaucoup moins dehors que les autres enfants de son âge. Mais, à mon grand désarroi, il n'était pas très bon élève et jamais le premier de sa classe. Je me demandais parfois pourquoi je m'affligeais autant. Après tout, ce que je désirais le plus pour mon fils, plus qu'une bonne carrière et beaucoup d'argent, c'était qu'il soit quelqu'un de profondément humain, qu'il ait le sens de la justice et soit enclin au bonheur. Mon fils devait être à la fois un être héroïque et épanoui. Je fondais sur lui de grands espoirs. Je me disais « pourvu qu'il ne s'arrête pas à de petites choses et qu'il sache surmonter les obstacles ». Quand, petit garçon, il pleurait à gros sanglots en ouvrant tout grand sa bouche rose, avec ses yeux rougis par les larmes, je lui disais comme une prière : « Que mon petit Enver n'ait jamais plus à pleurer dans la vie. »

Je lui expliquais, en fixant droit mon regard dans ses beaux yeux, qu'il était quelqu'un de différent, d'une essence particulière. Nous lisions ensemble des livres pour enfants, d'anciens contes, des poèmes. Nous regardions ensemble du théâtre pour enfants et des dessins animés à la télévision. Je voyais qu'il était beaucoup plus sensible que son père et son grand-père. C'est moi qui lui dis que, un jour, il serait auteur dramatique. Il adhéra à l'idée d'être écrivain mais rejeta celle du théâtre.

Après l'école primaire commença à émerger chez Enver un côté colérique et révolté que je n'avais jamais vu chez son père ni chez son grand-père. Pensant que c'était peut-être de moi qu'il avait hérité cette facette, je respectai ces accès de fureur. Enfant, il était beaucoup plus serein. Bébé, il était si heureux à l'heure du bain, quand je frottais son joli corps gracile à l'eau tiède, quand je savonnais ses bras longs comme des branches, sa jolie tête au crâne rebondi comme un melon, son zizi gros comme un haricot, ses tétons couleur fraise. Parfois je profitais de l'eau chaude pour me laver après lui. Dans l'appartement de Bakırköy, la salle de bains était difficile à chauffer et, jusqu'à ses dix ans, nous nous lavâmes ensemble dans la baignoire. Après, je lui appris à se laver tout seul, comment se frotter le visage et les cheveux sans ouvrir les yeux, se savonner les jambes et tout le corps.

Cela ne plut pas du tout à mon fils. Et j'ai le sentiment que c'est de cette époque que datent ses accès de colère dont l'ampleur et l'intensité allaient croître à mesure qu'il avançait en âge. Durant toutes ses années de lycée, alors que Turgay avait complètement déserté le foyer, Enver fut extrêmement malheureux ; une tristesse aggravée par son échec à intégrer une bonne université pour atterrir dans une obscure filière et par la déception que, malgré tout mon amour, je ne sus dissimuler. Il commença à trouver plaisant de se disputer avec moi et à prendre systématiquement le contre-pied de tout ce que je disais. Quand je faisais la fine bouche devant ses bandes dessinées ou changeais la chaîne qu'il regardait, il répliquait avec colère : « Qu'est-ce que tu y connais, toi ! » Lorsqu'il se rasait la tête comme un évadé de prison, se laissait pousser la barbe comme les fanatiques religieux ou se promenait avec les joues hirsutes comme les illuminés, il éprouvait un malin plaisir à me voir m'interroger et à provoquer une dispute. Nous en arrivions à nous crier dessus jusqu'à ce qu'il parte en claquant la porte.

À l'université, il commença à se rendre plus souvent à Öngören pour y voir ses amis d'enfance. Il traînait avec une bande de jeunes idéalistes au chômage, qu'il avait rencontrés chez Maître Mahmut. Il eut une phase où il pariait sur les courses de chevaux à l'hippodrome Veliefendi, près de là où nous habitions à Bakırköy ; mais il s'en mordit les doigts et arrêta de jouer sans m'avoir jamais demandé d'argent. Durant son service militaire à Burdur, quand il était en permission le week-end, il était tellement seul qu'il m'appelait et pleurait au téléphone. Lorsqu'il rentrait à Istanbul, mes yeux s'emplissaient de larmes de tendresse et de chagrin à la vue de ses cheveux si courts, de sa peau tannée par le soleil, de son cou aussi sec qu'une queue de cerise. Nous étions toujours au bord d'une nouvelle crise, après quoi nous pouvions rester plusieurs jours sans nous adresser la parole. S'il décidait pour se venger de rentrer tard, ou pire, de ne pas rentrer du tout, je passais une nuit blanche à l'attendre. Parfois j'étais terrifiée à l'idée que mon fils s'entiche d'une petite écervelée ou d'une femme désabusée et agressive. Mais malgré toutes nos disputes, nos fâcheries, ces silences pesants et ces piques acerbes, venait un moment où, tout à coup, nous nous tombions dans les bras et nous serrions de toutes nos forces, nous embrassant et nous réconciliant. C'est alors que je comprenais que je ne supporterais pas d'être séparée de mon fils, que je ne pourrais pas vivre sans lui.

L'éloignement était déjà tel avec son père (avec celui qu'il prenait pour son père, plus exactement) qu'Enver ne fut nullement affecté par le divorce officiel entre Turgay et moi, ni même plus tard par son décès. Ses accès de fureur, ses colères sans raison et son humeur de plus en plus critique et taciturne, je les expliquais par l'absence de figure paternelle et par son caractère hypersensible, mais la raison principale en était aussi, je crois, le manque d'argent. Si bien que lorsque je vis Cem en photo dans les publicités de presse promouvant ses projets immobiliers et que je lus dans ces mêmes journaux que les progrès de la médecine occidentale permettaient désormais d'apporter la preuve

– même devant les tribunaux turcs – d'une filiation biologique, cela me troubla et m'amena à réfléchir.

Dans ma jeunesse, jamais je n'aurais intenté un tel procès. Faire intervenir la police et les lois afin de contraindre un homme à accepter ses responsabilités de père pour un enfant qu'il n'a jamais reconnu, lui réclamer de l'argent en le menaçant de poursuites judiciaires, se présenter inopinément à la réunion publique qu'il avait organisée... Mon fils était effaré de tout ce que je faisais. Mais il savait aussi que c'était pour son bien et, une fois ses éruptions de colère passées, il s'adoucissait...

Pendant des mois je le serinai, je le suppliai de faire cette démarche au tribunal ; nos querelles, nos disputes furent incessantes, nous nous hurlâmes dessus. Il ne fut pas facile, évidemment, de lui demander d'admettre que sa mère avait eu une relation extraconjugale de laquelle était né un enfant, chose qu'elle avait de plus dû garder secrète pendant des années. Il m'avait demandé à maintes reprises avec une gêne furieuse : « Tu es sûre ? », ce à quoi j'avais invariablement répondu : « Mon fils, parlerais-je de tout cela si je ne l'étais pas ? » Parfois lui, parfois moi, nous fixions un point au loin et nous abîmions dans le silence.

Mais la plupart du temps, nous nous disputions à grands cris. « C'est pour ton bien, mon fils ! » disais-je. C'était ma phrase fétiche. Une fois, il arracha le portrait de la femme rousse affiché au mur et le déchira. Il me dit qu'il avait regardé sur internet et que cette femme était aussi horrible que moi. Je fis moi aussi la recherche. L'image que j'avais découpée dans un magazine était la reproduction d'un tableau de Dante Gabriel Rossetti. Le peintre serait tombé amoureux de son modèle au regard si doux, aux lèvres si belles, et l'aurait épousé. Je recollai l'image avec du scotch et l'affichai à sa place sur le mur.

Ce n'est qu'en buvant du raki que mon fils pouvait aborder le sujet du procès contre son père. Sous l'effet de l'alcool, il parvenait à parler de tout avec une confiante tranquillité mais son irritabilité et sa dureté s'en trouvaient dans le même temps exacerbées, si bien qu'il se mettait à jurer comme un charretier et partait en claquant la porte. Comme les premières années où il avait déménagé à Öngören après l'université, il me bombardait d'insultes à chacune de nos disputes, me répétant qu'il refusait de me revoir et de perdre un instant de plus avec une putain (ou d'autres mots horribles du genre) comme moi mais au bout d'un ou deux jours, comme il ne pouvait supporter de rester seul le soir chez lui, il prenait le train d'Öngören pour venir à Bakırköy dîner avec moi.

« Tu as bien fait de venir, lui disais-je. J'ai fait des *köfte.* »

Nous engagions aussitôt la conversation, parlant de la pluie et du beau temps, évitant les terrains glissants, comme si nous ne nous étions pas disputés deux jours plus tôt. Après le dîner, nous nous asseyions côte à côte sur le canapé, simplement comme une mère et un fils devant la télévision, de même qu'à l'époque où il était lycéen, quand nous attendions son père qui ne rentrait jamais. Le film une fois terminé, il n'avait aucune envie de retourner dormir seul chez lui mais comme son orgueil lui interdisait de l'avouer, il zappait d'une chaîne à une autre en quête d'un programme dans lequel s'absorber.

Il ne tardait pas à s'endormir devant la télévision, enroulé sur lui-même dans le canapé. Je l'observais en silence, et je m'en voulais de ne pas lui avoir trouvé une fille bien à épouser. Mais je savais qu'une fille qui lui plairait risquait de ne pas être à mon goût et qu'il était parfaitement capable, par simple esprit de contradiction, de refuser celle que j'apprécierais. Sans compter que mon fils n'avait ni la situation matérielle ni le prestige social suffisants pour lui garantir un bon mariage.

Depuis le jour où j'ai teint mes cheveux en roux jusqu'à aujourd'hui, je n'ai jamais regretté une seule des décisions que j'ai prises dans ma vie. Mon seul regret, c'est d'avoir demandé cela à mon fils, c'est d'avoir exigé qu'il sache qui était son vrai père, qu'il le rencontre et se rapproche de lui. Enver manifestait autant d'intérêt que de mépris pour les efforts que je déployais. Il m'accusait d'être complètement idéaliste ou de monter toute cette affaire pour de l'argent. Et ce n'est pas un hasard si les journaux l'ont accusé dans ces mêmes termes après la mort de Cem. Mais mon fils n'avait pas l'intention de tuer son père. Enver ne saurait être considéré comme un assassin, mais les journaux ont tant répété ce terme calomnieux que son nom est entaché à jamais.

Mon fils a seulement essayé de se défendre contre la colère aveugle d'un homme armé, qui s'avérait être son père. La seule raison de sa présence près du puits cette nuit-là, c'était son envie de rencontrer ce père qu'il n'avait jamais connu. C'est moi qui ai suscité ce besoin en lui. À mon grand regret à présent. Mais je n'ai aucun remords de lui avoir raconté quand il était petit les histoires de Rostam et Sohrâb, d'Œdipe et sa mère, d'Abraham et son fils. Quant aux jeunes, aux étudiants, aux hommes en colère qui venaient sous la toile jaune de notre chapiteau… Personne ne leur avait jamais raconté ces histoires mais pourtant, d'une façon ou d'une autre, ils les connaissaient toutes. De même que l'on sait parfois des choses enfouies au fond de soi parmi les souvenirs oubliés.

Contrairement aux allégations du procureur, la familiarité de mon fils avec ces récits anciens et la tendance qu'a parfois la vie à imiter les mythes et les légendes n'étaient pas une preuve de sa culpabilité. Enver aurait vivement souhaité pouvoir quitter les abords du puits sans causer la mort de son père. Encore eût-il fallu que sa lutte pour essayer de lui enlever son arme des mains lui laisse le temps de formuler cette pensée. Mon fils avait tué son père par accident. Une conclusion à laquelle il me fut aisé de parvenir dès que j'entendis mon fils me raconter en toute honnêteté ce qui s'était passé. Cela était très clair aussi pour la plupart des journalistes, mais la tentation de plaire aux lecteurs les amena à donner une version déformée des faits.

La taille de Sohrâb, l'immense richesse de Cem, la technologie qui permettait à Enver de prouver qui était son vrai père, la mort de ce dernier... l'histoire réunissait tous les ingrédients pour faire sensation. Mon arrivée sur les lieux du drame et les larmes que je versai firent couler beaucoup d'encre. Les chroniqueurs bien intentionnés aimant se vautrer dans le mélodrame se complurent à décrire la grande douleur de « l'ancienne comédienne et actrice de doublage » ayant vu son fils assassiner son père. Des journalistes plus malveillants dont les titres publiaient les annonces publicitaires de Sohrâb avancèrent sans vergogne qu'il ne s'agissait nullement d'un accident, mais bien d'un meurtre longuement prémédité depuis des années et que mes larmes ne devaient tromper personne, que notre unique motivation était de mettre au plus vite la main sur la fortune de Cem qui n'avait pas d'autre enfant pour lui succéder. Et pour appuyer leurs dires, ils firent de mes cheveux roux la preuve de mon caractère vil. Sans tenir compte du fait que c'était non pas mon fils mais son père qui était venu à Öngören avec un revolver et l'avait brandi dans un accès de rage devant le puits...

Le revolver était enregistré au nom de Cem, un élément que le juge prendrait en considération au moment d'apprécier les réelles intentions de mon fils et qui prouverait l'absence de toute préméditation de notre part. J'en étais certaine. Mais la presse passa bien sûr ces détails sous silence. C'est ainsi qu'Enver et moi restâmes dans l'histoire d'Istanbul comme la diablesse rousse et son fils complice qui tuèrent le père pour s'emparer de l'héritage. Cela m'est insupportable. Chaque fois que je me rends à la prison de Silivri pour voir mon fils, dès qu'un détenu convaincu par ce qu'il a lu dans les journaux m'apostrophe avec véhémence, qu'un autre me lance des regards mauvais, ou que je détecte une expression fugace sur le visage d'un gardien plutôt serviable avec moi, mon cœur se brise de façon irrémédiable. Ces paroles et ces regards sont bien plus durs à soutenir que toutes ces années passées à supporter les cris et les obscénités de spectateurs hurlant « Enlève ça, enlève tout ! ». J'ai demandé à Enver d'écrire en détail comment il avait tué son père par accident. Quand le juge lirait ce récit, son intime conviction serait faite et il l'acquitterait au motif de la légitime défense. Mais pour bien poser le contexte, l'histoire devait commencer au tout début, par l'été où son père partait creuser ce puits, ce qui signifiait que je devais m'informer de tout ce qui s'était passé pour le lui raconter. Et le fruit de tous ces efforts est le livre que vous avez entre les mains, une sorte de plaidoyer de la défense à l'adresse de la cour d'assises de Silivri. Tout l'ouvrage, et non seulement les quelques pages suivantes, doit être lu comme un rapport d'enquête criminelle nécessitant de porter une attention particulière aux éléments de preuve et aux détails juridiques. Comme l'*Œdipe roi* de Sophocle.

Le choix de présenter à tous mon fils sous le nom de Serhat pour lui permettre d'approcher plus facilement son père fut épinglé comme la preuve évidente que nous étions des imposteurs animés de sinistres intentions. Le procès en paternité donna également lieu à nombre de rumeurs infondées propagées dans la presse. Mais tous les détails que vous lirez dans ce roman sont d'une rigueur et d'une justesse absolues. Je reprends donc cette histoire là où elle s'était interrompue :

Voyant que mon fils et son père n'étaient pas revenus dans la salle du banquet, je courus à mon tour vers le puits. D'autres personnes m'accompagnèrent.

Le gardien de nuit nous conduisit jusqu'au bâtiment abritant l'ancien réfectoire. Tandis que nous nous glissions à l'intérieur, un chien aboyait à tue-tête, jusqu'à s'en étrangler. Je vis mon fils assis tout seul à quelques pas du puits dont le couvercle était ouvert et je devinai aussitôt ce qui s'était passé. Mon fils avait accidentellement tué son père. Je courus vers lui et le serrai de toutes mes forces. Je voulais lui faire sentir que je le comprenais, que je le connaissais, que je le couvrirais de mon affection et le protégerais de mon amour. Je commençai à pleurer, éprouvant ma souffrance d'abord dans les larmes qui perlaient à mes paupières, puis dans les sanglots et les hoquets qui s'exhalaient bruyamment. Comme lorsque je pleurais au théâtre.

Mais ma douleur était beaucoup plus complexe que celle que j'exprimais sur scène. Tandis que je pleurais tout haut, comme si les hurlements pouvaient soulager mon angoisse, je saisis la raison pour laquelle même les soldats les plus insolents, les ivrognes les plus vulgaires, les pires harceleurs se calmaient en voyant une femme pleurer : la logique du monde repose sur les larmes des mères. C'est d'ailleurs pour cela que je pleurais à présent. Je pleurais sur tout, cela me faisait du bien, et je sentais que ce faisant, je pouvais penser à autre chose.

Les curieux quelque peu éméchés qui m'avaient suivie depuis la salle du banquet essayaient de savoir où se trouvait leur patron, quand mon fils déclara que Cem Bey (il ne dit pas « mon père ») était tombé dans le puits.

Des employés de Sohrâb appelèrent la police. Mais Ayşe, l'épouse de Cem, arriva avant eux. On l'amena devant la bouche du puits. Elle aussi refusa de croire que son mari était là, en bas, tout au fond. J'aurais aimé la serrer dans mes bras, pleurer de concert avec elle, entre femmes, sur le père mort, sur le fils qui l'avait tué, sur nos vies. Mais on ne me laissa même pas l'approcher.

La presse parla de la profondeur du puits, de l'eau boueuse qui y croupissait, de l'étrangeté qu'il y avait à creuser voici des années un puits si profond à la pelle et à la pioche avec, en filigrane, une notion de malédiction. Certains évoquèrent même le destin ; je ne fus guère convaincue par leur papier mais l'idée me plut.

Après l'arrestation de mon fils, j'aurais beaucoup aimé parler à Ayşe Hanım, la consoler et atténuer la haine qu'elle devait nourrir envers nous. Je lui aurais dit que nous, les femmes, nous n'étions pas responsables de ce qui s'était passé, que tout était dicté par les mythes et l'histoire. Mais Ayşe Hanım s'intéressait davantage, et à raison, à ce qu'elle lisait chaque jour dans les journaux qu'à de vieux livres et d'antiques légendes. Et notre abattement fut encore plus grand en découvrant que les employés de Sohrâb fournissaient des éléments à ces mêmes journaux qui écrivaient que mon fils avait tué le mari d'Ayşe pour l'héritage et que c'était moi qui avais tout manigancé.

La police ne retrouva qu'une seule douille devant le puits. Mais aucune arme dans les parages. Sécurisé par des cordes et un harnais, un homme-grenouille entraîné à plonger dans les profondeurs et les courants du Bosphore descendit dans les eaux boueuses du puits d'où il remonta avec le cadavre de ce malheureux Cem, déjà méconnaissable deux jours après. On pratiqua ensuite une autopsie rigoureuse dans laquelle chacun des organes du père de mon fils fut extrait et disséqué. Comme aucune trace d'eau boueuse n'avait été trouvée à l'intérieur de ses poumons, il apparaissait que Cem était mort avant sa chute dans le puits.

Cette même autopsie révéla aussi la cause de la mort. Le lendemain, le rapport du médecin légiste s'étalait à la une des journaux : « Il a tiré dans l'œil de son père. » Mais aucun n'écrivait sur la lutte qui avait opposé père et fils devant le puits ni sur ce qu'avait déclaré mon fils au tribunal : le coup était parti accidentellement alors qu'il essayait de désarmer son père.

Pourtant, le juge ordonna au plongeur de redescendre dans les eaux boueuses du puits et cette fois-là, il remonta avec le revolver Kırıkkale. Le fait que cette arme soit au nom de Cem et que la balle qui lui était entrée dans l'œil gauche provienne de son barillet fut favorable à notre dossier. Nous eûmes dès lors meilleur espoir que le juge décide que mon fils avait agi en état de légitime défense et qu'il n'était pas un meurtrier. Celui qui avait apporté l'arme devant le puits, c'était non pas un fils vindicatif mais un père qui avait peur de son enfant.

Après que l'arme eut été trouvée au fond du puits, les gens de Sohrâb et Ayşe Hanım changèrent d'attitude à mon égard. Quand il devint clair que mon fils n'avait pas projeté de tuer son père et qu'il serait probablement acquitté au motif de la légitime défense – on comprit dès lors que, en qualité d'héritier de Cem, il pourrait devenir le plus gros actionnaire de Sohrâb –, tous adoucirent leur animosité.

La première fois qu'Ayşe Hanım et moi nous rencontrâmes dans les bureaux de Sohrâb, je la trouvai posée et très digne. Croyait-elle vraiment à tout ce qu'on écrivait dans les journaux, à toutes ces rumeurs odieuses à mon sujet ? Je voyais dans ses regards qu'elle réprimait son amertume et sa colère, qu'elle s'efforçait de garder la maîtrise d'elle-même. Tout dans son attitude montrait qu'elle avait décidé, pour l'heure, d'enterrer ses griefs et la douleur de la perte de son mari, de faire en sorte que tout se passe bien avec moi.

J'essayai de la rassurer : je ne pouvais bien sûr pas m'exprimer au nom d'Enver, qui était en prison et attendait les conclusions de son procès toujours en cours, mais ni mon fils ni moi n'avions la moindre intention de faire péricliter cette grande entreprise de construction que son défunt père avait fondée avec beaucoup d'intelligence et de créativité, et encore moins de licencier les centaines de personnes qui y étaient employées. Bien au contraire, nous souhaitions que Sohrâb connaisse encore de plus grands succès. Je lui dis que je pensais que Sohrâb était né en 1986, trente ans plus tôt, le jour où le défunt père de mon fils avait commencé à creuser le puits avec Maître Mahmut.

Après avoir abordé ce point délicat, je racontai comment, cette même année, Maître Mahmut et le père de mon fils étaient venus sous le chapiteau jaune du Théâtre des légendes édifiantes, chacun à un jour d'intervalle, et comment tous deux avaient été touchés par la tragédie de Rostam et Sohrâb. Entre les larmes que j'avais versées ce soir-là sous le chapiteau et celles que j'avais versées trente ans plus tard devant la bouche du puits, il y avait la même intimité, les mêmes liens inexorables qu'entre les mythes et la vie.

« La vie rejoue la légende, m'exaltai-je. N'êtes-vous pas de mon avis ?

— Si », dit poliment Ayşe Hanım.

Je sentais que ni elle ni les dirigeants de Sohrâb

n'envisageaient de faire quoi que ce soit qui puisse nous nuire, à mon fils et à moi.

« N'oubliez pas que j'étais à Öngören lorsque notre entreprise de construction creusait son tout premier puits. Et même son nom, Sohrâb, est emprunté à ce qui était mon monologue final à cette époque. »

Ayşe Hanım cligna des yeux avec étonnement, comme incrédule face à ce qu'elle venait d'entendre. Le nom de Sohrâb ne provenait certainement pas de mon monologue mais du *Shâhnâmeh*, l'œuvre multiséculaire de Ferdowsi. Elle et son mari avaient étudié pendant des années « ces sujets » (elle ne put pas plus prononcer le terme de « filicide » que de « parricide »), ils avaient lu des livres, admiré des manuscrits et des peintures dans des musées à travers l'Europe et le monde entier. Elle détourna les yeux et, promenant son regard sur les gratte-ciel d'Istanbul, sur la mer de toitures et de cheminées que l'on voyait depuis les fenêtres du siège social de Sohrâb, elle se mit à raconter nombre de scènes de son bonheur passé comme si elle avait quelque chose à me prouver. Elle évoqua un musée à Saint-Pétersbourg, une maison de Téhéran, Athènes, des traces, des signes, des images dispersées dans une vaste aire géographique… d'un air mystérieux mais avec une satisfaction et un plaisir évidents à se rappeler ces instants. Cette femme avait vécu avec le père de mon fils, elle avait été heureuse avec lui. À présent, à cause des rouages du système juridique et de l'absurdité des lois, mon fils pouvait très bien devenir le détenteur majoritaire de cette entreprise qu'ils avaient créée au prix de Dieu sait quels efforts, mais c'est cette femme qui, au côté du père de mon fils, avait édifié et fait croître Sohrâb.

Veillant à conserver un ton qui ne soit pas offensant pour moi, pas provoquant pour mon fils emprisonné et qui masque sa haine à notre égard, Ayşe Hanım me raconta l'histoire que vous avez lue dans ce livre, en situant le commencement très en amont, dès l'époque où elle avait rencontré son mari à l'université et où ils fréquentaient la librairie Deniz. En l'observant attentivement pendant qu'elle parlait, j'avais la claire sensation que, à coups d'heureux souvenirs, elle prenait une certaine revanche sur moi. Mais j'écoutais humblement ce qu'elle me racontait, sans en prendre ombrage car en fin de compte, je savais que l'enfant et Sohrâb étaient en un sens *à moi*.

Lors de mes visites à la prison de Silivri vers cette même période, je commençai à relater à mon fils quelques-unes des histoires que j'avais entendues de la bouche d'Ayşe Hanım. La prison était très loin de la maison et je devais prendre plusieurs bus depuis Bakırköy, mais chaque fois que je parvenais aux portes du bâtiment, je me demandais ce que cela pouvait signifier que mon fils soit incarcéré ici, à cinq kilomètres de l'endroit où Maître Mahmut et son père avaient foré leur puits, dans cette maison d'arrêt dont les gardiens et les administrateurs se plaisaient à proclamer qu'elle était la plus grande prison non seulement de Turquie mais « de toute l'Europe ». Ensuite, entre les portiques de détection, les mains expertes des gardiennes qui faisaient des remarques sur mes cheveux roux, les salles d'attente, les portes qui s'ouvraient, les portes qui se fermaient, les serrures qui s'ouvraient, celles qui se refermaient, les pièces et les corridors, je passais par tellement d'endroits différents que j'en venais à perdre la notion du temps et de l'espace. En attendant de voir mon fils paraître derrière des vitres insonorisées, je rêvassais, je croyais le reconnaître à la vue d'autres détenus, j'étais gagnée soit par la somnolence, soit par l'impatience, en proie la plupart du temps à une colère contenue, et quand mon fils finissait par arriver, c'était comme si celui qui paraissait derrière la vitre était non pas lui mais son défunt père – non, son défunt grand-père.

Si j'étais flanquée d'un avocat, nous parlions des derniers développements de la procédure, des inepties publiées dans les journaux, des difficultés auxquelles mon fils pouvait être confronté dans sa cellule. Il se plaignait des brimades que lui infligeaient ceux qui pensaient qu'il avait tué son père pour l'argent, des mauvais repas qu'on leur servait et des rumeurs d'amnistie qui ne débouchaient jamais sur rien. Il nous racontait de désolantes histoires sur les Kurdes et les journalistes d'opposition qui atterrissaient dans ces cellules où étaient naguère incarcérés les militaires putschistes, il nous faisait écrire une nouvelle et vaine requête pour réclamer plus de calme et d'intimité, de temps de promenade ou la levée d'une punition injuste. Cela nous prenait tellement de temps que l'heure de visite touchait à sa fin sans même que nous ayons vraiment pu échanger de tendres paroles en privé entre mère et fils.

Mais hormis les gardiens, personne ne nous écoutait pendant ces entretiens. Les histoires que j'avais entendues de la bouche d'Ayşe Hanım, les livres qu'elle avait mentionnés et que j'avais lus, j'essayais de les raconter à mon fils comme s'il s'agissait de mes propres idées, comme si ces suppositions et fantasmagories émanaient de moi. Enver n'aimait pas m'entendre raconter des légendes anciennes car elles lui rappelaient son crime et, le plus souvent, il faisait mine de ne pas comprendre où je voulais en venir. J'avais beau soutenir les avoir entendues de la bouche de Maître Mahmut de son vivant, il ne me croyait pas, mais il m'écoutait quand même. Car l'essentiel, c'était moins l'histoire elle-même que le fait d'être là, l'un en face de l'autre, et de se parler. Parfois, je restais silencieuse, pensive, et en regardant mon fils qui s'empâtait et commençait peu à peu à ressembler à un vrai voyou, je retenais difficilement mes larmes.

Le plus dur, c'était de nous séparer à l'issue de cette heure d'entrevue. Je parvenais tant bien que mal à sortir du parloir mais, comme quand il était enfant, mon fils n'arrivait pas à me quitter, et même s'il se levait de son siège d'un air viril et déterminé sur les instances du gardien, il lui était impossible de quitter les lieux. Debout sur le seuil de la porte, il me regardait partir d'un air désespéré, je me souvenais de lui avant qu'il ne soit en âge d'entrer à l'école, de ses jérémiades pour que je ne le laisse pas seul, même cinq minutes, le temps d'une course à l'épicerie. « Je reviens tout de suite », le rassurais-je, mais il ne me croyait pas. Il me suivait jusqu'à la porte, s'agrippait à mes jupes et me tirait de toutes ses forces par le bras en me suppliant : « Maman, ne me laisse pas », comme s'il allait ne plus jamais me revoir de toute sa vie.

Lors des visites mensuelles en parloir familial, les contacts physiques entre détenus et visiteurs étaient autorisés, nous en étions très heureux. Nous attendions avec impatience ces visites instaurées pour l'ensemble du bloc ; en cas de suppression en raison d'une punition pour tel ou tel motif, nous étions mortifiés et nous nous réjouissions quand, par décret ministériel, Ankara annonçait une visite supplémentaire à l'occasion de fêtes religieuses comme celle du Sacrifice. En raison du grand nombre de militants de gauche d'origine kurde détenus dans cette prison, il était interdit d'y introduire des victuailles, des livres ou des téléphones portables. Mais en donnant quelques sous aux gardiens, je pus faire passer à mon fils son ancien cahier de notes, des stylos, des carnets et une ou deux anthologies de poésie. Voyant que l'écriture atténuait ses souffrances et ses colères et opérait comme un baume, je lui conseillai d'écrire tout ce qui lui était arrivé et cette histoire vers la fin de laquelle nous nous acheminons sous la forme d'un roman, je le lui martelais à chacune de mes visites.

Dans le parloir familial de la section des prisonniers de droit commun, nous nous asseyions discrètement dans un coin à l'écart de ces hordes de trafiquants, de voleurs, d'escrocs, de cambrioleurs et de criminels de tout poil, et nous nous étreignions. Dès le premier contact, je voyais apparaître sur son visage l'expression de bonheur que je lui connaissais à l'époque où je le lavais lorsqu'il était petit. Il m'expliquait qu'il n'était pas si malheureux que cela, sachant pertinemment que je ne le croirais pas, et me parlait avec enjouement des condamnés qu'il connaissait, des gardiens corrompus et des intrigues qui se tramaient. Ensuite il prenait son courage à deux mains et lisait à sa mère les poèmes qu'il avait écrits sur le paysage qu'il voyait de sa fenêtre et sur le ciel au-dessus de la cour de promenade.

Après l'avoir sincèrement félicité pour la beauté de ses poèmes, je ramenais la conversation sur le livre qu'il se devait d'écrire non seulement pour convaincre le juge de son innocence mais aussi parce qu'il s'agissait d'une histoire édifiante, d'une sorte de réflexion morale. Je lui donnais parfois des idées, je lui racontais les histoires d'Œdipe et de Sohrâb (aucun de ces deux livres ne figurait dans la bibliothèque de la prison mais je réussis à les introduire en glissant des billets aux gardiens), je lui parlais du voyage de son père à Téhéran, ou de mes années de comédienne de théâtre, de l'été où son père et moi nous étions rencontrés, des pièces que nous jouions sous le chapiteau jaune, et je lui expliquais le sens du long monologue accolé à chaque saynète. « En fait, je jouais ces scènes pour le long monologue que j'improvisais », disais-je à mon fils, en le regardant avec toute la ferveur dont j'étais capable.

Parfois, nous restions assis en silence et nous nous regardions longuement au fond des yeux comme si c'était la première fois que nous nous voyions. J'enlevais une peluche accrochée à la laine de son pull, je touchais un bouton de sa chemise qui menaçait de tomber, je plongeais mes doigts dans ses cheveux pour les coiffer. J'avais parfois envie de lui demander ce qu'il se rappelait de son enfance, pour quelle raison il était si en colère, pourquoi il avait tiré une balle dans l'œil de son père et pourquoi il semblait heureux à présent, mais je m'en abstenais. Lors de ces visites au parloir familial, je caressais les bras de mon fils, ses épaules, son dos, son cou, je lui tenais les mains. Lui aussi prenait les mains de sa mère de soixante-deux ans, il les embrassait avec respect, comme un amoureux.

Le jour de la dernière fête du Sacrifice dans ce même parloir de la prison de Silivri, nous nous sommes de nouveau assis l'un près de l'autre, nous regardant longuement dans les yeux et nous étreignant sans rien dire. Le ciel d'automne était ensoleillé. Mon fils me dit qu'il allait finalement s'atteler à ce roman dans lequel il « raconterait tout ». Sa tête fourmillait d'idées aussi nombreuses que les étoiles qu'il apercevait les soirs d'été depuis la fenêtre de sa cellule. Appréhender toutes ces étoiles était aussi difficile que de traduire ses émotions par des mots. Mais il se servait des livres. Dans la bibliothèque de la prison où les ouvrages politiques n'étaient pas autorisés, il y avait des œuvres comme *Voyage au centre de la Terre* de Jules Verne, des nouvelles d'Edgar Allan Poe, d'anciens recueils de poèmes et l'un intitulé *Vos rêves, votre vie.* Il les lirait comme l'avait fait son père, il comprendrait sa façon de penser lorsqu'il était jeune et pourrait se mettre à sa place. Il me posa des questions à son sujet. J'y répondis avec enthousiasme, je l'enlaçai avec bonheur et, toute joyeuse, je remarquai une fois de plus que son cou exhalait la même odeur mêlée de savon et de biscuit. Lorsque la visite toucha à sa fin, je suppliai Dieu pour que mon fils n'ait pas de mal à quitter sa mère en ce jour de fête.

« Je reviendrai lundi », dis-je en souriant. Je lui tendis l'image de la femme aux cheveux roux de Dante Gabriel Rossetti que j'avais découpée et collée au mur. « Je suis si heureuse de savoir que tu vas enfin écrire ce roman, mon fils, lui dis-je. Quand tu l'auras terminé, tu mettras cette image sur la couverture et tu diras aussi quelques mots de la jeunesse de ta jolie maman. Cette femme me ressemble un peu, regarde. Tu sais mieux que moi comment débuter ton roman mais le livre doit être à la fois profond, sincère et mythique, comme mes monologues dans les scènes finales. Aussi crédible qu'une histoire vraie et aussi familier qu'un mythe. Dès lors, c'est non seulement le juge mais tout le monde qui te comprendra. N'oublie pas, ton père aussi voulait devenir écrivain. »

Janvier-décembre 2015